ROSAS
DE
MAIO

DOT HUTCHISON

ROSAS DE MAIO

Livro 2 da trilogia O Colecionador

Tradução
Débora Isidoro

Planeta

Título original: *The Roses of May*

Preparação: Luiza Del Monaco
Revisão: Opus Editorial e Fernanda Cosenza
Diagramação: departamento de criação da Editora Planeta do Brasil
Ilustrações de miolo: Danussa/ Shutterstock
Turan Ramazanli/ Shutterstock
Capa: adaptada do projeto original de Jae Song

Esta edição foi publicada originalmente em acordo com
Amazon Publishing, www.apub.com, em colaboração com
Sandra Bruna Agência Literária.

DADOS INTERNACIONAIS DE CATALOGAÇÃO NA PUBLICAÇÃO (CIP)
ANGÉLICA ILACQUA CRB-8/7057

Hutchison, Dot
Rosas de maio / Dot Hutchison ; tradução de Débora Isidoro. -- São Paulo: Planeta do Brasil, 2019.
304 pp.

ISBN: 978-85-422-1661-5
Título original: The Roses of May

1. Ficção norte-americana I. Título II. Isidoro, Débora

19-1001 CDD 813.6

2019

EDITORA PLANETA DO BRASIL LTDA.
Rua Bela Cintra, 986 – 4º andar
01415-002 – Consolação – São Paulo-SP
www.planetadelivros.com.br
faleconosco@editoraplaneta.com.br

Para as meninas perigosas com sorrisos ácidos

O nome dela é Darla Jean Carmichael, e ela é a sua primeira.

Mas você ainda não sabe disso.

O que você sabe, neste lindo dia de primavera, é que parece que Deus se esforçou muito para fazê-la mais bonita. Ela tem essa beleza inocente, sem artifício ou vaidade; e é por isso que você a ama desse jeito. O cabelo loiro e brilhante cai pelas costas em cachos soltos e pesados. Ela está usando novamente o vestido de primeira comunhão branco e fora de moda, e até vestiu as luvas de renda e o chapéu engomado. Você já viu alguma coisa tão saudável? Tão pura?

Até a natureza concorda com você hoje. Dos dois lados do caminho de terra para a igreja, a grama é repleta de narcisos, amarelos e brancos, como se estivessem preparados para combinar com Darla Jean. Até as margaridas são amarelas e brancas, e repare que em muitos anos elas desabrocham formando longas faixas lilases nos campos.

Neste ano só existe Darla Jean.

Exceto pelo fato de que... não é apenas Darla Jean.

A mão dela descansa no braço de um rapaz, encaixada na dobra do cotovelo como se aquele fosse seu lugar, mas não é. Aquele braço não é o lugar onde deveria estar a mão dela, porque o rapaz não é você. E Darla Jean é sua.

Sempre foi sua.

Ela nunca precisou que você lhe dissesse antes; sempre soube, como tinha de ser, porque vocês nasceram um para o outro, apesar do que outras pessoas diriam, se soubessem disso.

Furioso, magoado, você os segue até a igrejinha de tijolos aparentes, construída diante de uma imensidão de árvores floridas, que chega a lembrar um cenário de tapeçaria. De algum jeito, apesar da enxurrada de emoções latejando em seus ouvidos como uma segunda pulsação, você percebe outras coisas. O rapaz carrega com a mão livre um cesto de guloseimas que a mãe de Darla pediu que ela levasse à igreja, cada uma embrulhada individualmente para ser vendida, porque a igreja precisa de um telhado novo antes da temporada de chuva.

Ele se inclina na direção dela a cada vez que ela ri.

E ela ri muito.

Mas esse som na verdade é seu, como tudo nela é seu. E como ela ousa compartilhar tudo isso com outra pessoa? Aquela risada sempre o deixou mais calmo, afastando-o da raiva que está sempre muito perto de vir à tona. Agora, cada vez que a escuta, límpida e macia, como o vento cantando em sua varanda dos fundos, você sente uma dor aguda no peito, um eco latejante em seu crânio.

Eles entram juntos na igreja, e você leva um minuto ou dois para encontrar uma janela por onde consegue enxergar claramente o lado de dentro, tomando cuidado para não ser visto. Ela não precisaria saber de sua presença ali para ter consciência do que deve a você, para saber como deveria se comportar. O interior da igreja é pouco iluminado. Com os olhos acostumados ao sol, a sua vista fica cheia de sombras e de pontinhos luminosos, por isso você não entende imediatamente o que está acontecendo.

Finalmente, percebe.

E tudo que vê é sangue.

Ele a está beijando, ou ela o está beijando, os rostos próximos, os corpos afastados quase trinta centímetros. Pode ser que esse seja o primeiro beijo dele.

Você sabe que é o dela.

O primeiro beijo que deveria ser seu, pelo qual você esperou durante todos esses anos. Mas você a respeitou, em vez de beijá-la, sabendo de toda aquela pureza. Ela era muito inocente para ser maculada por essas coisas.

Sim, ela era muito pura, muito inocente.

Você escorrega pela parede externa da igreja, sente os tijolos ásperos e dolorosos arranhando e machucando sua pele através da roupa. Você está tremendo, talvez esteja chorando. Como ela pôde? Como foi capaz de fazer isso com ela mesma? Como foi capaz de fazer isso com você?

Como pôde se deixar macular?

Ela agora não tem mais valor, exatamente como todas as outras prostitutas do mundo, sempre exibindo o corpo, o sorriso e os olhos cruéis, cheios de experiência. Você a teria idolatrado até o fim de seus dias.

Mas você a ama. Como poderia deixar de amar? Você a ama o suficiente para salvá-la, mesmo que tenha que salvá-la dela mesma.

Você ouve o rapaz ir embora, os lábios derramando uma desculpa – ele tem que ajudar os irmãos a se prepararem. Ouve o padre cumprimentar Darla Jean com alegria. Ele diz a ela que tem que correr até a cidade para comprar copos para a limonada. Será que ela vai ficar bem sozinha? Mas é claro que vai. Ela cresceu nessa igreja. Esse sempre foi para ela um lugar seguro. Ela não consegue imaginar um mundo onde isso não seja verdade. Quando você vê o padre se afastar pela trilha, se afastar, e se afastar mais ainda, você escuta a voz dela, que começa a cantar.

As canções dela também são suas, e agora não tem mais ninguém além de você para ouvi-las.

Quando você entra, ela o cumprimenta com um sorriso e uma risada, com os olhos brilhando. Você não pode dizer que são ingênuos. Não mais. Não agora, quando sabe que ela perdeu a inocência. O sorriso treme quando você se aproxima.

Ela tem a ousadia de perguntar o que aconteceu.

Você sabe que não tem muito tempo – são menos de três quilômetros até a cidade, e o padre costuma ir e voltar rapidamente –, mas tem tempo suficiente para mostrar a ela. E é isso o que você faz. Você mostra tudo a ela.

Você prometeu-lhe uma vida em comum, prometeu que estaria sempre disponível para ela. Prometeu-lhe o mundo.

Ela jogou tudo isso fora.

E a culpa do que você faz é toda dela.

Você sai correndo, ainda furioso com a dor e a traição.

Darla Jean fica para trás, caída no chão de pedra, o vestido branco, agora em frangalhos, rasgado em trapos que absorvem a poça vermelha.

Os narcisos que você colheu para ela – um presente, e olhe só o que ela fez – ficam espalhados no chão à sua volta. Os olhos dela estão estatelados e vazios, com ecos de confusão, e você criou um sorriso forçado que ela pode dividir com o mundo, se assim quiser.

Ela não pode mais rir, não pode cantar... e não pode macular o que é seu.

Não pode fazer mais nada. Talvez você não tivesse a intenção. Talvez sua faca de caça tenha escorregado e cortado fundo demais. Talvez você tenha se esquecido de que a superfície da pele tem muito sangue. Talvez tenha feito exatamente o que pretendia.

Ela era só mais uma prostituta, afinal.

Agora Darla Jean está morta.

Você não sabia que ela seria sua primeira.

Você também ainda não sabe, mas ela não será a última.

FEVEREIRO

Se você não cuida da papelada, ela se multiplica exponencialmente, assim como coelhos ou cabides de arame. Olhando feio para a mais recente pilha de papéis sobre sua mesa, o agente especial Brandon Eddison não consegue deixar de imaginar como seria vê-la pegando fogo. Não precisaria de muita coisa. Bastaria o riscar de um fósforo, o faiscar de um isqueiro, os cantos de uma ou duas páginas no meio da pilha para uma distribuição regular, e todos os papéis desapareceriam.

— Se botar fogo neles, vão imprimir tudo de novo e você vai ter toda a papelada de volta, além dos relatórios sobre o incêndio — disse uma voz risonha à sua direita.

— Cala a boca, Ramirez — ele suspira.

Mercedes Ramirez, companheira de equipe e amiga, dá risada de novo e se encosta à cadeira, alongando o corpo em uma linha ligeiramente encurvada. A cadeira responde com um rangido de protesto. A mesa dela também está coberta de papéis. Não são pilhas. Só papéis cobrindo a mesa. Se pedir uma informação específica, ela a encontrará em menos de um minuto, e ele nunca entenderá como isso é possível.

O espaço do terceiro membro e supervisor da dupla, agente especial supervisor-encarregado Victor Hanoverian, fica no canto, de frente para as mesas deles, formando um ângulo. Para desgosto e espanto de Eddison, toda a papelada sobre a mesa dele parece ter sido preenchida e separada em pastas de cores diferentes. Como líder do trio, Vic tem mais trabalho burocrático que os outros, e sempre termina tudo primeiro. Trinta anos na repartição fazem isso com a pessoa, Eddison supõe. Ainda assim, o pensamento é aterrorizante.

Ele olha para a própria mesa, para a mais nova pilha a ser colocada ali, e resmunga ao pegar as folhas de cima. Seu sistema confunde Ramirez tanto quanto a enerva, e, apesar do tamanho da pilha, ele não demora muito para transferir os papéis para as colunas apropriadas na parte de trás da mesa, separados por assunto e prioridade. As pilhas se alinham perfeitamente com os cantos da superfície, subindo em camadas com direções alternadas.

— Algum bom médico já falou com você sobre isso? — Ramirez perguntou.

— Algum programa de TV já tentou uma intervenção para o seu problema?

Ela sufoca uma risadinha e volta a dar atenção à mesa. Seria bom se, só de vez em quando, ela mordesse a isca. Ela não é inatingível, de jeito nenhum, mas é estranhamente indiferente à provocação.

— E o Vic?

— Está voltando para cá, foi acompanhar um depoimento. Bliss pediu para ele estar presente.

Ele se perguntou se deveria comentar que, três meses e meio depois de terem resgatado as sobreviventes do Jardim em chamas, ela ainda usava o nome das Borboletas, nomes que as vítimas receberam do homem que as tinha capturado.

Não comentou. Ela devia saber. O trabalho fica mais fácil, na maior parte do tempo, se tudo ficar organizado em caixinhas dentro da cabeça, e é mais difícil encaixar nessa organização quem as meninas eram antes de serem capturadas.

Ele precisa trabalhar. É dia de cuidar da burocracia, ou principalmente dela, e ao menos uma daquelas pilhas tem que desaparecer até o fim do dia. Seus olhos encontram a torre colorida de pastas que mora no canto direito de sua mesa, e que cresce cada vez mais com o passar dos anos e a adição de novas pastas sem respostas. Essa pilha nunca desaparece.

Ele apoia as costas no encosto da cadeira e estuda as duas fotos emolduradas sobre o móvel quadrado, que serve de arquivo e armário para material de escritório e formulários em branco. Uma é dele e da irmã em um Halloween há muitos anos. Essa foi uma das últimas vezes que a viu, antes que ela fosse raptada no caminho da escola para casa. Uma menina de apenas oito anos. A lógica diz que ela deve estar morta. Faz vinte anos, mas ele ainda se pega examinando qualquer mulher de vinte e poucos anos que se pareça com ela. A esperança é uma coisa estranha e instável.

Mas Faith também era estranha e instável quando era só sua irmã, e não mais uma criança desaparecida a engrossar as estatísticas.

A outra foto é mais recente, tem só alguns anos, uma lembrança do passeio mais perturbador e inesperado que havia feito, e que não teve a ver com trabalho. Priya e a mãe dela o envolveram em vários passeios turísticos estranhos durante os seis meses que moraram na capital, mas aquele foi um pesadelo. Ele nem sabe ao certo como foram parar naquela área cheia de bustos enormes de presidentes. Entretanto, lá estavam, e, em dado momento, Eddison e Priya subiram nos ombros de Lincoln, ambos apontando para o grande buraco na parte de trás da cabeça da estátua. Realista? Sim. Intencional? Levando em conta o péssimo estado de conservação dos outros bustos de seis metros de altura... Não, nada disso. Tinha outras fotos daquele dia, todas guardadas na caixa de sapato na parte de baixo de seu closet, mas aquela era a favorita. Não por causa do busto totalmente desconcertante de um presidente assassinado, mas porque foi nela que Priya se surpreendeu sorrindo.

Ele nunca conheceu a Priya que sorria sem pensar; ela havia se dilacerado dias antes de ele conhecer a menina que surgiu daqueles pedaços. A Priya que ele conhece é toda garras afiadas, dentes à mostra e sorrisos que são tapas na sua cara, como um desafio. Qualquer coisa mais branda, qualquer coisa mais gentil, é fruto de um acidente. A mãe dela ainda pode ver um pouco dessa suavidade, mas ninguém mais, não depois que a irmã de Priya foi reduzida a fotos e fatos em uma das pastas coloridas no fundo da mesa dele.

Eddison tem certeza absoluta de que nunca teria feito amizade com a antiga Priya. Ainda se assusta por ser amigo dessa versão. Ela devia ser apenas a irmã de uma vítima de assassinato, uma garota a ser entrevistada e de quem sentir pena sem nunca conhecer de verdade. No entanto, Priya tornou-se muito revoltada nos dias seguintes à morte de sua irmã. Com o assassino, com a irmã, com a polícia, com a porra do mundo inteiro. Eddison conhece bem esse tipo de raiva.

E por estar pensando nela, porque é dia de se dedicar à burocracia após uma sequência de dias ruins lutando para conter a mídia no caso Borboleta, ele pega o celular, tira uma foto do retrato emoldurado e manda para ela por mensagem. Não espera uma resposta. O relógio informa que são só nove da manhã onde Priya está, e sem a escola para obrigá-la a acordar, ela ainda deve estar embaixo dos cobertores, tão enrolada quanto um burrito.

Porém, o celular vibra um minuto depois, anunciando uma resposta. Uma foto de um prédio de tijolos vermelhos que deveria ser imponente, mas parece apenas pretensioso, uma faixa de tijolos coberta por grades de ferro enferrujado que provavelmente se recobrem de folhagens trepadeiras nos meses mais quentes. Janelas altas, estreitas e de aparência medieval espalham-se pela superfície de tijolos.

Que diabo é isso?

O celular vibra de novo. *Essa é a escola em que quase me enfiaram. Você tinha que ver os uniformes.*

Eu sabia que você estava fazendo as aulas on-line só para poder passar o dia todo de pijama.

Bom, não SÓ. Você sabe que o diretor reclamou quando minha mãe avisou que não faria minha matrícula? Disse que ela estava me prejudicando por permitir que eu escolhesse uma educação inferior.

Ele faz uma careta. *Isso não pode ter acabado bem.*

Acho que ele está acostumado a conseguir o que quer só botando o pau na mesa. O pau da minha mãe é mais impressionante.

Um peso cai sobre seus ombros e ele titubeia, mas é só Ramirez. O conceito dela de espaço pessoal é muito diferente do dele, a começar pelo fato de que ele tem um, e ela não. Em vez de discutir, porque isso nunca serve para nada, ele vira a tela para permitir que ela a veja.

— Botar o... Eddison! — Ramirez puxa sua orelha e a torce com força. — Você ensinou isso para ela?

— Ela tem quase dezessete anos, Ramirez. É perfeitamente capaz de ser grosseira por conta própria.

— Você é má influência.

— E se for ela a má influência?

— Quem é o adulto?

— Nenhum de vocês dois, com certeza — responde uma terceira voz.

Os dois reagem com receio.

Mas Vic não os adverte sobre a proibição do uso de celulares pessoais durante o expediente, ou sobre o trabalho que eles deveriam estar fazendo. Só passa por eles envolto pelo aroma de café fresco e diz:

— Mande um oi para Priya.

Obediente, Eddison digita o recado enquanto Ramirez volta à própria mesa. Ele ri da resposta imediata de Priya: *Ahhh, ficou de castigo?*

O que está fazendo acordada, aliás?

Dando uma volta. O tempo finalmente mudou.

Não está frio?

Está, mas não tem mais neve, granizo, garoa e outras porcarias molhadas e frias que caem do céu. Saí para ver o que tem por aqui.

Liga para mim mais tarde. Para contar o que tem por aí.

Ele espera uma resposta afirmativa, depois guarda o celular na gaveta com a arma e o distintivo e todas as outras coisas com as quais não se deve brincar quando se está sentado atrás da mesa. No show de horrores quase incessante que é seu trabalho, Priya é uma centelha espinhosa de vida.

E ele está na repartição há tempo suficiente para ser grato por isso.

Huntington, no Colorado, é muito gelada em fevereiro. Mesmo usando roupas suficientes para me sentir três vezes maior do que sou, o frio consegue penetrar cada camada de tecido. Estamos aqui há três semanas, e hoje é o primeiro dia em que o tempo é quase legal para sair e conhecer alguma coisa.

Até agora, tudo é bem parecido com qualquer um dos lugares onde moramos nos últimos quatro anos. A empresa para a qual minha mãe trabalha nos manda para todos os cantos do país a fim de que ela possa resolver problemas, e daqui a três meses estaremos partindo de novo, talvez definitivamente, para que ela assuma a área de Recursos Humanos na filial de Paris. Não que a França seja de fato nosso destino final, mas acho que nós duas torcemos para que seja. "Priya em Paris" soa bem legal. Enquanto isso, Huntington é perto o bastante de Denver para que minha mãe possa ir e voltar todo dia, mas longe o bastante para ter um clima mais de bairro que de cidade, de acordo com o agente da empresa que nos acompanhou até a casa no primeiro dia.

Depois de cinco dias de poças geladas, havia nevado no fim de semana, o que deixou os gramados fofos e brancos e as vias feias e cinzentas. Não tem nada mais feio que neve raspada. As ruas estão desobstruídas, pelo menos, mas todas as calçadas ficaram azuis por causa do sal. Tenho a sensação de andar sobre os restos de uma chacina Smurf.

Mesmo que esteja usando luvas, ponho as mãos nos bolsos do casaco enquanto ando, em parte para esquentá-las, em parte para impedir que meus dedos agitados procurem por uma câmera melhor que a do meu celular. Deixei a câmera boa em casa, mas Huntington é um pouco mais interessante do que eu esperava que fosse.

Quando passava pela escola fundamental mais próxima, vi uma casa de esquilo montada em um lado do parquinho; é basicamente um galinheiro vermelho suspenso sobre estacas. Tem um buraco na parte de baixo para os esquilos poderem entrar e sair, e lá dentro noto uma luz vermelha piscando, provavelmente da câmera que mostra aos alunos os roedores durante o inverno. Nesse momento, alguns dormem tranquilamente no que parece ser serragem e pedaços de colchas meio destruídas. Sim, eu espiei. É uma casa de esquilo.

Pouco mais de um quilômetro à frente tem um espaço vazio e recuado em uma esquina. Essa área é pequena demais para ser um estacionamento, mas tem um lindo caramanchão de ferro no meio dela. É uma espécie de caramanchão, não tem assoalho, só as colunas cravadas bem fundo no chão congelado; mas, apesar da resistência do material, os apoios são entrelaçados de um jeito complexo, e a cobertura em forma de cebola parece delicada como renda. É como uma capela de casamentos ao ar livre, mas cercada por lanchonetes de *fast food* e vizinha de um consultório de oftalmologia.

Após decidir voltar para casa por um caminho mais longo, atravesso um cruzamento de sete ruas, metade delas de mão única, e com todas as placas voltadas para o lado errado. Não há nenhum carro à vista em nenhuma das sete ruas. É verdade que são pouco mais de onze e meia da manhã, e quase todo mundo está no trabalho ou na escola, mas tenho a sensação de que esse cruzamento só é enfrentado por motoristas muito resignados com a morte.

Tiro fotos de tudo mesmo assim, apesar de saber que vão ficar horríveis no celular, porque fotografar é o que faço. De algum modo, o mundo parece um pouco menos assustador se consigo manter as lentes da câmera entre mim e todo o resto. De maneira geral, porém, tiro fotos para Chavi, para que ela possa ver as coisas que vejo.

Chavi morreu há quase cinco anos.

Eu ainda tiro fotos.

A morte de Chavi foi o motivo pelo qual conheci os agentes do FBI, e eles são meus de um jeito importante, Eddison, Mercedes e Vic. Chavi deveria ser só mais um caso para eles. Minha irmã mais velha deveria ser só mais uma garota morta em uma pasta, mas, desde então, eles estão sempre me pedindo notícias. Cartões, e-mails e telefonemas, e em algum momento parei de me ressentir com as lembranças do assassinato de Chavi, grata por ter meu estranho grupo de amigos em Quantico, enquanto nos mudamos de um lugar para outro.

Passo por uma biblioteca que mais parece uma catedral, cheia de vitrais e com uma torre de sino. Passo também por uma loja de bebidas vizinha a um escritório de advocacia especializado em defender motoristas intoxicados. Um pouco mais à frente há uma área comercial ancorada, de um lado, por uma enorme academia de ginástica vinte e quatro horas, e, de outro, por uma instituição com atividades educativas para crianças; entre as duas há sete tipos diferentes de restaurantes *fast food*. Essa bagunça contraditória me agrada de um jeito estranho, como um símbolo de que nossas melhores intenções tendem a acabar em pizza, e os vícios estão bem ali, esperando.

Uma área muito maior, com dois andares e decoração elaborada demais para um centro comercial ao ar livre, abriga uma loja Kroger que talvez seja a mais chique do país. Uma placa do lado de fora anuncia um Starbucks lá dentro, mas tem outro Starbucks na parte externa do centro comercial e mais um que fica logo em frente. Isso deveria ser uma piada, mas não é.

Eu devia almoçar, mas, sempre que posso, evito comer fora sozinha. Não é uma preocupação com a saúde; se eu tiver a companhia de minha mãe, como qualquer coisa pronta. É o fato de estar sozinha. Depois de alguns anos tentando equilibrar as necessidades do meu corpo e as que minhas emoções insistem em impor, ainda não sou boa nisso. Às vezes, principalmente nos dias ruins, ainda como até passar mal diante da constatação de que Chavi não está mais aqui. Ela não está *aqui* e isso dói muito, dói de um jeito que não faz nenhum sentido, porque tudo que dói desse jeito deveria sangrar, sair da gente, deveria poder ser *consertado*, e isso não pode. Então, comer Oreos até ficar inchada, com dor de estômago e vomitar é um jeito de obrigar a dor a fazer sentido.

Faz alguns meses que ultrapassei aquela linha que tracei para mim mesma e desabei na frente do vaso sanitário. Oreos não têm um gosto tão bom no caminho de volta, mas ainda tenho... *consciência*, acho, de que meu controle não é como deveria ser. Minha mãe sempre se preocupou muito menos com o peso do que com a parte de eu comer até passar mal, mas ao unirmos sua força de vontade inabalável e o alívio que sinto diante dessa força, conseguimos estabilizar as coisas, e não estou mais oscilando loucamente entre os extremos preocupantes da magreza esquelética e de um corpo redondo.

O fato de meu peso atual me deixar mais parecida que nunca com Chavi... bem. Nos dias bons, dou de ombros e evito cuidadosamente as fotos ou espelhos maiores que os de bolsa. Nos dias ruins, é como se um exército de agulhas penetrasse minha pele e meus dedos formigassem pedindo Oreos. Minha mãe diz que sou uma obra em andamento.

Entro na Kroger. Tenho certeza de que não sinto mais a ponta do nariz, o que me faz pensar que uma bebida quente não seria a pior opção. Se eu não comer até chegar em casa, vai ser mais difícil causar problemas para mim mesma.

A barista é uma mulher pequena como um pardal, não deve ter nem quarenta quilos, cabelo lilás preso em um coque fofo com o auxílio de grampos roxos. Suas costas e ombros são encurvados, e as mãos parecem artríticas, mas os olhos são atentos e o sorriso é acolhedor, e me pergunto se ela precisa desse emprego, ou se é uma dessas pessoas que trabalham em regime de meio-período depois da aposentadoria porque a casa e o marido se tornam irritantes demais.

— Seu nome, meu bem? — ela pergunta com a caneta na mão, estendendo a outra para pegar um copo.

— Jane.

Porque ver as pessoas assassinando a grafia de *Priya* é doloroso.

Alguns minutos depois, pego minha bebida. Tem mesas e cadeiras aglomeradas no canto do supermercado, alto-falantes no teto berrando um CD corporativo de jazz suave, mas tudo é soterrado pelos sons do resto da loja: vozes estridentes chamando alguém pelo interfone, batidas de carrinhos, latas e caixas, crianças barulhentas, a trilha sonora de pop rock, tudo é caótico e estrondoso, contribuindo para que o conceito de cafeteria dentro do supermercado pareça ainda mais bizarro.

Então, decido voltar lá para fora, para o frio e a brisa agora mais forte. Vou para o estacionamento. Entrei no centro comercial pelos fundos, mas a rua na frente dele leva direto à minha casa, e provavelmente já está na hora de eu voltar.

Em vez disso, fico paralisada ao ver um pequeno pavilhão sobre uma ilha gramada, um de vários que dividem o estacionamento em algumas seções, com três lados da estrutura de ferro cobertos por uma lona branca e pesada. Aquecedores pendem dos suportes como caracóis vermelhos e brilhantes, posicionados bem acima de um grupo de idosos que usam bonés parecidos, azuis ou pretos com bordado amarelo, todos bem agasalhados para enfrentar o frio que entra pela parte aberta do pavilhão. Estão sentados em volta de mesas de pedra, com tabuleiros e peças entre eles. Não devia ser nada, mas é, porque a cena é dolorosamente familiar.

Nada é tão parecido quanto velhinhos jogando xadrez.

Meu pai e eu jogávamos xadrez.

Ele era péssimo, e eu fingia ser, algo que o incomodava muito mais do que a mim, mas jogávamos todo sábado de manhã no parque perto de casa, ou, durante os longos invernos de Boston, na igreja vazia ali ao lado. Às vezes ele queria jogar durante a semana também, mas alguma coisa na tradição do sábado me atraía.

Mesmo depois de meu pai, continuo procurando grupos de xadrez em todos os lugares onde moramos. Eu perco todos os jogos, pelo menos a metade deles de propósito, mas ainda quero jogar. Todo o resto relacionado ao meu pai está bem guardado, mas convencer os outros de que eu sou péssima no xadrez, isso eu mantenho vivo.

A porta de um carro range ao ser aberta perto de mim, desviando minha atenção dos velhos e seus tabuleiros. Uma jovem de vinte e poucos anos está sentada no banco do motorista a alguns metros de distância. Ela tem um tricô no colo e sorri para mim.

— Pode ir falar com eles — ela me diz. — Eles não mordem. Não com os dentes, pelo menos.

Não sou mais tão boa em sorrir, o resultado é sempre meio assustador, mas tento compor uma expressão adequadamente simpática.

— Não queria incomodar. Eles aceitam mais gente para jogar?

— Às vezes. São bem rigorosos com isso, mas não custa pedir. Meu avô está lá.

Isso explica o tricô. Ainda bem! Uma Madame Defarge do estacionamento seria uma coisa pavorosa.

— Vai lá e pergunta — ela insiste, usando um polegar para enrolar a lã vermelha em torno do dedinho.

— O pior que pode acontecer é eles dizerem não.

— Você incentiva todo mundo que para e olha o jogo?

— Só quem parece solitário. — Ela fecha a porta antes que eu pense em uma resposta para isso.

Depois de mais alguns momentos parada ali como uma idiota, sentindo dor em todas as partes do corpo que ainda não congelaram, ando pela grama e entro no pavilhão aquecido. Todos os jogadores param de jogar e olham para mim.

Quase todos os homens são idosos e evidentemente veteranos de guerra, com as designações de operação e unidade em seus bonés. Os parques de xadrez são lugares comuns para se encontrar veteranos e, embora eu não conheça todas as operações, sei o suficiente para dividi-los em grupos. A maioria desses homens serviu no Vietnã, alguns na Coreia, dois na Tempestade no Deserto, e um homem muito velho, todo enrolado em cachecóis e cobertores, sentado no lugar mais próximo dos aquecedores, usa um chapéu com letras bordadas num amarelo desbotado: Operação Netuno.

Puta merda.

Esse homem lutou na Praia da Normandia antes de meus avós nascerem.

Um dos veteranos do Vietnã, um homem de rosto flácido e cheio de pelancas, com um nariz bulboso e coberto de vasinhos rompidos, olha feio para mim.

— Não queremos doações, menina.

— Não estou oferecendo nada. Só queria perguntar se outras pessoas podem jogar com vocês.

— Sabe jogar? — Ele parecia duvidar de mim.

— Mal, mas sei. Sempre que mudamos de casa eu procuro um lugar onde possa jogar.

— Hum. Pensei que era para isso que vocês, jovens, usavam a internet.

— Não é a mesma coisa.

O mais velho pigarreia, e todos os outros olham para ele. Todo grupo tem uma hierarquia. Não é diferente com os veteranos, e deixando de lado a verdadeira hierarquia, os combatentes da Segunda Guerra Mundial estão acima de todos. Esse homem esteve no inferno e carrega cicatrizes há muito mais tempo do que qualquer outro ali. Esse tipo de classificação não se aposenta nem é dispensada.

— Vem aqui, por favor.

Dou a volta na mesa e me empoleiro na pequena fatia de banco que sobra ao lado dele. O homem me analisa. Não sei dizer ao certo o que ele procura, e o cheiro doce e enjoado de seu hálito me faz pensar se ele é diabético, se não faz mal ficar aqui fora com esse tempo, mesmo com tantos agasalhos e os aquecedores próximos. Sua pele parece fina como papel, dobrada em rugas suaves, com manchas irregulares provocadas pelo envelhecimento, e veias azuis e finas que se espalham pelas têmporas e embaixo dos olhos. O tecido grosso e branco de uma cicatriz forma um aglomerado em uma das têmporas, descendo por trás da orelha. Estilhaços da Normandia? Ou alguma outra coisa diferente?

— Você tem sua guerra pessoal, não tem, menina?

Penso nisso, deixando a pergunta por trás das palavras tomar forma. Ela toma a forma de Chavi, toda aquela raiva, tristeza e dor que carrego desde que minha irmã morreu.

— Sim — respondo. — Só não sei quem está do outro lado.

Uma guerra precisa de inimigos, mas não sei se alguém pode me sabotar tão bem quanto eu mesma.

— Todos nós pensamos nisso de vez em quando — ele concorda, e olha para os outros homens. Estão nos observando, menos um, que estuda seu tabuleiro com uma pequena ruga na testa e a compreensão de que seu rei vai ser encurralado. — Como é seu nome?

— Priya Sravasti. E o seu?

— Harold Randolph.

— Gunny! — Todos os outros tossem nas mãos. Só um deles se contém, e não parece ser um veterano. Ele é mais jovem, mais brando, e há algo em seus olhos, ou melhor, *falta* algo em seus olhos, que diz que ele não faz parte do mesmo grupo que os demais.

Gunny revira os olhos. Aos poucos, tira uma luva de tricô e revela outra por baixo, essa sem dedos e amarela, tão desbotada quanto as letras em seu boné. A mão treme um pouco quando ele a levanta. Uma paralisia, acho. É mais do que frio. Ele toca a ponta do meu nariz com um dedo.

— Consegue sentir isso?

Quase sorrio, mas não quero assustá-lo, fazer-me menos bem-vinda.

— Não, senhor.

— Então vá para casa hoje, e volte quando quiser. Não jogamos muito nos fins de semana. Tem muita gente.

— Obrigada, senhor — respondo. Em um gesto impulsivo, beijo seu rosto e sinto os pelos macios roçando meus lábios. — Eu vou voltar.

O homem de nariz bulboso sufoca uma risadinha.

— Olha só isso, Gunny arrumou uma nova futura ex-esposa.

A maioria dos outros acena para mim com a cabeça, em um gesto mais de reconhecimento do que de amizade. Mas tudo bem. Tenho que conquistar um lugar aqui, mostrar a eles que não sou só uma garota entediada ou volúvel. Levanto-me e ando pela parte de trás do pavilhão, absorvendo o calor antes de ir para casa, e olho para o homem na ponta da fileira de mesas do outro lado, o que não parece se encaixar ali. Ele não usa boné, só uma touca de tricô empurrada para trás, deixando à mostra a raiz dos cabelos claros, embora não dê para descrevê-los como castanhos ou loiros.

Ele sorri para mim, um sorriso pálido.

— Você parece alguém que conheço — falo.

O sorriso dele não muda.

— Muita gente diz isso.

Não era brincadeira. Ele não parece ninguém, o que significa que deve parecer todo mundo. Não há nele um só traço que o diferencie, nada que sugira que, sim, eu o reconheceria com certeza fora do contexto. Não é bonito, não é feio, ele só... é. Até os olhos são de uma cor turva, indistinta.

O sorriso também não contribui para mudar seu rosto, o que é estranho. Sorrisos mudam as pessoas, a posição das bochechas, o formato da boca, as linhas em torno dos olhos. Mas o rosto dele não parece diferente de antes, quando estava sério. Não que seja falso, é que não parece... bem, natural. Mas sejamos honestos, parques de xadrez são o paraíso para os socialmente acanhados. Talvez eu devesse me impressionar por ele fazer contato visual.

Faço que concordo, ainda me sentindo um pouco incomodada, e vou para casa. Não sinto tanto ar gelado, o que é menos um sinal de elevação na temperatura do que um aviso para eu me apressar e entrar logo em casa, antes que acabe com queimaduras de frio.

Quando chego à minha vizinhança, paro no grande toldo que protege a parede de caixas de correspondência da nossa rua. Tem até uma lata de lixo presa por uma corrente em torno de um dos postes para receber toda a correio inútil. Quando estou mais sentimental, sinto saudade da nossa caixa de correio em Boston, com mãos carimbadas em cores brilhantes sobre a alegre superfície amarela. Meu pai não quis deixar a marca da mão dele porque achava aquilo indigno, então nós três o atacamos com os pincéis sujos de tinta e acabamos com um belo carimbo de bigode colorido na portinhola da frente.

Não sei se ainda temos aquela caixa. Não a vi nas últimas duas mudanças. Por outro lado, isso aconteceu com metade das coisas que tínhamos: embalar tudo e tirar de novo das caixas não parecia valer a pena.

Tiro da caixa dois punhados de informativos e cartões postais enormes endereçados a "Nosso Vizinho" e "Moradores da..." e os jogo no lixo, junto com um lembrete de consulta com o dentista, enviado de Birmingham. Tem um envelope com um cartão de felicitações em um belo tom de verde, uma cor muito primaveril, com a caligrafia de Mercedes na frente. Não é tão surpreendente: tecnicamente, começo hoje na escola virtual, vou fazer aulas on-line com uma professora na França para me acostumar a pensar e trabalhar em outro idioma, e Mercedes *sempre* tem um cartão preparado para o meu primeiro dia de aula, mesmo que esses sejam muitos ao longo do ano.

O que me surpreende são os outros dois envelopes de tamanho quase idêntico. Um é subscrito em letras de forma, uma caligrafia espontânea, organizada e legível, do tipo que continua firme mesmo quando papel e tinta começam a desbotar, a inscrição preta bem evidente no fundo rosa-choque do cartão. O envelope azul-claro tem uma caligrafia cursiva mais ou menos organizada, legível depois de uma ou duas piscadas.

O cartão de Mercedes está dentro do prazo, mas Vic e Eddison normalmente programam os deles de um jeito um pouco diferente.

Esses não são parecidos com o que eles mandaram em maio, assinado pelos três. Aquele não tinha mensagem, nem mesmo impressa. Eram só as assinaturas. Só um lembrete de que o assassinato de minha irmã não tinha sido esquecido. É preciso algum planejamento cuidadoso e conhecimento do serviço postal para garantir que um deles não chegue junto com meus cartões de aniversário.

Porque nada poderia dizer feliz aniversário tanto quanto a lembrança de que o FBI ainda não sabe quem matou sua irmã e uma sequência de outras garotas ao longo dos anos.

Dentro de casa, dispo as peças mais pesadas e guardo no armário da entrada. Depois, subo a escada para o meu quarto, tirando os outros agasalhos do caminho. Jogo os cartões em cima da cama e a roupa na cadeira, que peguei da sala de jantar para conter o caos. Depois de um banho quente que dolorosamente devolve a sensibilidade ao meu nariz e aos dedos, volto à cozinha e faço mingau de aveia com leite, canela e mel, e levo a refeição para o quarto.

Só quando estou na cama de pijama, com o mingau realizando a magia de me aquecer por dentro, pego novamente os envelopes.

O cartão de Mercedes é exatamente como deveria ser, uma alegre mensagem de volta às aulas em caneta neon, metade em espanhol, porque ela se diverte quando escrevo para ela em francês. Depois abro o envelope enviado por Vic, que contém uma foto em preto e branco de três gatos usando enormes óculos escuros. A mensagem é direta, algumas linhas sobre as cartas que a filha mais velha manda da faculdade e o horrível tempo chuvoso no norte da Virginia. O envelope de Eddison, com uma foto que fica no limite tênue entre o grosseiro e o engraçado, não tem nada escrito.

Por que os três?

Olho de novo para o cartão de Mercedes, cuja frente tem glitter suficiente para fazer um unicórnio vomitar alegria, e percebo que parte daquele brilho não combina. O restante do glitter é superfino, em tom pastel. Aqui e ali, porém, vejo espirais do que parece ser cola glitter, grossa e um pouco empelotada, formando pequenas saliências de cor forte. Deslizo o polegar por baixo de uma dessas espirais, descolando-a com cuidado. O papel rasga em um trecho e depois se solta. Um momento mais tarde, tenho um círculo de cola em um dedo e uma visão clara daquela parte do cartão original.

Ela cobriu as borboletas.

O nome dela é Zoraida Bourret, e hoje é Domingo de Páscoa.

Você gosta da Páscoa nas igrejas mais tradicionais, onde meninas e mulheres ainda usam vestidos brancos de renda e chapéus com fitas ou flores. Existe algo em sentar perto do fundo da igreja e ver o mar de chapéus de Páscoa.

E este ano você vê Zoraida.

Você a viu antes, é claro, ajudando a mãe com a horda de irmãos mais novos. Ouviu a fofoca, e aquela coisinha sutil que não é bem fofoca, mas não é bem notícia. O pai dela era um oficial de polícia e morreu no cumprimento do dever, e embora Zoraida fosse alguém que certamente poderia ir para a faculdade e fazer grandes coisas, ela abandonou todos os cursos extracurriculares e, provavelmente, sua chance de uma educação superior para ajudar em casa. Ninguém teve que pedir isso a ela.

Que boa menina, dizem as mulheres.

Que filha doce.

Que irmã maravilhosa.

Ela não é nada parecida com Darla Jean, mas tem algo nela que é similar à outra. Faz quase um ano que Darla Jean o traiu, e mesmo assim você ainda sente amor por ela, sente saudade, chora por ela.

Mas Zoraida é realmente uma boa menina. Você a observou o suficiente para saber disso. Ela sai da escola e vai direto para casa, parando apenas para buscar os irmãos no caminho. Ela também cuida de tudo para eles, lanches, lição de casa e atividades, e quase sempre tem o jantar pronto quando a mãe chega do trabalho. Ela ajuda com os banhos e com a preparação dos pequenos para a hora de dormir, e só então senta-se à mesa da cozinha e começa o próprio dever de casa. Faz a lição até tarde da noite, mas acorda cedo de novo, garantindo que todos tomem o café da manhã, se vistam e vão para a escola.

E quando os garotos se aproximam – e eles se aproximam – porque ela é uma garota bonita, meu Deus, e o mundo se ilumina com seu sorriso –, ela os afasta educadamente, porque a família é mais importante.

Porque ela é uma boa menina.

Quando o serviço religioso acaba, é fácil roubar as bolsinhas de plástico bonitinhas que suas irmãs mais novas deixaram no banco. Elas as esquecem o tempo todo, as gêmeas, só se lembram delas na metade do caminho para casa, e por ser uma longa caminhada até a igreja, para economizar gasolina nos fins de semana, às vezes é Zoraida quem volta para buscá-las. Ela balança a cabeça todas as vezes, mas também sorri, porque ama as gêmeas e faria qualquer coisa por elas.

E você sabe que tem que ajudá-la.

Tem que garantir, para o próprio bem dela, que Zoraida será sempre assim, tão boa, tão pura.

Então, você rouba as bolsinhas, porque sabe que as gêmeas vão se esquecer delas, e espera até que ela volte. A igreja se esvazia mais depressa que de costume, todos vão para casa procurar os ovos ou jantar, ou vão se reunir com outros membros da família. Você fica sentado nas sombras à espera, e lá vem ela, se abanando com o chapéu. É de renda branca engomada, dura e inflexível, com fitas cor de pêssego entrelaçadas na aba e na base da coroa. Os tons suaves de pêssego e branco contrastam com sua pele escura. Um lírio roxo enfeita o corpete do vestido, preso tão alto que quase poderia ser seu ombro.

Você se aproxima dela por trás, os passos mansos no tapete fino, e cobre sua boca com a mão. Ela inspira bruscamente, começa a gritar, mas seu braço encontra a garganta dela. Ela se debate, mas você sabe por quanto tempo manter a pressão firme. Ela cai, inconsciente.

O vestido é muito branco, muito limpo. Muito inocente. Você não suporta a ideia de arruiná-lo.

Então, quando um dos irmãos de Zoraida aparece algum tempo depois, preocupado por ela não ter voltado para casa em seguida, encontra-a deitada diante do altar, com um halo de lírios brancos de pescoço roxo em volta da cabeça, as roupas dobradas e empilhadas sobre um banco, o chapéu sobre a pilha, e os sapatos de fivela, brancos e simples, ao lado. O corte na garganta é uma linha firme, porque ela já estava inconsciente e não conseguiu se debater.

Sem dor, sem medo.

Ela não vai ter a chance de cair como Darla Jean, não vai se deparar com aquela tentação e traição.

Zoraida Bourret será, para sempre, uma boa menina.

O apartamento de Eddison jamais ganhará um prêmio de decoração. Além de não ter um clima caseiro, não é particularmente aconchegante. Se é que tem uma estética, é algo vagamente institucional. É arrumado, até as louças na pia são enxaguadas e empilhadas de um jeito organizado, à espera de ele esvaziar e encher novamente a lavadora, mas não há muita coisa que confira uma sensação mais pessoal ao lugar. As paredes são brancas, como eram antes de ele se mudar para lá. Agora há cortinas nas janelas, em parte porque as persianas deixavam entrar muita luz, em parte porque ele não queria ninguém olhando para dentro. A mobília é escura e prática, com exceção da mesa de jantar, uma monstruosidade alegremente colorida por ladrilhos no tampo, um móvel que Priya e a mãe dela resgataram de um restaurante mexicano prestes a fechar. Filmes e livros ocupam o armário embutido perto da televisão.

Eddison normalmente prefere assim. Sempre que as missões o obrigam a entrar na casa das pessoas e ele tem a oportunidade de ver como elas dão um caráter pessoal ao lugar onde vivem, sente-se grato por ter um espaço bem neutro no qual pode se reequilibrar. E talvez haja um pouco de paranoia nisso. Todo mundo que trabalha com a aplicação da lei tem um medo constante, frequentemente não declarado, de que um dia alguém possa ir atrás de seus entes queridos para se vingar. Se eles não estiverem expostos, se não houver pistas de suas vulnerabilidades à vista, nem mesmo em seu apartamento, ele vai se sentir melhor.

Não havia perdido a irmã por ter entrado para o FBI; pelo contrário, o ingresso no FBI foi provocado pela perda da irmã. No entanto, não suporta a ideia de pôr em risco os pais, ou os vários tios, tias e primos com quem ainda mantém contato.

Hoje, porém, depois de passar o dia inteiro olhando para a papelada que, provavelmente, ocupará o resto da semana, é impossível não perceber que o lugar que chama de lar é bem estéril.

Depois de trocar de roupa e se livrar do terno, ele senta no sofá com uma caixa de comida para viagem. A mãe e a esposa de Vic, duas santas, tinham se oferecido muitas vezes para ensiná-lo a cozinhar, mas o melhor que ele consegue fazer sem que o caos seja instaurado um é miojo ou aqueles macarrões com queijo de caixinha. Contrariando o deboche de Ramirez, isso não tem nada a ver com ser homem e tudo a ver com ficar entediado no meio das preparações.

Além do mais, certamente o zelador não ia gostar de ter que pintar o teto da cozinha de novo para esconder as manchas de fumaça.

Suas fotos pessoais – qualquer coisa que mostre ele ou alguém que ama ou algum lugar relacionado a ele – estão guardadas em caixas de sapatos escondidas na parte de baixo do closet do quarto. Estão à mão para quando quer vê-las, mas escondidas o suficiente para que não se consiga encontrá-las. Algumas fotografias são mais fáceis de pegar, e ele as examina, em vez de tentar encontrar um jogo na televisão.

Não se lembrava de ter contado a Priya por que não mantinha fotos à mostra quando ela e a mãe tinham ido buscá-lo para um churrasco na casa de Vic, naquele tempo em que moraram na capital. Mas se lembrava de ter falado sobre isso com a mãe dela, embora sem mencionar os motivos. Por outro lado, Deshani Sravasti é uma mulher formidável com uma capacidade aguçada e, por vezes, aterrorizante, de ler as pessoas. Ela provavelmente notou a ausência das fotos antes mesmo de ele ter falado alguma coisa, e deve ter feito uma dedução bem precisa sobre seus motivos. Então, talvez ela tivesse falado sobre isso com Priya.

Assim começaram as aventuras do agente especial Ken. Ele não sabia onde Priya tinha arrumado o boneco Ken, talvez com uma das filhas de Vic, mas ela havia costurado para ele um terno e uma jaquetinha azul-marinho com *FBI* em grandes letras amarelas nas costas. Agora, o agente especial Ken acompanha sempre Priya e a mãe, e é fotografado com gente famosa ou em cenários interessantes. As poucas fotos que Eddison emoldurou estão arranjadas em um arco sobre a televisão.

Sua favorita é de Berlim. O boneco está dobrado quase ao meio, com o rosto ao lado de um copo de cerveja quase cheio, maior do que o próprio Ken seria se estivesse em pé. Dá para ver a cueca de plástico de boneco embaixo da jaqueta. Eddison tem certeza absoluta de que Priya é a única pessoa que ele conhece que se sentiria completamente confortável fazendo um boneco parecer bêbado para uma sessão de fotos em um espaço público. Ela não assina nem anota datas no verso das fotos. Coloca apenas a localização dos cenários mais obscuros. Pessoal no sentimento, impessoal na aparência.

Seguro.

O telefone toca, vibrando e dançando sobre a mesinha da sala. Ele olha desconfiado para o aparelho, até lembrar que Priya ia telefonar.

— E aí, a cidade nova é cheia de coisas interessantes? — ele pergunta, em vez de dizer alô.

— *Interessante* é uma palavra boa para ela — concorda Priya. — As praças são a mistura mais louca de boas intenções e resignação.

— Finalmente consegui ler o perfil da sua mãe na *Economist* de dezembro. O texto é impressionante.

— A entrevista começou meio complicada. O repórter insistia em perguntar sobre Chavi e meu pai, e minha mãe não gostou nem um pouco.

Não gostou nem um pouco em relação a Deshani Sravasti significa que a vítima teve sorte de escapar sem molhar a calça. É evidente que a *Economist* mandou alguém mais duro, considerando a forma como o restante da entrevista transcorreu.

— Melhorou depois que a situação ficou menos pessoal — ela continua. — Minha mãe adora falar sobre apagar incêndios nas diferentes filiais.

— Fico feliz por ela receber reconhecimento por isso.

Havia sido assustador entrar em uma livraria e ver Deshani na capa da revista, seu olhar direto e desafiador mesmo em uma fotografia. Mais fotos acompanhavam o artigo, uma em seu escritório em Birmingham, outra com Priya no sofá da casa delas.

Não foi surpresa ver as letras miúdas conferindo a Priya os créditos pelas fotografias em que ela não aparecia.

A pausa na conversa é mais um segundo de silêncio do que uma hesitação. O que Priya jamais fez foi hesitar. Essa é a garota que, dez minutos depois de conhecê-lo, jogou um ursinho de pelúcia em sua cabeça e disse para ele deixar de ser covarde. Eram amigos desde então.

Geralmente, ele prefere não pensar no que isso pode revelar a seu respeito.

— Que foi, Priya?

— Vocês estão bem?

A pergunta o deixa gelado por motivos que não consegue identificar, e ele enfia o garfo de plástico mais uma vez no macarrão.

— Quem, a equipe? Tudo bem.

— Mesmo? Porque hoje recebi cartões de vocês três.

Merda.

Não tinha como saber que Vic pretendia mandar um cartão, mas devia ter se lembrado de Ramirez. Teria sido menos evidente se fossem só dois cartões?

Mas essa é Priya, e ela é parecida com a mãe. Nenhuma das duas jamais precisou ter todos os fatos para ligar corretamente o ponto A ao ponto M.

— Não precisa me contar o que está acontecendo. Sei que talvez não queira, ou não consiga. Estou preocupada, só isso. — Aquela hesitação de novo, como se ela testasse o gelo antes de pisar nele. — Mercedes usou glitter para cobrir as borboletas no cartão.

Porra.

A terça-feira anterior, quando ela mandou o cartão, foi um dia ruim para todos eles. Não devia estar surpreso.

— Vamos mudar um pouco a pergunta, então — ela disse. — Vocês todos *vão* ficar bem?

Eddison pensa por um momento, deixando a pergunta penetrar em seus ossos como se houvesse neles uma resposta a ser encontrada. Priya não fala mais nada, não insiste, não especula e não o apressa. Aprendeu a esperar.

As Borboletas eram boas nisso, mas algumas eram melhores que outras. Muitas das que restaram não eram mais boas nisso.

Ele não estava no Jardim quando tiraram os corpos das garotas que morreram nos momentos que antecederam a explosão, ou durante a própria explosão. Estava novamente em Quantico, preenchendo com raiva os lugares que haviam sido esvaziados dentro dele por tudo que tinha visto.

Quando souberam o que havia acontecido com aquelas meninas, ele compreendeu, apavorado, que esse caso jamais deixaria de existir. Não que a lei não fosse resolvê-lo. Não, ele seria solucionado. Um dia. Mas esse não era um caso para se resolver e descartar, passar ao próximo. Não era nem um caso para o qual alguém pudesse olhar depois de um tempo, quando refletisse sobre o rumo da própria carreira.

Esse era um caso para acabar com você, destruir o indivíduo completamente pelo resto da vida. Como uma pessoa é capaz de fazer isso?

E por ser Priya perguntando, ela que sabe melhor do que a maioria das pessoas o que significa não estar bem – sabe que tudo bem não estar bem – ele considera os limites do que pode e não pode dizer a ela, e decide que, de qualquer modo, a mídia iria divulgar a notícia, mas Priya não seria um veículo de divulgação.

— Uma das sobreviventes do Jardim se matou na semana passada.

Ela faz um barulhinho, mais pensando do que respondendo.

— Não foi realmente uma surpresa — ele continua. — Não com essa garota. Foi mais surpreendente ela não ter tentado antes.

— Família?

— Ela foi destruída enquanto ainda estava lá dentro. A família destruiu o que faltava. Mas ela é a...

Ela completa a frase por ele.

— Terceira — diz com simplicidade. — Três suicídios em menos de quatro meses.

— Os psicólogos deram o alerta para mais duas meninas. Mais provável sim do que não, eles disseram.

— E as outras?

— O tempo vai dizer. — Ele odeia essa frase, odeia ainda mais sua veracidade. — Algumas vão ficar... não posso dizer que bem, acho, mas tão bem quanto podem ficar. Se alguma coisa tentar destruir essas garotas, elas vão botar fogo no mundo, e tudo vai cair junto com elas.

— Quatro meses não é muito tempo.

— Menos de quatro.

— Menos de quatro — ela concorda pacificamente, não porque a correção é importante, mas porque ele ainda está vulnerável, e ela sabe disso. Eddison devia estar menos conformado com isso. É um agente do FBI, caramba, e, se tem que se sentir vulnerável, não precisa de ninguém testemunhando isso.

— Você alguma vez pensou nisso? — ele pergunta, de repente.

— Não. — A resposta é rápida, mas não imediata. Não é defensiva ou reflexiva. — Chavi era uma parte muito grande do meu mundo, mas não era meu mundo inteiro. Por mais que eu tenha sofrido, e sofro, também fiquei furiosa. Isso faz diferença, não faz?

— Faz?

— Mesmo que não faça, outras coisas fazem. Minha irmã foi tirada de mim, mas eu não perdi a liberdade. Não perdi minha identidade. Não tinha uma data marcada para morrer.

Uma data de validade, como disse uma das sobreviventes do Jardim. Como um litro de leite.

Ele sente o macarrão instantâneo de camarão ferver em seu estômago.

— Eu perdi minha irmã. Suas Borboletas perderam-se a si próprias. Tem uma diferença nisso, pelo menos.

— Sabíamos que ela ia se matar. Avisamos os pais, imploramos para eles permitirem que ela tivesse a ajuda que era oferecida.

— Vic implorou.

— E Ramirez — ele acrescenta sem vergonha, porque implorar não é uma coisa que ele faça.

Eddison sempre foi melhor com suspeitos do que com vítimas. Outra coisa que, provavelmente, revela mais do que deveria sobre ele.

— Saber não muda o que você sente quando acontece.

Não mesmo? Mais uma vez, essa não é uma questão à qual ela dá muita atenção. O homem que matou sua irmã ainda está por aí, e, mesmo que saibam quem ele é, isso não trará Chavi de volta.

— E aí, algum dia vou poder conhecer as meninas? — ela pergunta.

Ele pisca e quase afasta o telefone da orelha para olhar para a tela.

— Quem?

— As garotas que vão pôr fogo no mundo. Acho que são bem o meu tipo de gente.

A surpresa arranca uma gargalhada dele.

— Ah, verdade, elas são, elas... não. Não, de jeito nenhum, nunca vai poder conhecer as meninas — ele responde em tom firme, o cérebro capturando as implicações do que ela disse. Priya se daria bem com Inara e Bliss, sem dúvida. Como uma casa pegando fogo. Não.

A risada abafada do outro lado, pouco mais que um suspiro, afrouxa um pouco o nó em seu peito, e é bizarro como ele pode se sentir melhor e pior ao mesmo tempo.

Mas para seu próprio bem-estar, assim como para a preservação do mundo de maneira geral, é absolutamente necessário que elas nunca se conheçam.

Na madrugada de quarta-feira, acordo de repente e em pânico, sentindo a cama despencar embaixo de mim. É o que parece. Pulo no colchão e esfrego os olhos para me livrar das remelas. Meu quarto ainda está escuro, mas tem luz suficiente no corredor para que eu consiga ver a silhueta de minha mãe, em pé, as mãos na cintura como se imitasse o Super-Homem. O estrado da cama range ao acomodar seu peso.

Gemendo, deito de costas e puxo o travesseiro para cima do rosto.

— Que é isso, mãe?

Ela ri e deita-se ao meu lado. Quando ela me envolve com um braço, o hálito morno e familiar em meu pescoço exala o cheiro de café.

— O fato de poder assistir às aulas de pijama não significa que não tem hora para acordar.

— Ainda está escuro lá fora?

— Sim.

— Então não é hora de acordar.

Minha mãe ri de novo, levanta o travesseiro e beija meu rosto.

— Levanta, meu amor. Vou fazer café para você.

Ela faz waffles incríveis. Talvez até valha a pena sair da cama por eles.

Minha mãe sai para ir trabalhar logo depois do café, e eu passo o resto da manhã tentando convencer meu cérebro a pensar em francês para estudar Matemática, Ciências e História. Muita História. Nunca havia pensado no quanto minhas aulas de História Mundial tinham como foco os Estados Unidos, até ter que começar a equiparar as matérias com o pessoal que vai estar na minha turma no outono.

Minha cabeça começa a doer com a sobrecarga idiomática, e eu deixo tudo de lado e me agasalho com umas oito ou dez peças de roupa para enfrentar o mundo lá fora. O dia está claro, mas frio. Meu Deus, muito frio.

Parte de mim se pergunta por que os veteranos se preocupam com os aquecedores em vez de simplesmente irem para dentro de algum lugar. Ainda faz frio suficiente para congelar os dedos do lado de fora do pavilhão, e eles têm três Starbucks diferentes a poucos passos dali. Mas não vou perguntar. Vai ser meu primeiro jogo com eles, e preciso conquistar meu espaço. Funciona assim com todos os grupos.

— Ei, Menina Azul, vem, você vai jogar comigo hoje — anuncia o veterano do Vietnã de nariz vermelho, antes mesmo de eu pisar na grama.

Os outros dão risada do apelido, mas é bem apropriado. O bindi entre meus olhos é um cristal azul incrustado em prata, como a pedra em minha narina direita, e, assim que tiro a touca de lã, as mechas azuis do meu cabelo aparecem, nítidas e brilhantes. O homem que escolheu meu novo nome pisca ao ver meu cabelo e depois ri, como se comprovasse uma teoria.

— E aí, como eu te chamo? — pergunto ao sentar no banco.

— Chama esse filho da puta feio de Corgi, ouviu bem? — uiva o homem sentado a seu lado, ignorando a cotovelada de Corgi em suas costelas. Eles usam bonés idênticos, e fico pensando em como deve ser viver o inferno ao lado de uma pessoa e depois ainda poder se apoiar nela.

Bem, um tipo diferente de inferno, de qualquer jeito. Perda é perda, e minha mãe e eu temos uma à outra, mas não vivemos o tipo de guerra que eles viveram.

Alguns outros se apresentam, enquanto Corgi e eu posicionamos as peças. Steven, Phillip, Jorge e, ao lado de Corgi, Feliz, que talvez esteja um pouquinho bêbado. Os outros estão prestando atenção em seus jogos. De onde suspeito que seja seu canto habitual, Gunny sorri e acena para mim, depois volta a olhar para o tabuleiro com a expressão indiferente que vi da última vez.

Quando Corgi e eu começamos a jogar, Feliz e Jorge prestam mais atenção à nossa partida que à deles, ambos me orientando com conselhos quase sempre conflitantes. A não ser pela explosão inicial de Feliz, todos se comportam da melhor maneira possível, o que significa que alternam entre extrema e às vezes acanhada cortesia e o tipo de grosseria que, provavelmente, faria seus sargentos chorarem de orgulho nos velhos tempos. Eles se desculpam depressa sempre que lembram que estou ouvindo. Mas dou risada com o grupo, e aos poucos eles relaxam e se acomodam em uma dinâmica que deve ser a mais próxima possível da habitual, ou da que pode existir com uma mulher invadindo o círculo.

— Você não disse que adorava jogar? — Corgi pergunta, desconfiando, depois da segunda vitória fácil.

— Não disse que jogava bem.

— Ainda bem — opina Jorge.

Meu pai jogava tão mal que perder para ele era mais difícil do que ganhar da maioria dos jogadores medianos. Foi assim que percebi que outras pessoas eram mais propensas a me deixar ficar e jogar, desde que eu não ameaçasse o orgulho delas. Bem. Talvez eu mantenha vivo o hábito de perder de propósito por causa do meu pai, mas também é uma forma estranha de pragmatismo. Jogar para perder me permite continuar jogando sem nenhum tipo de pressão ou drama.

Arrumamos as peças para a próxima partida, e Feliz dá a volta na mesa para ocupar meu lugar, ameaçando bater em Corgi até ele ficar roxo por causa de algo que ele disse ou fez. Corgi está sorrindo.

Os homens dizem *eu te amo* dos jeitos mais estranhos.

— Vem jogar comigo, srta. Priya — Gunny convida, devolvendo suas peças à posição inicial.

Todo mundo muda de lugar, arrumando novos parceiros e discutindo por cores. Escolho o banco do homem-nada, mas ele passa um assento para o lado e se coloca diante de um veterano relativamente jovem da Tempestade no Deserto, que se apresenta como Ganido.

Consegui não fazer perguntas com Corgi e Feliz, mas Ganido?

Ele faz uma careta, e as bochechas rosadas se distendem em um sorriso tímido.

— Ganhei o apelido no Básico — ele resmunga. — O sargento sempre se aproximava de mim por trás e berrava ordens no meu ouvido. Eu sempre dava um pulo de susto. Começaram a me chamar de Ganido.

E esse tipo de apelido pega.

O homem-nada olha para mim com um sorrisinho, mas não se apresenta. Não pergunto seu nome. Tem alguma coisa estranha nele, e não quero correr o risco de que ele confunda cortesia com interesse.

O foco de Gunny no jogo não é dos melhores. Ele perde de vista os movimentos, esquece de quem é a vez de jogar. Às vezes se distrai ouvindo uma história e não percebe que ainda não jogou. Não tento lembrá-lo, a menos que ele pareça confuso. Para ser honesta, prefiro ouvir as histórias sobre ele e os companheiros, de quando estavam bêbados com vinho bom em um castelo abandonado e tentando ensinar uma vaca a esquiar. É um pouco difícil imaginar esse homem idoso com esse tipo de energia, mas ele não devia ser muito mais velho que eu quando foi para a guerra.

De vez em quando, Ganido olha para o nosso tabuleiro e balança a cabeça, depois olha para mim meio desconfiado. Dou de ombros, mas não tento explicar. Meus motivos só interessam a mim.

Gunny cochila na metade da nossa segunda partida. Um dos veteranos da Coreia, que se apresenta como Pierce, põe mais um cobertor sobre os ombros do idoso, prendendo-o sob o queixo e cobrindo-lhe as mãos.

— O supermercado disse que podemos usar o café — ele comentou carrancudo, acredito que constrangido com a própria gentileza. — Gunny disse que está velho, não morto, e que vai ficar aqui fora ou em lugar nenhum.

— Não tem nada de errado em um pouco de orgulho — respondo. — Não quando se tem irmãos para ajeitar as coisas com um pouco de bom senso, pelo menos.

Ele olha para mim surpreso, depois sorri.

— Acho que tenho que ir embora. Preciso terminar umas lições para amanhã. — Levanto-me do banco e alongo os músculos duros, doloridos. — Eu volto na sexta-feira, se estiver tudo bem para vocês.

— Volte sempre que quiser, Menina Azul — responde Pierce. Tenho a sensação de que Gunny vai ser o único a me chamar de Priya. — Você é bem-vinda.

Uma bolha de calor cresce em meu peito. Fui aceita em vários grupos de xadrez ao longo dos anos, mas esta é a primeira vez que realmente me sinto bem-vinda desde Boston.

Arrumo o casaco, ponho o chapéu e me dirijo ao estacionamento, que atravesso para ir comprar uma bebida quente na Kroger. Os aquecedores mantêm o pavilhão confortável, embora ainda meio gelado, mas a caminhada de volta para casa é suficientemente longa para eu querer a companhia de um chocolate quente.

A fila no café é grande, o que parece ser consequência de um barista novo que, trabalhando sozinho, tenta atender a um grupo de idosas vestidas de roxo e vermelho, cujos pedidos mudam o tempo todo.

Será que existe um termo para as senhoras da Sociedade do Chapéu Vermelho?

Perto da fila, a poucos passos de onde estou, alguém se acomoda em uma cadeira e pendura o casaco marrom e pesado nas costas de outra cadeira. É o homem-nada do xadrez. Ele pega um livro do bolso do casaco, um volume grande, tão velho e tão surrado que torna impossível distingui-lo. As páginas têm os cantos enrolados, a lombada está rachada em vários lugares, e a capa desapareceu. Simplesmente desapareceu. Ele abre o livro, mas não olha para as páginas.

Está olhando para mim.

— Uma bebida é uma ótima ideia.

Então, por que não entra na fila?

Mudo de posição, afastando-me mais alguns centímetros. Na verdade, ele não está tão perto assim de mim, é só... invasivo. E eu provavelmente não deveria continuar chamando esse sujeito de *o homem-nada*; esse tipo de coisa escapa sem a gente querer e pode causar problemas.

— Acho que não entendi seu nome.

— Acho que não cheguei a me apresentar.

Dou um passo à frente quando a fila anda. Uma das mulheres de roxo e vermelho está reclamando, e o barista parece prestes a desmoronar.

— Está frio lá fora — o homem comenta, depois de um silêncio meio prolongado.

— É fevereiro e estamos no Colorado.

— Isso significa que a caminhada é fria — ele continua, não entendendo ou ignorando o sarcasmo. — Quer uma carona?

— Não, obrigada.

— Gosta do frio?

— Preciso fazer exercício.

Não me viro, mas sinto seus olhos descerem e subirem.

— Não precisa. Você está ótima.

Qual é o problema dessa gente?

Dou mais um passo à frente, afastando-me o suficiente para que não seja educado que ele continue falando, e depois de mais dois minutos, chego ao caixa.

— Chocolate quente Venti, por favor.

— Seu nome?

— Jane. — Pago, pego o troco e sigo para a ponta do balcão, onde as bebidas são entregues. As mulheres do Chapéu Vermelho estão reunidas em torno do balcão de condimentos, migrando pouco a pouco para um canto onde juntam todas as mesas.

— Jean! — O barista chama. Chegou perto.

Passo pelo restante do grupo das mulheres de roxo e vermelho, pego minha bebida e me dirijo à porta.

— Está escurecendo cedo. Tem certeza de que não quer carona? — oferece o homem-nada quando passo por ele.

— Tenho, sim, obrigada.

— Meu nome é Landon.

Não, seu nome é Assustador.

Balanço a cabeça em sinal de reconhecimento e saio.

Homens assustadores são um fato infeliz da vida. Vi Chavi ser assediada desde muito nova, e tive que começar a lidar com isso antes mesmo de ser tocada pela varinha da puberdade. Nunca vi ninguém corajoso o bastante para ser inconveniente com minha mãe, mas tenho certeza de que acontece. Deve ser mais sutil, só isso.

Encontro apenas uma surpresa na caixa de correspondência: um envelope branco e comum cujo endereço de remetente não reconheço. Mas meus dados foram escritos com a letra firme de Vic, e o selo é de Quantico. Dentro de casa, tiro os agasalhos e os penduro no armário da entrada, depois me viro para a mesinha de tampo de ladrilhos na base da escada. Uma borboleta com as asas abertas cobre quatro ladrilhos com seus tons suaves de verde e roxo, mas um círculo de crisântemos amarelos, uma vela vermelha e uma foto emoldurada quase a cobrem por completo.

É ali que Chavi vive agora, naquela moldura e em outras semelhantes. A moldura é coberta de glitter dourado, que descolou no canto esquerdo superior, deixando à mostra a tinta dourada embaixo dele. Nós três passamos muito tempo decidindo que foto pôr ali. Sabíamos qual queríamos, qual era mais essencialmente Chavi, mas era a mesma foto que a mídia e a polícia tinham usado, a que havia sido divulgada pela internet, por jornais e nos pôsteres que pediam qualquer informação. No fim, acabamos nos decidindo por essa foto mesmo. Era Chavi.

Era a foto do último ano do colégio, e mesmo com o fundo madrepérola padronizado e a pose constrangida do queixo apoiado na mão fechada, as coisas que faziam com que ela fosse *ela* estavam ali, evidentes. Tem uma luz em seus olhos, emoldurados por um delineado preto e pesado e cintilantes sombras brancas e douradas, com um vermelho brilhante na boca para combinar com as mechas no cabelo. O bindi e a pedra em seu nariz eram de cristal vermelho incrustado em ouro, arrojados e quentes como tudo nela. Sua pele era mais escura que a minha, escura como a de nosso pai, o que só fazia a cor se destacar muito mais. O que fazia a foto ser mais Chavi, porém, era ela ter esquecido completamente que aquele era o dia da foto. Ela passara a manhã brincando com uma caixa nova de tintas a óleo em tons pastéis, e depois teve que correr para se arrumar. Mesmo assim, conseguiu ficar impecável, exceto pelo arco-íris em pastel manchando o dorso do punho em que ela apoiava o queixo.

Pego uma caixa de fósforos da gavetinha embaixo da mesa, acendo a vela vermelha e me inclino para beijar aquele canto gasto. É assim que mantemos Chavi com a gente, parte da nossa vida, de um jeito que não é pegajoso, macabro ou maluco.

Não temos uma foto do meu pai, mas Chavi não escolheu ir embora. Meu pai foi porque quis.

Sentada no sofá, viro o envelope nas mãos em busca de pistas sobre seu conteúdo. Não gosto nada de correspondências misteriosas. Recebi muitas depois que Chavi morreu. Pessoas de todo o país que descobriam nosso endereço mandavam cartas, cartões ou flores. Odeio cartas. É impressionante como tanta gente sente a necessidade de escrever para desconhecidos e dizer por que seus entes queridos "mereciam" morrer. A caligrafia de Vic é tranquilizadora, mas também é estranha. Quando manda mais que um cartão, ele costuma avisar antes para eu ficar de olho.

E, definitivamente, não é a caligrafia de Vic dentro do envelope. A letra, elegante e ao mesmo tempo simples, parece a do endereço do remetente, e é fácil de ler. Não tem cumprimentos, só uma mensagem direta:

Victor Hanoverian diz que você sabe como é se recuperar depois de passar por coisas horríveis.

Eu também sei, ou sabia. Talvez ainda saiba, por mim, mas agora há outras, e não sei o que dizer a elas, ou como ajudá-las. Não como sabia antes ou como conseguia deduzir.

Meu nome é Inara Morrissey e sou uma das Borboletas do Vic.

Ai, puta merda.

Olho de relance para o resto da carta sem nem prestar atenção na mensagem, só avaliando a caligrafia para ver se tem algum recado do Vic, algo que indique por que ele decidiu me mandar isto. Não é um desrespeito a alguma regra ou algo assim? Já ouvi esse nome, é claro. Há quatro meses que as Borboletas estão nos jornais nacionais, mas meu caso e o dela são ligados apenas pelos agentes. Não tem nenhuma norma do FBI sobre manter as coisas separadas?

Por outro lado, Vic foi cuidadoso, não foi? Não deu meu endereço a Inara. Ele mandou a correspondência. Não preciso responder, não tenho que dar nenhuma informação minha a ela. Mas como ela sabe sobre mim?

Continuo lendo a carta.

Vi sua foto em cima da mesa do Eddison há algumas semanas, e como Eddison é um filho da mãe espinhoso, fiquei curiosa. Nunca pensei que ele gostasse de gente. Vic me contou quem você era, ou melhor, o que você era, ao menos quando eles a conheceram. Ele disse que sua irmã foi morta por um assassino em série, e a primeira coisa que pensei foi: "Hum, a minha também".

Acho que essa foi a primeira vez que chamei uma das meninas de minha irmã, e fiquei surpresa com quanto isso doeu. Perdê-las novamente de outro jeito, talvez, ou perceber que sentia isso por elas e nunca falei nada.

Não estou perguntando o que aconteceu com você. Sei que poderia procurar a respeito, mas não quero. Para ser franca, estou bem menos interessada no que aconteceu com você do que no que decidiu fazer depois.

Foi fácil ser forte no Jardim. As outras recorriam a mim, e eu podia permitir isso, porque sabia como não esmorecer e como ajudar as garotas enquanto elas aprendiam. Mas, agora que estamos aqui fora, elas continuam contando comigo para ser tão forte quanto eu era no Jardim, e não sei como fazer isso com todo mundo olhando.

Não sei como fazer nada disso. Sempre fui destruída, e sempre lidei bem com isso. Eu era o que era. Agora, as pessoas estão loucas para ver como vou me recuperar, e não quero *me recuperar. Não devia ter que fazer isso. Se quero continuar destruída, a escolha não deveria ser minha?*

Quando Vic fala de você, ou quando ouve seu nome, é como se estivesse falando de uma das meninas dele. Eddison parece gostar de você, e eu estava convencida de que ele odiava tudo que respirasse. E Mercedes sorri e parece um pouco triste, e estou começando a entender que ela sorri para todo mundo, mas só fica triste pelas pessoas que ama.

Do jeito deles, eles adotaram você, e agora me adotaram. Não sei bem o que fazer com isso.

Não precisa escrever para mim. Não consigo conversar com as outras meninas sobre nada disso porque elas precisam de mim forte, e não quero desapontar nenhuma delas. Mas Vic sorriu quando perguntei se eu podia escrever, então, estou torcendo para a ideia ser melhor do que sinto que é.

Como você se recupera quando os pedaços perdidos são os únicos motivos para alguém olhar para você?

Hum.

Ela está me perguntando como fazer uma coisa que realmente não sei se fiz. Se tivesse que adivinhar, diria que foi exatamente por isso que Vic mandou a carta: porque ela está certa. A gente não devia ter que se recuperar se não quiser. Não devia ter que ser forte, corajosa, esperançosa ou nenhuma dessas bobagens. Minha mãe sempre foi enfática ao dizer que tudo bem *não estar bem*. Não devemos isso a ninguém.

Preciso pensar nisso por alguns dias.

Quando minha mãe volta para casa algumas horas mais tarde, carregando a pasta de trabalho e a bolsa do laptop em uma das mãos, e, na outra, comida de algum restaurante, estou com meu diário aberto tentando explicar como foi importante quando Pierce disse que eu era *bem-vinda* no pavilhão.

— Pega os pratos? — ela pediu, inclinando-se para beijar a moldura e quase queimando a echarpe na vela. Minha mãe deixa as sacolas no chão a seu lado, tomando mais cuidado com a comida do que com o computador.

Ela fica linda e imponente em suas roupas de trabalho, saia grafite e blazer de corte impecável sobre uma blusa de seda lilás e echarpe estampada. O cabelo comprido está preso em um coque austero, e os sapatos são altos o bastante para expressar autoridade, mas suficientemente baixos para chutar seu traseiro. As únicas coisas que parecem fora do lugar são as que carrega consigo depois do expediente: o bindi e a pedrinha do nariz em esmeralda e ouro, e a argola fina de ouro no meio do lábio inferior.

Minha mãe deliberadamente deixou para trás, em Londres, a família e boa parte de sua cultura quando viemos para os Estados Unidos, há doze anos, mas preservou as partes de que gostava. Basicamente, ela mantém as coisas que impedem que as pessoas pensem que somos muçulmanas. Para ela, não tinha importância se isso parecesse sacrilégio, desde que conseguisse manter suas filhas morenas seguras. O bindi, as joias, o mehndi, quando o fazemos, tudo tem a intenção de transparecer mais peso do que damos a essas coisas.

Levanto-me e vou buscar os pratos e talheres. Depois de levar as embalagens de comida para a sala, volto e pego dois copos de leite e dois potes de plástico limpos. Espero, no entanto, até que minha mãe sirva a comida. É aquela coisa do autocontrole. Eu me sinto melhor deixando que ela controle as porções.

Minha mãe volta vestindo calça de ioga e uma camiseta larga de mangas longas, que antes tinha o logo do colégio de Chavi estampado no peito. Se você conhece o desenho e presta atenção, ainda é possível ver partes dele. O resto desbotou, descascou, e ficou confortavelmente velho. Sem os grampos, o cabelo dela cai sobre as costas em uma trança despojada. Essa é a mãe que gosta de enfiar os dedos na terra e ajudar as coisas a crescerem, que sempre foi tão rápida quanto as filhas para começar uma guerra de travesseiros.

Sentada no tapete para usar a mesinha de centro como mesa de refeição, ela pega as caixas e começa a servir a comida. Camarão ao molho de laranja e macarrão *lo mein* para ela, frango agridoce e arroz branco para mim, cada refeição dividida em duas entre os pratos e os recipientes de plástico. Ela divide a embalagem de rolinhos de ovo, mas nem tenta separar as tigelas de sopa – wonton para mim e gota de ovo para ela. Sopa para viagem não fica tão boa quando é requentada, por isso nem vale a pena tentar. Amanhã, nós duas levaremos as sobras para o almoço e comeremos outra refeição pronta no jantar.

A maior parte da cozinha ainda está encaixotada, o que, provavelmente, não vai mudar durante as próximas semanas. Cozinhar é algo que não vai rolar.

— Como foi o xadrez? — ela pergunta, mastigando um camarão.

— Foi bom. Quero voltar logo.

— Gostou de todo mundo?

— Quase todo mundo. — Ela me olha com mais atenção, mas dou de ombros e mordo um pedaço de frango coberto de molho. — Vou evitar falar da exceção.

— Você está levando o spray de pimenta, só por precaução?

— Junto com as chaves, no bolso de fora do casaco.

— Muito bem.

Comemos em silêncio por um tempo. Não era, entretanto, um silêncio incômodo ou desconfortável, apenas um jeito de deixar o dia ser processado e filtrado para podermos aproveitar a noite. Depois de um tempo, ela liga a televisão em um canal de notícias e tira o som, correndo os olhos pelas manchetes na parte inferior da tela e sob as fotos exibidas. Quando acabamos de comer, nós nos levantamos para tirar a mesa. Ela pega as sobras e o lixo e eu levo os pratos e os talheres. Temos uma lavadora de louça, atualmente bloqueada por duas pilhas de caixas, e não há razão para usar a máquina se somos somente duas pessoas. Lavo tudo e deixo no escorredor ao lado da pia.

Minha mãe se acomoda no tapete, liga o Xbox e escolhe um jogo Lego. Eu me acomodo no sofá com meu diário.

Por um bom tempo, as únicas palavras na página são *Querida Chavi*.

Chavi começou os diários antes de eu nascer. Ela usava cadernos simples e decorava as capas, e começou a escrever cartas para mim a fim de preparar a irmã caçula para a vida. Quando cresci o suficiente para aprender a escrever e fazer meus diários, achei que fazia sentido escrever para ela. Não líamos os diários uma da outra. Às vezes, copiávamos trechos de nossos registros para a outra ler, ou líamos em voz alta. Quando nosso pai nos mandava ficar quietas e dormir, costumávamos sentar lado a lado na cama de uma das duas e escrever, porque se o papai estava cansado, todas tinham que estar cansadas, e não consigo nem pensar quantas vezes adormeci com o rosto no caderno e uma caneta na mão, e acordei com minha irmã me ajeitando ao lado dela.

— Vamos deixar Chavi para trás? — pergunto de repente.

Minha mãe para o jogo e se vira para mim. Depois de um momento, ela deixa o controle sobre a mesa e se apoia no sofá.

— Quando formos para a França — explico. — Vamos deixá-la aqui?

— Nós a deixamos quando saímos de Boston?

As cinzas estão em uma urna discreta que mais parece um tubo para vinho. Meu pai insistia em manter a urna em cima do console da lareira, mas minha mãe e eu a deixamos guardada, à espera da França e de uma chance para espalhar as cinzas em campos de alfazema. Não que Chavi algum dia tenha pedido isso, porque ninguém com dezessete anos pensa em como quer seu funeral. Mas parece ser uma ideia adequada. Ela adorava os passeios que fazíamos ao Vale do Loire quando viajávamos para a França, ainda morando em Londres.

Mas Chavi não é suas cinzas. Ela é mais a foto em nosso altar de crisântemos, ao lado da vela, do que suas cinzas, mas ainda não é...

— A França vai ser nossa casa?

— Ah. Agora estou entendendo. — Minha mãe vira-se de frente para mim e passa um braço em torno dos meus tornozelos para poder descansar o queixo em minhas meias felpudas. — Tivemos algumas casas desde que Chavi morreu, mas nenhuma foi realmente nossa, não é?

— Você é a casa.

— E sempre serei — ela diz com facilidade. — Mas eu sou uma pessoa. Você está falando sobre um lugar.

— Isso é egoísta?

— Ah, meu amor, não. — Seu polegar massageia a depressão atrás do meu tornozelo. — Perder Chavi foi terrível, e essa ferida sempre irá nos acompanhar. Sei que temos vivido um pouco em suspenso com todas essas mudanças, mas consegue imaginar como ela vai ficar furiosa se não criarmos nossa casa na França? Se continuarmos sempre com essa sensação de que tudo é transitório? — Seu queixo pressiona o peito do meu pé. — Há cinco anos, teria sido impossível imaginar a vida sem Chavi.

— Mas, agora, essa é nossa vida.

— Mas, agora, essa é nossa vida — ela concorda. — E quando ficamos em um lugar por mais que cinco meses, quando um lugar é nosso, temos a obrigação, com a gente e com sua irmã, de fazer que esse lugar realmente seja nosso. De transformá-lo na nossa casa. É um pensamento aterrorizante, não é?

Concordo balançando a cabeça, e o mundo fica turvo.

— Nós amamos Chavi. Isso significa que não é sequer possível deixarmos sua irmã para trás.

Repito o movimento com a cabeça.

— Tem mais alguma coisa, não tem? — Quando não respondo imediatamente, minha mãe faz dois dedos andarem por minha perna até cutucar a região do meu joelho onde sinto cócegas. — Priya.

— Outra menina vai morrer nesta primavera — sussurro, porque parece uma coisa horrível demais para ser dita em voz alta. — Ele vai matar de novo, porque, enquanto não for preso, não há motivo para parar. Como se impede um homem de matar?

— Pessoalmente? A gente pendura o cara pelas bolas e arranca a pele dele com uma faca cega e enferrujada. Mas a polícia não vai aprovar essa ideia, acho.

E talvez seja isso o que me incomoda na carta de Inara. Tudo que tem a ver com o Jardim faz parte da tempestade de merda na mídia, e isso não vai mudar tão cedo. Todo mundo tem uma opinião, todo mundo tem uma teoria. Todo mundo tem uma ideia própria sobre o que significa justiça. Eu achava que tudo que mais queria era ver o assassino de Chavi preso, mas quanto mais velha fico, mais vejo o apelo da abordagem mais direta de minha mãe.

E aí, isso me transforma em quê?

Na manhã do funeral, Eddison vai buscar Ramirez em sua casinha, que ela insiste em chamar de chalé, e segue para a casa de Vic. É muito cedo, o céu ainda nem se tingiu de cinza, mas a viagem até a casa dos Kobiyashi na Carolina do Norte é longa. Ele estaciona na calçada para não impedir a saída de Vic ou de uma das sras. Hanoverian.

Alguém abre a porta da frente antes mesmo de eles chegarem à varanda. A sra. Hanoverian mais velha, mãe de Vic, recua um passo para deixá-los entrar.

— Olhem para vocês — suspira. — Abutres, os dois.

— É um funeral, Marlene — Ramirez responde, antes de beijar seu rosto.

— Quando eu for embora, nenhum de vocês tem permissão para usar preto. Vou escrever isso no meu testamento. — Ela fecha a porta e puxa Eddison para baixo pelo casaco para poder beijar seu rosto. Faz só uma hora que ele se barbeou e, por isso, a pele não está áspera.

— Bom dia, querido. Venham até a cozinha e comam alguma coisa.

Ele quase recusa, porque não gosta de comer tão cedo. A comida fica parada no estômago e o deixa enjoado. Mas Marlene Hanoverian foi dona de padaria até decidir se aposentar, e ele teria que ser muito estúpido – mais do que já é – para recusar alguma coisa feita por ela.

O grupo entra na cozinha e ele para de repente, olhando para a mesa já ocupada. Duas jovens, ambas de dezoito anos, olham para ele. Uma delas mexe a boca em sinal de reconhecimento e a outra, sorrindo, mostra o dedo do meio. As duas estão sentadas diante de um prato com pão de canela pingando cobertura.

Ele não sabe por que está chocado. É claro que algumas outras sobreviventes querem ir ao funeral. Seria traumático demais para algumas, sim, mas ele bem pode imaginar que outras iriam, simplesmente para ver uma antiga companheira de cativeiro ser sepultada em vez de preservada em resina dentro de um vidro nos corredores do Jardim, como havia acontecido com muitas outras.

— Bom dia — ele cumprimenta desconfiado.

— Vic ofereceu carona — diz a mais alta, Inara Morrissey, e ele se lembra de ter ouvido dizer que a mudança de nome agora era oficial. Ela usa um vestido vermelho que devia destoar de sua coloração marrom-dourada, mas não destoa. Elegante, está arrumada demais para essa hora da manhã. — Viemos para cá de trem ontem.

Elas agora moram em Nova York. Bem, Inara já morava lá antes de ser raptada. Bliss vivia em Atlanta, e foi morar com Inara e outras garotas assim que saiu da custódia. A família dela tinha se mudado para Paris por causa do emprego do pai, e embora Eddison às vezes se perguntasse se esse relacionamento estava se recuperando, havia decidido não cutucar a onça com vara curta perguntando isso a ela.

Ele sabe que não deve chamar a menina de Bliss, nome que o Jardineiro havia dado para ela. Era doloroso e muito inadequado, mas não conseguia chamá-la de Chelsea. Chelsea é um nome muito normal, e Bliss é um diabinho. Enquanto ela não protestar, vai continuar sendo Bliss. Ela é pequena, mal alcança a altura dos ombros de Inara, mesmo quando ambas estão sentadas. O cabelo preto e cacheado é mantido afastado do rosto por pentes, e ela usa um vestido azul alguns tons mais vibrante que seus olhos quase cor de violeta.

Eddison não se surpreende por nenhuma das duas estar vestida de preto. Sabe que elas geralmente não evitam essa cor. Ambas são bem-ajustadas – embora tenha algumas dúvidas sobre Bliss de vez em quando – e trabalham em um restaurante cujo uniforme é preto. Porém, a única roupa que tinham no Jardim era preta, com as costas abertas para que as asas ficassem à mostra. Por isso, elas jamais usariam essa cor para homenagear uma companheira. Ele só espera que os Kobiyashi não interpretem a decisão como uma grosseria.

Por outro lado, Bliss *é* grosseira. Não é a primeira vez que o cumprimenta mostrando o dedo do meio.

— Mais alguém também vai? — ele pergunta, exercitando uma cautela saudável ao deixar Ramirez sentar-se primeiro no banco. Embora respeite as duas garotas por terem saído mais ou menos intactas do inferno pelo qual passaram, nunca consegue decidir se gosta delas. A ambiguidade é mútua. Seja onde for, Eddison procura sempre manter alguém entre ele e as meninas, como agora, e não se sente um covarde por isso.

— Danelle e Marenka, talvez — responde Inara, lambendo um dos dedos em seguida para provar a cobertura. Pequenas manchas no dorso das mãos marcam o local das piores queimaduras e feridas da noite em que o Jardim explodiu. — Elas ainda não tinham decidido na quarta-feira, quando conversamos.

— Estão com medo de os Kobiyashi serem babacas com elas — acrescenta Bliss. Quando Ramirez a encara, inquisitiva, ela desenha o contorno de uma borboleta no rosto.

Os dois agentes se arrepiam.

Porque, de algum jeito, o caso continua piorando. Algumas meninas, ou por já estarem destruídas, ou por pensarem que isso poderia ajudá-las a escapar, se aproximaram do captor e, para marcá-las como favoritas, ele havia tatuado mais um par de asas no rosto de cada uma, combinando com as asas que carregavam nas costas. Todas as outras puderam cobrir as asas quando saíram do Jardim. Danelle e Marenka, únicas sobreviventes que tinham esse segundo par, só podiam recorrer à maquiagem.

Mesmo com os pares menores no rosto cobertos, as pessoas que sabiam disso tratavam as meninas de um jeito diferente, pior, como se puxar o saco para continuarem vivas por mais tempo as transformasse em pessoas ruins.

Ele torce para que as duas decidam não ir. Eddison gosta de Danelle e Marenka, ambas calmas, estáveis e menos hostis que Inara e Bliss. Melhor que chorem por Tereza – ou Amiko, ele lembra, o nome dela é Amiko – sem enfrentar o ódio dos pais dela.

Marlene põe um prato diante dele e outro na frente de Ramirez, depois serve café em duas canecas. Apesar da hora e de não fazer parte do grupo que vai ao funeral, ela está completamente vestida, um colar de pérolas discreto sobre o suéter verde-escuro.

— Pobre menina — ela diz. — Agora está em paz, pelo menos.

Isso depende da crença, não é? Ramirez toca o crucifixo em seu pescoço e não diz nada. Inara e Bliss continuam comendo, mastigando para não ter em que falar.

Eddison não sabe dizer ao certo qual é sua crença em relação a morte, suicídio e todas essas coisas.

Vic entra na cozinha, ajeitando o nó da gravata marrom. Eddison e Ramirez estão vestidos para um funeral. Vic se arrumou para o funeral de uma Borboleta, em marrom e marfim sóbrios o suficiente para demonstrar respeito pelos pais, e bem longe do preto para confortar as sobreviventes. É delicadamente sensível, intuitivo e vários outros adjetivos que Eddison decididamente não possui, nem em seus melhores dias.

— Senta e come, Victor — diz a mãe dele.

Ele beija sua cabeça, mantendo uma distância segura das mechas grisalhas, todas presas em seus lugares.

— Temos que ir, mãe, são quase...

— Victor, você vai sentar e comer, e começar esse dia horrível direito.

Ele se senta.

Inara cobre a boca com uma das mãos, mas seus olhos castanhos brilham. Ela é uma jovem muito contida e evita se expressar perto de outras pessoas. As sobreviventes são exceções, de certa forma, mas ele tem a sensação de que essa garota só relaxa de verdade perto das meninas com quem mora.

— Sra. Hanoverian, por favor, fale de quando costumava mandar bilhetes junto com o almoço dele na escola.

— Vamos ver. Na segunda-feira eu dizia para ele fazer boas escolhas. Na terça, pedia para me deixar orgulhosa. Às quartas eu dizia... — Ela para e sorri, enquanto as garotas se desmancham rindo em silêncio, apoiando-se uma na outra.

— E vocês duvidam de mim — Vic fala com a boca cheia de pão de canela.

É estranho dar risada antes de sair para o funeral de alguém que tinha dezessete anos. Dezesseis. Ela faria aniversário em algumas semanas.

Inara percebe e dá de ombros.

— É rir ou chorar. O que você prefere?

— Gritar — ele responde sem rodeios.

— Eu também — Bliss concorda, mostrando os dentes. Tem um pouco de pão de canela entre dois deles.

Eddison deduz que Inara vai acabar avisando a ela.

A viagem de sete horas até a Carolina do Norte é tranquila, embora não seja silenciosa. Ramirez se estica no banco de trás, porque, se fosse no banco do passageiro sem a papelada para se manter ocupada, dormiria antes da primeira saída. Sempre acontece. Inara e Bliss estão sentadas no meio, o rádio baixo o suficiente para que possam conversar com Vic, que está dirigindo. Eddison ouve a conversa, mas não contribui com ela. Está prestando atenção ao telefone, acompanhando os alertas do Google para corpos encontrados em igrejas. Ainda é um pouco cedo para que o assassino de Chavi ataque novamente, mas, por precaução, ele faz verificações regulares.

Bliss está fazendo cursos, suprindo deficiências em sua educação para poder fazer os exames gerais do ensino médio no verão.

Parece que ela e Inara ainda não decidiram nada sobre a faculdade, e Eddison as entende. Se sabem o que querem fazer – e ele duvida que saibam – para que começar agora, sabendo que o julgamento vai tomar tanto tempo? Elas já têm que ir à capital com frequência para responder às perguntas da preparação para o julgamento. Se o caso chegar aos tribunais antes de completarem oitenta anos, ambas serão chamadas para depor, e Inara já prometeu às outras meninas que estará lá quando elas se revezarem no banco das testemunhas.

Por mais que ele veja provas do espírito maternal e protetor de Inara, não consegue entender. É como um pitbull em roupa de balé.

Uma Borboleta com luvas de boxe.

Depois de duas paradas para abastecer e uma refeição, eles chegam à igreja para o funeral. Não há muitos carros no estacionamento.

— Chegamos cedo? — Ramirez pergunta sonolenta, pegando a bolsa para dar um jeito na maquiagem.

— Um pouco — diz Vic.

Embora Ramirez não esteja suficientemente acordada para perceber, Eddison distingue a textura por trás das palavras simples do colega. Vic sabe que não vai haver muita gente.

Bliss solta o cinto de segurança com um clique e um barulho mais alto da fivela batendo na porta.

— Eu falei. Os Kobiyashi são babacas. Provavelmente nem fariam um funeral, se o suicídio não tivesse chegado aos jornais.

Eddison olha para Inara, que conheceu Tereza melhor que Bliss, mas ela está olhando pela janela para a igreja branca.

Todos descem do carro e se alongam. Vic segura a mão de Bliss e a coloca em seu braço quando, juntos, eles se dirigem à porta de folha dupla. Parte disso é educação e, embora Marlene tenha criado um cavalheiro, Eddison apostaria um mês de salário em outro motivo: Vic quer manter na rédea curta a conversinha informal de Bliss. Ramirez examina o rosto na janela escura e corre atrás deles.

Eddison não tem pressa. Apoiando-se no carro, ele olha para a igreja batista. Com exceção do espaço em frente às portas, o prédio é cercado de arbustos escuros e densos em canteiros de terra vermelha.

Tem um espaço extra em frente aos arbustos, uma faixa de aparas de pinheiro antes de a grama desbotada aparecer. Canteiros de flores? A igreja provavelmente fica linda desse jeito, toda florida, mas isso o faz pensar no Jardim, em como contaram que era o lugar antes das explosões, e porra, tem alguma coisa que esse caso não contamine?

Tinha ido a mais funerais do que conseguia contar, mas ainda assim cada um é...

Inara encosta no carro ao lado dele e põe as mãos na cintura. Uma pulseira preta e dourada balança no dedinho dobrado.

— Você não *precisa* estar aqui, sabe?

— Sim, eu... — Mas ele para e engole a indignação impulsiva, porque essa é Inara. Inara, que sempre diz o que tem para dizer, mas não como se espera, normalmente.

E ele sabe disso, não *precisa* estar ali. Não há uma solicitação do FBI, uma ordem, uma orientação geral, nada oficial que determine sua presença no funeral de uma garota que se matou porque os pontos dados onde ela havia sido rasgada na primeira vez se tornaram frágeis demais para serem costurados uma segunda vez. É seu código pessoal que o mantém ali, o princípio que o faz enfrentar coisas terríveis porque essa é a coisa certa a fazer.

É sua escolha.

Ele olha para ela, e não se surpreende ao ver que a menina o está observando, mas mantém oculta e bem guardada sua opinião sobre o assunto. Isso não é algo que Inara tenha aprendido no Jardim, ou depois dele. Essa sempre foi sua vida.

— Obrigado.

— Cuidado, Eddison — ela provoca, levantando as mãos em um gesto debochado de rendição. — Se alguém ouvir, pode pensar que você quase gosta de mim.

— Quase — ele concorda, só para ver seu sorriso assustado.

Eddison não oferece o braço, e nem ela espera esse gesto. Os dois se afastam do carro e caminham juntos para a igreja, os ombros tensos com a consciência compartilhada de que esse, quase certamente, não vai ser o último funeral de uma Borboleta, mas pode ser o pior.

Para Inara, esse pode ser o pior de todos os funerais, ponto final, mas Eddison sabe que a primavera se aproxima. Quem matou Chavi Sravasti e tantas outras garotas vai matar de novo, reagindo a gatilhos que o FBI não consegue identificar, e ele, ao lado de Vic e Ramirez em mais um funeral, irá se sentir uma pessoa horrível, porque agradecerá por aquele não ser o funeral de Priya.

Tive cinco anos para absorver a realidade da morte de Chavi, mas isso não impede que as lembranças sangrem de vez em quando, não impede os pesadelos que me fazem acordar suada e com a garganta doendo de tanto gritar. Não sei se alguma coisa um dia vai acabar com eles.

Minha mãe me acorda com um gesto firme e me abraça antes que eu consiga abrir os olhos, antes que consiga lembrar que estou segura, em minha cama na nossa casa alugada em Huntington, longe da igreja na periferia de Boston onde vi minha irmã pela última vez. Os pesadelos não se enquadram em nenhum tipo de padrão, não tem como saber o que irá provocá-los. No entanto, eles acontecem com frequência suficiente para que tenhamos desenvolvido uma rotina a fim de lidar com eles.

Enquanto tomo uma ducha fria, minha mãe tira os lençóis suados da minha cama e desce para levá-los à lavanderia. Quando volta com as duas xícaras de chá, já vesti o pijama limpo e me acomodei na cama dela. Nenhuma de nós quer que eu fique sozinha depois de um desses sonhos, mas não vou dormir de novo, e não quero que ela perca horas de sono para ficar comigo, então, esse é o arranjo mais satisfatório. Colocamos um DVD, e minha mãe apaga antes da metade do primeiro episódio de um dos programas da BBC sobre a natureza.

Levei meu diário para o quarto de minha mãe, mas não estou com vontade de escrever. Tenho anos de pesadelos em dezenas de diários. Contar a Chavi sobre mais um não vai adiantar nada.

Talvez seja melhor contar a outra pessoa.

A carta de Inara aparece acima do limite das páginas, no topo do caderno, onde está há uma semana. Talvez eu finalmente saiba como responder.

Querida Inara,

Minha irmã Chavi morreu em uma segunda-feira, dois dias depois do meu aniversário de doze anos. Ela estava com dezessete.

Passamos o fim de semana inteiro comemorando meu aniversário. No sábado, fomos a um parque perto de casa. Tecnicamente, aquele era o terreno de uma igreja, mas ela devia impostos e enfrentava um processo de confisco do imóvel, e nossa vizinhança meio que... se apoderou da área. Tudo florescia, e foi um dia cheio de risadas, brincadeiras e comida. Nem todo mundo do bairro estava lá, mas quase todo mundo. Domingo foi dia de ficar com a família, comendo minhas comidas preferidas e vendo filmes. Só saímos quando minha mãe e Chavi me levaram ao shopping para furar o nariz.

Meu pai ficou em casa, em sinal de protesto. Meus pais nasceram na Índia e cresceram em Londres, e ele sempre disse que deixar para trás uma comunidade e sua cultura significava também abrir mão de seus símbolos.

Na segunda-feira, voltamos à escola. Chavi costumava pedalar do colégio onde fazia o ensino médio até minha escola, e voltávamos juntas para casa, mas eu tinha uma reunião sobre o anuário, e ela tinha grupo de estudo. Chavi contava com mais liberdade que muitas amigas e colegas de turma, basicamente porque não abusava desse direito. Ela avisava minha mãe quando chegava a algum lugar ou saía dele, sempre a informava sobre mudanças de planos, localização ou companhias. Sempre.

Quando Chavi mandou uma mensagem avisando que chegaria em casa às nove, sabíamos que ela estaria em casa na hora marcada. No entanto, passou das nove e ela não chegou.

Passou das dez horas e Chavi não chegou.

Minha mãe telefonou para os colegas dela do grupo de estudos, e todos disseram a mesma coisa: ela saiu da cafeteria às oito da noite, pedalando sua bicicleta na mesma direção de sempre. Um dos meninos tinha oferecido carona, mas ela recusou. Chavi sempre recusava as ofertas desse garoto, porque ele gostava dela, e ela não sentia nada por ele. Meu pai riu de mim e de minha mãe por estarmos preocupadas. Chavi era adolescente, só isso, ele disse, e quando chegasse em casa, ela ficaria de castigo e nunca mais faria nada parecido. Mas Chavi não era assim.

O menu do DVD pulou na tela, acompanhado por um trecho de música que se repetia a cada vinte segundos. Em vez de me levantar e ir trocar o disco, apertei "repetir". Parei um momento e sacudi a mão, em uma tentativa de me livrar das cãibras que já começavam a incomodar.

É fácil falar sobre o desaparecimento de Chavi. O que aconteceu depois é que fica mais complicado.

Mas os pesadelos de Inara estão por aí, para o mundo todo ver; até a próxima garota morrer, os meus ficam na página que só ela vai ler. Eu vou conseguir.

Minha mãe ligou para a polícia. O oficial que a atendeu ouviu tudo e concordou sobre ser um comportamento atípico; começou a fazer perguntas. Onde ela foi vista pela última vez? Que roupa usava? De que cor era a bicicleta? Poderíamos mandar por e-mail uma foto recente? Nessa época, morávamos na periferia de Boston. Chavi iria para a faculdade no outono, mas ainda tinha dezessete anos, por isso ainda era uma criança. O oficial disse que um policial iria à nossa casa, para o caso de Chavi aparecer, mas outros continuariam procurando por ela.

Meu pai já estava furioso. Com Chavi, por deixar todo mundo preocupado. Com minha mãe, por causar tamanha comoção. Até comigo, por insistir em sair com minha mãe para procurar. Perdi a maior parte da discussão entre eles, porque minha mãe me mandou subir para vestir um agasalho. Quando desci, um policial estava parado na porta e parecia profundamente desconfortável. Minha mãe dizia para meu pai ficar em casa esperando, já que não podia se incomodar em suar um pouco para ir procurar a filha desaparecida.

Ninguém se mete com minha mãe.

Era tarde, por isso nenhuma das viaturas de polícia ligou a sirene. As luzes piscavam e giravam, porém, e isso tirou os vizinhos de casa, e mais gente se juntou ao grupo de busca. Foi impressionante de ver, sério, todo mundo vestindo o casaco sobre o pijama e saindo com lanternas e apitos.

Josephine, melhor amiga e namorada de Chavi, embora a maioria das pessoas só soubesse da primeira parte, foi olhar na escola. A mãe dela teve que segurar a lanterna, porque Josephine tremia muito. Ela sabia a mesma coisa que minha mãe e eu sabíamos: Chavi nunca sumiria desse jeito ou ficaria fora de casa sem avisar.

Minha mãe e eu fomos à igreja. Embora o prédio tenha deixado de ser uma igreja um pouco depois de nos mudarmos para o bairro, todos ainda o chamavam assim. Alguns membros da antiga congregação até doavam um salário para Frank, o veterano da Tempestade no Deserto que morava em um estúdio no fundo do terreno e mantinha tudo em ordem. Uma das portas laterais ficava sempre destrancada, para o caso de mau tempo ou necessidade de abrigo. Talvez Chavi tivesse caído da bicicleta e, por isso, não tivesse conseguido chegar em casa. O tombo hipotético podia ter quebrado seu celular, impedindo-a de ligar pedindo ajuda.

Olhamos o parque primeiro, mas quando seguiu em direção às árvores no fundo do terreno, minha mãe disse para eu esperar perto do prédio. Sempre que o tempo esquentava, andarilhos começavam a passar a noite acampados ali, e ela não queria que eu fosse lá atrás, nem em sua companhia. Minha mãe repetiu que era para eu esperar, e prometeu que ia acordar Frank para não ter que ir sozinha.

Eu não a segui, mas também não esperei. Não podia esperar, não se houvesse uma chance de minha irmã estar dentro daquele prédio. Não me ocorreu, nem por um segundo, que poderia ser perigoso. A igreja era segura, não por causa de alguma sensibilidade religiosa, mas porque sempre fora segura. Chavi e eu sempre estivemos seguras lá dentro.

Em dias ensolarados, podíamos ficar ali durante horas. Ela se sentava no chão, equilibrava o bloco de desenho sobre um joelho, com poças de luz colorida na pedra cinza à sua volta. Éramos apaixonadas pelos vitrais nas janelas. Ela insistia em dizer que não conseguia fazer os desenhos direito, e tentava de novo, de novo e de novo, e eu me afastava com a câmera para capturar a poeira que dançava nos raios de sol, a cor sobre a pedra, o jeito como a luz e as partículas faziam Chavi cintilar.

Nos bons dias, é essa Chavi que vejo quando fecho os olhos: luz, cor e brilho.

Aperto o "play" de novo no menu do disco e apoio a mão aberta sobre o cobertor, tentando fazê-la parar de tremer.

Eu consigo.

Não tenho que mandar a carta se achar que isso é muito avassalador. Mas posso terminar de escrevê-la. Quantas vezes Inara teve que contar sua história para desconhecidos?

Ela estava ali, no espaço que formava um T entre o altar e as partes manchadas do chão, onde antes ficavam os bancos. Estava nua, mas prestei menos atenção à nudez. Ela era minha irmã e eu já a tinha visto nua antes. O que me chamou a atenção foram suas roupas, perfeitamente dobradas e empilhadas sobre sua mochila, a alguns passos dela. Podia-se até dizer que Chavi era alérgica a dobrar as próprias roupas, considerando a raridade com que isso acontecia. Mas ver como sua camisa favorita estava perfeitamente limpa me fez perceber quanto sangue havia no chão em torno dela, e caí de joelhos a seu lado, insistindo para ela se levantar, por favor, se levantar. Eu ainda estava gritando.

Nunca tinha visto tanto sangue antes.

Não ouvi Frank entrar, mas de repente ele estava ali, meio vestido e armado com uma pistola de tinta. Ele olhou para Chavi, ficou pálido e girou, olhando em volta. Mais tarde entendi que ele procurava quem tinha feito aquilo. Depois, seu braço me envolveu e ele tentou me tirar dali.

Acho que me lembro de ele ter falado alguma coisa? Nunca tive certeza disso.

Mas eu não queria sair dali. Resisti à tentativa, e a verdade era que ele estava chocado demais para insistir. Eu continuava gritando com Chavi e cutucava suas costelas, onde sabia que tinha cócegas, porque ela nunca conseguia continuar dormindo quando eu fazia isso. Mas ela não se mexia.

Ouvi um barulho à porta e depois minha mãe gritou meu nome, um grito agudo, estridente e assustado. Frank correu para ela. Ele a impediu de entrar, bloqueando a passagem com o próprio corpo, e implorou, chorando, para ela me chamar. Para me tirar de perto de Chavi.

Jamais vou esquecer as flores em volta de Chavi, no cabelo dela: crisântemos, amarelos como o sol.

Sabe as grandes tragédias e os grandes eventos que têm aquela foto icônica, central? E anos, ou até décadas depois as pessoas conseguem reconhecer a foto de maneira instantânea?

Quando um repórter publicou a história, não tinha uma foto do corpo de Chavi, só um retrato do anuário do colégio e tudo que conseguiu encontrar no Facebook. Então, ele usou uma foto minha.

Doze anos de idade e coberta de sangue, ainda gritando e soluçando, esticando um braço para a igreja, para minha irmã, enquanto um paramédico de expressão pesarosa me carregava para longe dali. Essa foto apareceu em todos os lugares por meses. Eu não conseguia fugir dela. A imagem surge novamente a cada primavera, toda vez que outra menina morre com as flores e a garganta cortada e alguém aciona o FBI com a teoria de que o assassino é o mesmo homem.

Eu não estava lá quando avisaram meu pai. Deve ter sido o policial que ficou esperando na porta de casa. Meu pai foi ao hospital, onde um médico me deu um sedativo moderado para me tirar do choque, e ele se movia muito devagar, como se o corpo todo doesse. Como se tivesse envelhecido séculos. Ele havia rido da nossa preocupação.

Acho que nunca mais ouvi a risada dele de novo.

De acordo com o relatório oficial, Chavi morreu entre nove e dez horas da noite de segunda-feira.

O resto de nossa família morreu por volta da meia-noite, mas demoramos um pouco mais para ter certeza. Minha mãe e eu éramos fênix, renascendo cada uma do seu jeito. Meu pai só queimou e queimou, até nunca mais conseguir se levantar.

O público rouba tragédias das vítimas. Parece estranho, eu sei, mas acho que você pode ser uma das poucas pessoas que vai entender o que quero dizer com isso. Essas coisas aconteceram com a gente, com pessoas que amávamos. Quando chegam aos noticiários, todo mundo que tem uma TV ou um computador se sente no direito de partilhar nossas reações e recuperações.

Eles não têm esse direito. Leva um tempo para realmente acreditar nisso, mas você não deve nada *a eles.*

Nossos agentes são bons nessa coisa de adotar os desgarrados, mas não temos que permitir isso. Eles tentam, é claro, mas somos nós que permitimos que isso se torne uma coisa real. Há conforto nisso, em saber que podemos escolher ir embora a qualquer momento, e que eles vão nos deixar ir.

Tem mais conforto em perceber que queremos ficar, que essa é uma coisa boa que podemos ter.

Que podemos ser felizes.

Ainda estou trabalhando com todas essas coisas, mas, enquanto isso, temos o direito de sofrer. Não precisamos sentir vergonha disso.

Escreva para mim, se quiser. Não sei se tenho alguma sabedoria para compartilhar, mas suas cartas são bem-vindas.

Ela é só um ano e meio mais velha que eu.

Acho que não são os anos que importam.

Horas mais tarde, minha mãe vai para o trabalho e eu volto para o meu quarto, enrolando-me no edredom como um burrito. Não chego a dormir de verdade; é apenas um cochilo até que minha bexiga quase exploda e grite comigo para sair da cama. E talvez seja mesmo melhor não voltar para debaixo das cobertas. A fome faz minha barriga roncar. A ideia de comer é... preocupante.

Conheço essa disposição. Se começar a comer, não vou parar. Nem mesmo quando estiver entupida, inchada e com dor, porque esse tipo de dor faz mais sentido que a mistura de tristeza e raiva que sangra sob a pele.

Tomo banho e seco o cabelo. Analiso minhas raízes, já crescidas cerca de um centímetro, e anoto mentalmente que devo me lembrar de pedir à minha mãe para fazer o retoque. Passo delineador e batom com a mão pesada. Chavi me ensinou todos os pequenos truques que fazem a diferença entre um desafio, uma provocação e um rosnado. Ela sempre ficava em algum ponto entre desafio e provocação, suavizando o resultado com pós branco e dourado. Normalmente dou um toque de prata e branco, mas não hoje. Hoje será tudo preto e vermelho, com toda a fúria que se pode esperar dessa combinação.

Termino de me vestir, verifico se o spray de pimenta está no bolso externo do casaco e saio de casa para ir à ilha do xadrez. O ar é tão seco que dói, e tenho a sensação de que os lenços de papel no meu bolso serão usados para estancar um sangramento nasal nas próximas duas horas.

Quando piso na grama morta, Corgi levanta a cabeça e assobia baixinho, impressionado.

— Você realmente se encaixa em nosso grupo, não é, Menina Azul? — Ao ver meu sorriso firme e seco, ele assente. — Pode vir, então. Feliz não ganha de ninguém há semanas. Venha ajudar o homem a justificar seu apelido.

Sento-me diante de Feliz, que parece sério e atormentado, e jogo até ele poder afirmar que ultrapassou Corgi em seu registro interminável de vitórias, com uma vantagem tão grande que o amigo jamais conseguirá alcançá-lo.

Corgi é um bom jogador, mesmo quando enfrenta gente que sabe o que está fazendo. Se a contagem é honesta, Feliz não tem a menor chance.

Mas Corgi sorri, coça um lado do nariz e diz que Feliz não devia ficar tão animado.

Landon começa uma partida com Ganido do outro lado, nas mesas mais afastadas de mim. Ele aceita o desafio de Steven e muda de lugar, ficando ao meu lado. Eu tinha mais ou menos decidido dar a ele o benefício da dúvida e agir com base na presunção de que ele não tinha a intenção de ser assustador. Talvez nem perceba o que está fazendo. Só não vou incentivar.

Hoje, porém, queria muito espirrar o spray de pimenta nele por uma questão de princípios. Por isso, acho melhor voltar ao plano instintivo de evitar, evitar e evitar.

Com a mão apoiada no ombro de Corgi, passo as pernas por cima do banco e fico em pé do outro lado, me alongando para espantar as dores e câibras de ter ficado sentada por algum tempo no frio.

— Vai lá, Corgi, mostra como se faz.

Ele e Feliz sorriem para mim de um jeito quase idêntico e, então, ele se move para ocupar o lugar que deixei vazio. Olho por cima de seu ombro durante um tempo, assistindo ao começo do jogo – o suficiente para perceber, no quinto movimento, que Feliz vai perder – até os homens do outro lado mudarem de lugar. É fácil sentar casualmente diante de Pierce, que costuma estar sempre perto o bastante de Gunny para que possa ficar de olho no velho.

Jogo duas partidas com Pierce, depois uma com Ganido, enquanto Gunny cochila no canto, com a cabeça apoiada nas mãos. No segundo dia descobri que a menina no carro, Hannah, era a neta mais nova de Gunny. Ela entra no pavilhão uma vez para ver como ele está. Há uma tira de dosagem de glicose em seus dedos, e ela desliza a mão para dentro das mangas dele para pegar a lanceta de seu antebraço. O aparelho em sua outra mão tem o tamanho de um ovo, mas lê a tira manchada de sangue e fornece um número, que ela registra no celular.

Gosto de Hannah... acho. Não que a tenha conhecido – ela costuma ficar no carro, exceto quando tem que medir a glicose de Gunny –, mas gosto dela por nunca se comportar como se isso fosse um fardo ou uma imposição. Ela fica no carro e espera com o tricô ou um livro e, de vez em quando, levanta a cabeça e olha na direção do pavilhão para ver se Gunny está bem. Parece gostar dos outros veteranos. Eles a chamam de srta. Gunny, e ela só revira os olhos e me diz que pessoas sensatas a chamam de Hannah.

Quando Gunny acorda assustado, olha para mim com o rosto ainda cheio de sono.

— Nas trincheiras hoje, srta. Priya?

— Sim, senhor. De vez em quando acontece.

— Acontece. — Ele vira o tabuleiro de lado para poder alcançar entre as fileiras de peças. Minhas luvas grossas estão no bolso, mas ainda faz frio suficiente para que eu tenha que manter as mangas de lã sobre boa parte da mão. Mesmo assim, eu a estendo na direção dele, e os dedos de pele áspera e fina como papel envolvem os meus. — Mas você é jovem demais para continuar nelas.

Ele não está perguntando. Se eu não quiser contar, não preciso, de jeito nenhum, e ele não vai me recriminar por isso, nem um pouco.

Mas estou pensando em Frank. Ele enfrentou dificuldades ao voltar para casa depois de sua guerra, mas sempre foi generoso e quis ajudar. Em alguns dias ele realmente não conseguia lidar com as pessoas, e tudo bem. Nesses dias, nós o deixávamos sozinho. Ele viveu muitos desses dias depois daquela noite na igreja.

— Minha irmã foi assassinada há algum tempo — sussurro, esperando que ele ainda tenha a audição boa o bastante para eu não ter que repetir. Ganido e Jorge, ao nosso lado, estão concentrados no jogo. — Eu a encontrei. Ontem à noite foi um pouco mais... mais presente que passado.

Ele assente e afaga minha mão de leve.

— E agora que acordou?

— Ainda é um dia ruim.

— Mas você saiu.

— Vocês todos conhecem esse tipo de dia ruim, ou não estariam aqui também.

Ele sorri, e seu rosto inteiro desaparece em rugas, linhas e pregas.

— Obrigado por ter vindo em um dia ruim.

Fico ali pelo tempo necessário para jogar uma partida completa com Gunny, depois vou comprar uma bebida quente para me acompanhar na volta para casa. Landon me segue até a cafeteria.

Ah, que bom, não é mesmo?

Ele fica atrás de mim na fila, e meu desconforto se transforma em raiva quando percebo que estou com o polegar na válvula do spray de pimenta, os dedos em torno do estojo de couro. Não gosto de sentir que corro um risco indefinido. Quero uma ameaça específica, algo para o qual eu possa apontar e dizer *isso* de modo que todo mundo entenda, não uma coleção de impressões que fazem as pessoas balançarem a cabeça, as mulheres para concordar, os homens para divergir.

— Parece triste hoje — ele diz, depois de um tempo.

— Não estou.

Tristeza e pesar não são a mesma coisa. É por isso que têm nomes diferentes. Talvez a distinção seja sutil, mas não mantemos uma palavra em um idioma se ela não tiver um propósito próprio. Sinônimos nunca são coisas exatas.

— Tem certeza? — ele insiste, e para quase ao meu lado.

— Sim.

— Está escurecendo lá fora.

— Sim. — E dessa vez está. O céu se tinge de índigo e a temperatura está caindo. Fiquei até mais tarde do que pretendia, mas foi útil. Todos os veteranos ajudaram, mas acho que precisava do Gunny para ter certeza de que não era um fardo no grupo.

— Não devia ir para casa a pé e sozinha no escuro.

Viro-me na direção dele e sorrio, muitos dentes e pouca doçura.

— Tudo bem.

— Tem gente ruim no mundo.

— Eu sei.

Sabia mais ou menos antes dos doze anos. Duvido que algum dia consiga me esquecer disso.

Dessa vez, a mulher-pardal atrás do balcão não pergunta meu nome. Só recebe o pagamento e começa a preparar o chocolate quente, adicionando provavelmente mais calda do que deveria.

— E se alguém fizer mal a você? — Landon insiste, e me segue até a outra ponta do balcão sem pedir nenhuma bebida.

Eddison às vezes brinca sobre me dar uma pistola de choque elétrico de presente de aniversário. Estou começando a pensar em aceitar a oferta.

Ignoro Landon e pego a bebida com a barista, cujo crachá está sempre escondido sob o avental. Dessa vez não acrescento baunilha ou açúcar, prefiro a amargura a ter que prolongar a interação. Mas ele ainda me segue entre as mesas, e minhas chaves, bem como o spray de pimenta, agora estão fora do bolso.

Então eu o escuto gritar, viro-me e vejo que de Landon pingava o café muito quente de um copo grande que caiu perto de seu rosto e no colarinho aberto da camisa grossa. Outro homem, mais velho e de suéter de tricô, se desculpa efusivamente, mas de um jeito que não parece muito sincero. Ele limpa a camisa de Landon com um guardanapinho que não absorve nada.

— Já entendi! — Landon rosna, e vai embora ainda pingando.

O outro homem olha para mim e sorri, e agora consigo identificá-lo. É um cara bonitão que fica sentado em um canto com um livro e, de vez em quando, uma pilha de papéis. Deve ter mais de trinta anos, é bem-arrumado sem parecer vaidoso, e não tenta esconder os primeiros fios grisalhos que aparecem no meio do cabelo castanho, junto das têmporas.

— Desculpe, mas tive a impressão de que ele estava te incomodando.

Devolvo a mão ao bolso e escondo o spray de pimenta, sem, no entanto, soltá-lo completamente.

— Estava.

Ele pega um punhado de guardanapos de verdade dentro do bolso e se ajoelha para limpar o café que não caiu em cima de Landon. Depois de secar a mão com mais um guardanapo, ele pega a carteira e me oferece um cartão.

— Acabei de projetar o site de um serviço de transporte aqui na cidade. É, basicamente, um modo de ajudar pessoas que estejam presas em casa por algum motivo, para que elas possam ir às compras, ao médico ou resolver outros problemas. Se algum dia se sentir desconfortável, ligue para eles.

O cartão, objetivo, tem um logo simples centralizado no topo, com a informação na parte de baixo. Há um número de telefone e o site. Algo para pesquisar, pelo menos.

— Fala para eles que foi o Joshua que indicou — ele acrescenta.

— Obrigada. Vou me lembrar disso. — Solto as chaves para pegar o cartão e o guardo no outro bolso, junto com os lenços de papel. Olho em volta para ver se Landon está por ali, mas ele deve estar no banheiro, ou em outro lugar, então me despeço com um aceno de cabeça e saio.

Vou pedir para minha mãe verificar o cartão mais tarde. Pode ser um bom número para ter comigo, caso o tempo vire quando eu estiver fora de casa. Tem um ponto de ônibus do outro lado da cidade, mas ele não para perto de casa, e um táxi parece ser exagero.

Vou para casa por um caminho diferente do habitual, segurando o spray dentro do bolso, e olho em volta antes de entrar na área onde moro. Desde cedo minha mãe nos ensinou a ter cautela, e ela tem se esforçado muito para garantir que bom senso não se transforme em paranoia. Tenho um instinto bem forte para gente esquisita, mas ela é melhor que eu para decidir se devemos ou não confiar em alguma coisa.

Para me sentir melhor depois de descongelar o nariz, tiro o agente especial Ken da mala onde ele mora e o ajeito contra a janela no cantinho do café da manhã, com uma pequena xícara de plástico. A neve lá fora é velha e deve desaparecer dentro de alguns dias, mas as luzes da rua refletem bem nela, dando ao agente especial Ken um ar tão melancólico quanto é possível para uma Barbie do sexo masculino. Ele usa a versão minúscula do horrível suéter de Natal que minha mãe e eu mandamos para Eddison no último ano, e o modelo pequeno é bem menos feio, na verdade. Não tem espaço suficiente para os detalhes horrorosos.

Tiro algumas fotos com a câmera para ter uma foto boa mais tarde, mas também tiro uma com o celular e mando para Eddison.

Meia hora mais tarde, quando estou novamente de pijama e pronta para mergulhar na lição de casa por duas horas, até minha mãe chegar com o jantar, recebo uma resposta.

Ele não ia achar essa porcaria branca tão bonita se tivesse que andar nela.

Isso me faz rir, algo que sei que não faço mais o suficiente. Eddison tem um jeito de confortar que pode parecer estranho, e que nem é tão confortante para a maioria, mas é familiar, um modo de reconhecer o dia ruim sem colocar pressão.

Eu costumava me perguntar se a captura do assassino de Chavi pelo Trio de Quantico seria suficiente para acabar com os pesadelos. Agora acho que não importa. Acredito que os pesadelos serão meus para sempre.

Eddison devia estar indo para casa. Ele já saiu do escritório depois de um longo dia de trabalho burocrático e análise de novas informações na investigação em andamento sobre o Jardim e os crimes da família MacIntosh. Ele sente o peso nos ossos, mais que cansado, mas não o suficiente para estar exausto.

Não são as longas horas, nem o tédio mortal da papelada, que o fadigam tanto. É o conteúdo.

Em alguns dias, isso é só um trabalho. Em outros... Existem razões para tantos agentes sofrerem colapsos. A maioria fica esgotada, em algum momento.

Devia estar indo para casa a fim de descansar, encher a cabeça com alguma coisa além de imagens de meninas mortas em vidro e resina. Em vez disso, ele carrega na mão um copo de café fresco que comprou na cafeteria do quarteirão, volta ao prédio do FBI e pega o elevador para o andar onde trabalha. A área está tranquila, um mar de cubículos vazios, exceto por um homem roncando baixinho. A ideia de acordá-lo é tentadora, mas ele tem um travesseiro entre a cabeça e a mesa, um cobertor sobre os ombros e uma cadeira como apoio. Ninguém se prepara para dormir desse jeito na mesa de trabalho a não ser que realmente não possa ir para casa. Eddison o deixa dormir e torce para o pobre coitado resolver o problema, seja qual for.

Ele pega a pilha de pastas coloridas que fica no canto da mesa sem nunca ser guardada, com o prendedor sobrecarregado para conter os documentos e as fotos. A sala de reuniões tem espaço para ele poder espalhar tudo, dezesseis arquivos de vítimas e um com suas anotações gerais sobre o caso. Dezesseis é um número alto, muito alto, mas a primavera se aproxima, e outra menina vai morrer se eles não conseguirem encontrar alguma coisa que os leve ao assassino.

Ele não quer ver dezessete.

Eddison pega a primeira pasta, abre e começa a ler o conteúdo para refrescar todos os detalhes que nunca consegue esquecer de verdade. Talvez agora encontre algo novo, algo que faça sentido como nunca fez antes. Talvez agora ele finalmente encontre uma pista.

— Procurando encrenca?

A voz masculina o assusta, e ele bate o cotovelo no copo. Rápido, mergulha em direção ao copo que tomba e balança, mas erra o cálculo.

Eeee... não tem nada no copo.

Caramba, há quanto tempo ele está aqui?

Eddison levanta a cabeça e, vendo o bom humor do parceiro, olha feio para ele.

— O que está fazendo aqui, Vic?

— Voltei para trabalhar um pouco na papelada. Vi a luz acesa. — Vic senta-se em uma cadeira de rodinhas e olha para as pastas espalhadas. Elas se moveram sobre a mesa, alguns cantos se sobrepõem, mas permanecem cuidadosamente separadas. A única fora de ordem é a do caso Chavi, à esquerda de Eddison.

— É assim que cuida da sua papelada? — Eddison pergunta. — Você volta?

— Vou para casa jantar e passar um tempo com minhas meninas. Depois, quando a noite continua com lição de casa, passeios ou filmes no sofá, às vezes volto para fazer mais alguma coisa. Não precisa fazer essa cara de traído por causa disso.

Estava fazendo cara de traído? Eddison pensa um pouco e, relutante, decide que sim, sim, provavelmente. Em algum momento dos últimos anos, teria sido legal o agente mais experiente ter dado esse toque.

Vic pega a pasta mais próxima, reúne as fotos em uma pilha organizada e as vira para baixo.

— Acha mesmo que vai ver alguma coisa que não viu nas últimas vinte vezes que fez isso?

Em vez de responder, Eddison só olha para a pasta nas mãos de Vic.

— Entendi. — Depois de um momento, Vic fecha a pasta e a devolve ao lugar. — Vamos tentar de um jeito diferente.

— Como assim?

— Tem coisas que tomamos como certas, porque já sabemos que os casos estão ligados. Vamos tentar remover essa tendência. Vamos lá. Estamos aqui, é um dia tranquilo e um analista da divisão de crimes violentos que está pesquisando os casos traz essas pastas para nós. Ele acha que temos um assassino em série. — Vic olha para Eddison e espera.

Eddison o encara em silêncio.

Vic suspira, pega a pasta que contém suas anotações e a coloca na cadeira a seu lado.

— Sei que odeia encenação, mas é uma ferramenta útil de investigação. Vamos lá.

— Nenhum dos casos é da mesma jurisdição — diz Eddison, e o parceiro concorda, balançando a cabeça. — Sempre um estado diferente, sem agrupamento geográfico ou aparente zona de conforto.

Todas as vítimas moram em cidades ou em torno delas, nenhuma em área rural, mas não tem nada no mapa que possa relacioná-las.

— Certo. Qual é a relação entre elas?

— Agrupamento por idade. Todas estão na mesma faixa etária, dos catorze aos dezessete anos. Todas na escola, todas do sexo feminino.

Vic fica em pé, se debruça sobre a mesa e puxa a foto da vítima para cima de cada pilha. A maior parte é de anuários de colégio, embora algumas mostrem a vítima em outra ocasião. Fotos espontâneas parecem revelar mais sobre uma pessoa, mas as posadas são melhores para a identificação.

— O que mais?

Eddison tenta fingir que não viu aquelas fotografias vezes suficientes para que ficassem gravadas na parte interna de suas pálpebras. Tenta fingir que não sabe nada sobre elas.

— Não há um tipo característico — ele diz, depois de um tempo. — São todas jovens e bonitas, mas cor de cabelo, cor de pele, origem racial, nesses quesitos tem um pouco de tudo. O fator que as torna atraentes para ele como vítimas não é a aparência. Ou não só a aparência, pelo menos.

— Então, vamos aprofundar.

— Não sou um cadete.

— Eu sei. — Vic bate com o dedo em uma pasta verde. — E sei que fizemos tudo isso sete anos atrás com Kiersten Knowles. Entramos nisso porque outra pessoa conectou os casos, e há coisas que simplesmente presumimos serem verdadeiras porque foram apresentadas a nós dessa forma. E se encontrarmos alguma coisa realmente nova, e isso nos fizer abordar coisas que nem tínhamos percebido que não enxergávamos?

— Preciso de mais café.

— Eu vou buscar. Você fica aí pensando.

Quando Vic sai da sala de reuniões, Eddison pega uma das fotos espontâneas da pasta de Chavi e a apoia no copo vazio. É praticamente a última foto de Chavi ainda com vida, tirada dois dias antes de seu assassinato. Aniversário de doze anos de Priya. Todas as meninas e mulheres na festa do bairro, e alguns homens mais conformados, usavam coroas de flores, com fitas coloridas caindo das flores de seda e arame. Priya era muito magra nessa época, perto do fim de um estirão de crescimento que tinha dado a ela altura, mas não peso. Os ossos da bacia e das costelas eram salientes embaixo da roupa. No entanto, o rosto anguloso era cheio de luz, radiante e alegre, com a irmã parada atrás dela, enlaçando seu peito com os braços. Quem tirou a foto pegou-as em movimento, com os cabelos escuros balançando em torno delas, as mechas azuis e vermelhas tão visíveis quanto as fitas. Priya usava uma coroa de rosas brancas, Chavi, uma de crisântemos amarelos cujas pétalas longas pareciam quase uma faixa com franjas. As duas usavam vestidos leves e alegres e suéteres abertos, e estavam descalças na grama.

Dois dias depois, Chavi foi morta.

Assim como aquela versão de Priya.

Vic volta e entrega a ele uma caneca com a inscrição *você é meu super-herói*. Eddison não sabe dizer se era uma piada ou se Vic simplesmente não prestou atenção à caneca que pegou. A cozinha que acompanha a área de descanso abriga várias canecas órfãs.

Falta de atenção, ele decide ao olhar para a caneca na mão do parceiro. Nela está escrito *a melhor mãe do mundo*, com um pedaço de queijo suíço estampado ao lado das palavras.

— A causa da morte é a mesma em todos os casos — diz Eddison, bebendo um gole cuidadoso. É forte e amargo, provavelmente pó fervido no micro-ondas, mas tem impacto. — Garganta cortada. Cortes únicos, precisos e profundos, na maioria, e alguns imprecisos, provavelmente uma indicação de nível mais alto de raiva. Vários médicos legistas sugerem que a faca deve ser de caça, lâmina lisa. O ângulo do ferimento muda de acordo com a altura da vítima, mas todos apontam para um ataque pelas costas e um atacante de mais ou menos um metro e oitenta de altura. Direção da esquerda para a direita, o que indica alguém destro.

— Antes de falarmos sobre a disposição dos corpos, o que mais os ataques têm em comum? Fisicamente, quero dizer.

— É aí que vemos dois perfis diferentes de vítimas. — Eddison procura suas anotações, fazendo cara feia ao perceber que Vic ainda está com a pasta.

Vic só balança a cabeça e usa a caneca para apontar as pastas espalhadas sobre a mesa.

— Das dezesseis, uma, duas, quatro, sete... não, oito foram estupradas e espancadas em graus variados. Tinham as roupas rasgadas, ainda nelas ou em uma pilha organizada perto delas. As outras oito não foram estupradas, não exibiam nenhum sinal de violência sexual. Hematomas no pescoço sugeriam que, provavelmente, foram asfixiadas até perder a consciência. As roupas foram removidas com cuidado e deixadas longe. Para mantê-las limpas? — Eddison dá uma olhada rápida nos relatórios médicos mais relevantes. — Nenhum outro sinal de trauma físico nessas oito.

— E depois da morte? O que ele fez com os corpos?

— Foi isso que provocou a teoria inicial de que havia uma relação entre os crimes. — Ele tira fotos de cada pasta, ainda se sentindo um idiota fazendo uma apresentação para a classe, mas as dispõe em camadas para Vic poder ver. — Todas as vítimas foram encontradas em uma igreja, mesmo as que não eram religiosas ou declaradamente cristãs. As igrejas são de diversas denominações. Os relatórios da perícia dizem que as vítimas não foram movidas. Arrumadas, sim, mas foram mortas no local onde foram encontradas.

Eddison pensa na igreja batista branca e simples do funeral de Tereza, na cortesia gelada com a qual os Kobiyashi cumprimentaram os agentes, na grosseria que demonstraram ao tratar com Bliss e Inara.

Bliss havia retribuído com a mesma disposição, mas foi Inara quem *abriu o caixão* para colocar algumas partituras musicais dobradas sob as mãos unidas de Tereza.

Eddison passa a mão na cabeça, coça o couro cabeludo. Em breve ele vai precisar cortar o cabelo, que já cresceu o suficiente para começar a enrolar.

— Todas estavam basicamente na mesma área de cada igreja: no espaço entre o altar e os bancos. Todas tinham flores no corpo ou em volta dele, um tipo de flor para cada vítima.

— De onde vieram as flores?

Todas as pastas têm páginas e mais páginas de interrogatórios policiais com floristas. Algumas flores eram da região e da época, e o assassino poderia tê-las colhido em qualquer local. As que tiveram que ser compradas foram adquiridas fora da cidade, provavelmente como forma de evitar suspeitas. Algumas poucas floriculturas locais tinham registros de vendas em dinheiro para o tipo específico de flor, mas não o suficiente para relacionar a transação à quantidade presente na cena do crime. Mesmo que ele compre um pouco na cidade, o resto é levado de outro lugar.

Mas havia uma exceção.

— Meaghan Adams, vítima número catorze, foi encontrada com camélias quase que certamente compradas na loja da mãe dela. Em dinheiro, sem câmeras de segurança, e o vendedor não estava atento o bastante para dar uma descrição muito específica, só "homem, alto, entre trinta e sessenta anos". — Ele tenta não ficar irritado com isso. Muita gente não é treinada para observar de maneira ativa, notar e lembrar detalhes de desconhecidos.

— O que mais?

— Todos os assassinatos aconteceram em um período de dois meses. O primeiro, em meados de março; o último, quase no meio de maio. Tem alguma coisa na época do ano, alguma coisa na primavera que faz esse cara entrar em ação.

Vic se levanta, solta um gemido abafado e se alonga para pegar um pote de marcadores em cima da mesa. Uma das paredes é quase toda coberta por um quadro branco, atualmente ocupado por tópicos do que parece ser um seminário sobre assédio sexual. Vic limpa tudo com movimentos rápidos e joga o apagador no chão.

— Muito bem. Vamos fazer um gráfico.

Devia ser quase meia-noite, mas Eddison concorda com um movimento de cabeça e abre a primeira pasta, pigarreando antes de ler em voz alta.

— Primeira vítima conhecida, Darla Jean Carmichael, dezesseis anos. Morta na Igreja Batista do Sul Glória Maior, em Holyrrod,

Texas, na periferia de San Antonio, no dia vinte e três de março. Zoraida Bourret...

Enquanto Eddison lê nomes e datas, acompanhados por quaisquer outros detalhes que apareçam, Vic anota tudo no quadro branco, codificando as informações por cores. Verde para localizações e datas, azul para oficiais e agentes nos casos, roxo para depoimentos de familiares, vermelho para detalhes das vítimas. Já fizeram isso antes, nesse caso e em outros; colocar tudo em uma só página e torcer para ver alguma coisa que tenha se perdido nas pilhas de papel.

Tem uma pergunta que os instrutores fazem a todos alunos na academia: por que é mais difícil encontrar alguém que mata com menos frequência?

A resposta tem muitas partes. É mais difícil identificar um padrão que se espalha. Pedaços da assinatura se perdem. Um assassino constante se apressa e deixa pistas; já um assassino em série pode demorar mais para cometer erros.

Eddison acredita que tudo remete a controle. Quanto mais tempo entre um assassinato e outro, mais controlado é o assassino, maior a probabilidade de planejar, de ser cuidadoso. Alguém que só mata uma vez por ano não tem pressa, não está desesperado e não é propenso a errar. Um homem paciente não se preocupa com a chance de ser pego.

Eddison não é um homem paciente. Já esperou tempo demais para dizer a Priya e a todas as famílias das vítimas que eles pegaram o filho da mãe que matou suas meninas. Não quer acrescentar outra pasta à pilha, outro nome à lista.

Só não sabe se existe um jeito de evitar isso.

É praticamente março.

O nome dela é Sasha Wolfson, e você a vê pela primeira vez quando ela quase bate o conversível do tio. A capota está abaixada, e o vento da primavera brinca com seu cabelo, fazendo-o dançar em torno de seu rosto. Ela para de repente para prender o cabelo, mas está rindo.

Sua risada é maravilhosa.

O tio dela também ri, inclusive quando entrega a ela um lenço para prender o cabelo e explica, com muita paciência, coisas como mudança de faixa e pontos cegos. Ele está ensinando a menina a dirigir.

Você segue essa risada por semanas, durante as aulas de direção, nas caminhadas depois da escola e nos fins de semana que ela passa trabalhando na loja de paisagismo da família. Ela é muito boa com flores; tem sempre algumas em seu cabelo. Os pais quase sempre deixam o trabalho delicado para ela, como trançar caules finos e frágeis em treliças e transplantar as plantas menos resistentes. O que ela mais ama são os jardins de borboletas, e às vezes ela faz uma coroa de madressilvas.

Dá para sentir o cheiro delas no ar quando a menina passa, e as florezinhas brilham em seu cabelo vermelho.

Você percebe que a irmã dela é uma menina muito livre. Foi para a faculdade e transa com todo mundo que fica parado por tempo suficiente para isso. Os pobres pais, você escuta, e os telefonemas da polícia no meio da noite. Drogas, acidentes de carro, bebida. Pelo menos eles têm Sasha.

Pelo menos, eles têm uma boa menina de quem podem se orgulhar.

Mas você sabe o que pode acontecer com as meninas quando elas crescem. Darla Jean era uma boa menina, até deixar de ser. Zoraida resistia às tentações, e agora está protegida delas, mas Leigh... Leigh Clark sempre foi uma menina má, e o mundo está melhor sem ela. Quando Sasha tirar sua carta, quando puder sair sozinha de carro, quem sabe o que vai fazer?

Não. Os pais dela podem ter errado com a filha mais velha, mas acertaram com Sasha. Ela é correta com eles, e os pais de Sasha merecem saber que ela sempre será uma boa menina.

É quase verão, e sua coroa de madressilvas hoje é grossa, com o cabelo trançado nela até ficar bem preso, equilibrado de maneira precária, uma mistura de elegância e rebeldia. Essa é uma donzela de conto de fadas, e toda natureza se curva para agradá-la. Mas você já leu contos de fadas. Sabe que a princesa deixa de ser pura quando o príncipe chega. Tem um beijo para acordar, um beijo para curar, um beijo para preservar. Princesas se tornam rainhas, e nunca houve uma rainha que não merecesse queimar.

Mechas vermelhas, escuras de suor, escapam da coroa e colam na nuca, no pescoço, enquanto ela cuida dos canteiros de flores no terreno da igreja. Ela se levanta e alonga o corpo, entra na igreja quieta e escura para beber alguma coisa, para se refrescar.

E você a segue, porque sabe o que acontece com princesas que não são protegidas do mundo.

Depois, você tira uma flor da coroa que se desmancha e a coloca sobre a língua. Por trás do impacto acobreado do sangue, você sente a doçura da madressilva.

MARÇO

Não é que esteja esquentando, o que acontece é que está ficando menos frio pouco a pouco. É o tipo de mudança que você não percebe de verdade, porque frio é frio até a temperatura cair para congelante ou subir para geladinho, então, que importância tem a gradação? Mas os números insistem em anunciar que está realmente esquentando.

Com o rosto enterrado na gola do casaco até os olhos quase sumirem, minha mãe jura que os números mentem.

Mas o xadrez e as caminhadas exploratórias com a câmera fizeram eu me acostumar com isso. Ainda estou agasalhada o suficiente para me sentir uma boneca matriosca, mas demora mais para a ponta do meu nariz adormecer. Eu me enrosco no braço de minha mãe, encosto nela para transferir todo o calor que posso compartilhar.

— Por que estamos fazendo isso, mesmo? — ela pergunta, e o cachecol abafa sua voz.

— Porque a ideia foi sua?

— Bom, foi uma ideia idiota. Você é mais sensata, por que não me impediu?

— Se sou mais sensata, por que faço isso várias vezes por semana?

— Tem razão. Somos duas idiotas. — Ela dança no lugar enquanto espera o farol de pedestres abrir, e me obriga a balançar junto. — Sinto falta de coisas verdes, Priya, meu amorzinho.

— Eu me ofereci para te dar uma planta.

— Se é de plástico ou tecido, não é uma planta. — Minha mãe olha para as luvas grossas e suspira. — Preciso de terra embaixo das unhas de novo.

— Vamos comprar sementes para levar para a França. — Pensando bem... — Primeiro, vamos ver se podemos levar sementes para fora do país.

— Essa lei é boba.

— Espécies invasivas, mãe. É um problema sério.

— Calêndulas são um problema?

— Calêndulas sempre são um problema.

Paramos na ilha de grama no meio do estacionamento. O pavilhão ainda está lá, com um lado da lona erguida e amarrada, provavelmente como forma de impedir que adolescentes e jovens adultos se escondam lá dentro para aproveitar a privacidade. Os aquecedores suspensos sumiram, assim como o gerador a que ficam ligados. É tarde de domingo, por isso nenhum veterano está por ali.

— Vocês ficam aqui com esse tempo? — Minha mãe pergunta, incrédula. — Você não gosta nem de vestir roupas.

— Pijama é roupa.

— Para sair de casa?

— Ah, não, mas isso não tem a ver com roupa, tem a ver com pessoas.

— Ah, minha querida menina antissocial.

— Não sou antissocial. Sou anti-idiotice.

— É a mesma coisa.

— Como consegue trabalhar com Recursos Humanos?

— Eu minto bem.

Não conto a minha mãe histórias sobre o xadrez porque, mesmo em sua disposição mais solidária, ela tem zero interesse pelo jogo. Eu a mantenho informada sobre aonde e quando vou, e isso encerra o assunto.

Contei para ela sobre Landon, porque ele continua me seguindo quando vou ao Starbucks. Não quando saio de lá, pelo menos, o que já é alguma coisa. Desconfio de que ela contou a Eddison sobre Landon, porque recebi uma mensagem de texto perguntando se azul é mesmo minha cor favorita ou se eu só a considerava representativa, o que normalmente seria estranho, não fosse pelo fato de ele mandar outra mensagem em seguida perguntando se eu ainda era destra. Respondi que preferia amarelo, não porque fosse verdade, mas porque ia adorar ver o agente tentando encontrar uma pistola de choque amarela.

— Acho que meus mamilos estão congelando.

Rindo, puxei minha mãe pela grama e a levei para as lojas.

— Vamos logo, então. Comida.

Depois do almoço, fomos à Kroger comprar algumas coisas. Ela está pensando em preparar algo para os funcionários no escritório, o que é ótimo, desde que não seja nada que precise de forno, vasilhas, medidas ou utensílios.

Chavi e eu sempre fomos próximas de minha mãe. Tem um limite firme nessa relação entre amiga e mãe, e se uma situação alguma vez se aproximasse desse limite, ela sempre se posicionaria como mãe. Mas enquanto o limite fosse respeitado, ela podia ser, e foi, e é, as duas coisas. Depois de Chavi – ou mais importante, talvez, depois de meu pai – o limite se deslocou um pouco. Ainda está lá, ainda é tão firme e inegociável quanto sempre foi, mas o território em que ela é amiga, irmã e incentivadora é muito maior. Acho que Vic não acredita em mim quando juro que minha mãe é a maior razão para eu me meter em confusão na escola. Ele gosta de dizer que é influência dela, não ela.

Eu sei que não é isso. Pelo menos em sete de cada dez vezes é literalmente minha mãe que cria confusão na escola. Em geral, não dou muita importância para ofensas, deixo passar; minha mãe não aceita quieta, principalmente se as ofensas forem dos professores.

Mas, no fim, uma das minhas coisas favoritas em minha mãe é...

— Duas moças tão bonitas deviam estar sorrindo!

— Um homem inconveniente como você devia ir se foder!

... ela não tolera bobagens. De ninguém, nem dela mesma. Não tem a ver com ser babaca, embora ela possa ser, se achar que essa é a resposta certa, mas com ser honesta.

Minha mãe é a maior razão para eu poder dizer que estou destruída, e o motivo para eu saber que não tem nenhum problema nisso.

Compramos Oreos, açúcar, cream cheese, gotas de chocolate, creme de leite e papel manteiga, e depois decidimos que tudo bem, podemos comprar uma vasilha nova sem nos julgarmos burras por não procurarmos pela nossa. Então, cedemos mais um pouco e compramos uma enorme vasilha de pipoca com uma estampa de linhas e pontos desenhada por alguém que estava claramente alterado. É a vasilha mais feia que já tivemos, e incluo nisso as cerâmicas artesanais feitas em acampamentos.

É meio impressionante.

Também compramos mais leite, mesmo sabendo que vamos nos arrepender disso assim que começarmos a andar.

Minha mãe reclama durante todo o caminho para casa, adotando aquela voz chorosa que sempre me faz rir e pensando em coisas cada vez mais ridículas para dizer. Acho que eu tinha oito anos na primeira vez que ela fez isso, quando estávamos em um restaurante e ouvimos uma coisinha fofa e monstruosa dando chilique. Meu pai falou algo sobre os pais da menina precisarem demonstrar mais controle sobre ela, e minha mãe começou a fingir que choramingava, até meu pai finalmente ceder e pedir uma bebida.

O casamento deles nem sempre deu certo, mas, mesmo quando funcionava, sempre foi difícil entender como.

A caixa de correspondência, que no dia anterior nenhuma de nós teve coragem de ir olhar, continha basicamente propagandas, mas também havia um envelope grande de papéis da escola que eu ia frequentar em Paris, além de mais um envelope normal de Inara. Enfiei esse último no bolso para ler mais tarde. Ainda não havia falado com minha mãe sobre as cartas, porque ela provavelmente contaria a Eddison, e isso o empurraria na direção de um esgotamento nervoso.

Ele disse que duas das Borboletas destruiriam o mundo antes de ser destruídas, e me sinto à vontade para presumir que Inara é uma delas.

— Priya, olhe.

Minha mãe e eu paramos na entrada de casa e olhamos para a escada. Há um buquê de junquilhos embrulhado em papel de seda verde. São de vários tipos, alguns amarelos, outros de caule amarelo com pétalas brancas como um leque. As flores estão unidas por um pedaço de fita branca enrolada perto da base, formando um grande laço onde o buquê fica mais largo. Parece haver meia dúzia de caules, mas os botões variados dão volume ao arranjo.

Não é a primeira vez que flores aparecem na nossa porta. Depois que Chavi morreu, a escada costumava ficar cheia delas. Todo mundo levava flores e comida, como se fosse possível comer tudo aquilo antes de estragar. Jogamos fora a maioria das flores, porque, mesmo mantendo poucas, os aromas eram tão intensos e tão contraditórios que ficava difícil respirar. Mais difícil. Nas primeiras duas semanas, era sempre difícil de respirar. O ar perfumado só complicava ainda mais a situação.

Mas já faz um ano. A última vez que fomos surpreendidas por flores foi em Omaha, quando alguém do escritório de minha mãe descobriu sobre Chavi. Essa pessoa foi rapidamente dissuadida de discutir o assunto com alguém, em especial comigo ou minha mãe. Mas aqui a única pessoa para quem falei sobre o assunto foi Gunny, e ele não tem meu endereço. E acho que não mandaria flores de jeito nenhum. Antes disso foi... San Diego. Lá também foram junquilhos.

— Mãe, espere.

Ela para antes de pegar as flores, levanta as sobrancelhas quando tiro o celular do bolso e fala:

— Sério?

— Por favor.

Ela recua e gesticula para eu ir em frente, balançando a sacola com o leite.

As compras são deixadas no chão. Tiro uma das luvas para poder bater várias fotos antes de me abaixar ao lado do buquê. Tem um cartão entre as flores. Quase um cartão; é só um pequeno retângulo de papel-cartão branco, cortado sem muito cuidado. Pego o cartão com a mão em que mantive a luva. Está escrito *Priya*. A tinta é azul. A caligrafia não é conhecida, mas marca de leve o cartão e tem um brilho que eu costumo associar a canetas baratas, daquelas que você compra uma dúzia por três dólares, contando com a possibilidade de serem roubadas ou perdidas.

Não tem etiqueta. Quando floristas entregam flores, sempre tem algum cartão ou uma etiqueta da loja com as instruções para a entrega. Foi assim que identificamos o remetente em Omaha.

Tiro mais algumas fotos segurando o cartão na frente do buquê, depois pego as flores e as compras. Minha mãe continua achando tudo divertido, até entrarmos na cozinha e eu mostrar o cartão.

Então, seu rosto endurece, escondendo todas as emoções até ela decidir o que pensar sobre isso.

— Ele está aqui, então.

— Talvez — murmuro. — Já mandaram junquilhos antes.

— Sim, em San Diego — ela responde com uma sobrancelha erguida. — E você deve lembrar o que mais aconteceu em San Diego.

Olho para ela de cara feia.

Minha mãe dá de ombros. Ela guarda a prudência para o trabalho, e, ainda assim, só quando é absolutamente necessário. Não costuma se incomodar com isso na vida pessoal.

— Também recebemos junquilhos em Boston — lembro. — Quando Chavi foi relacionada aos outros casos, recebemos uma enxurrada de flores.

— Acha que é um fã do assassino, então.

— Acho que temos que considerar a possibilidade.

Ela olha séria para as flores que jogo na pia sem nem desembrulhar o buquê.

— Vamos contar para o Trio de Quantico?

— Já temos alguma coisa para contar a eles? — Passo o polegar pela beirada do telefone, tentando pensar nas opções. Como no xadrez, não dá para pensar só no próximo movimento. É preciso pensar nos próximos três, cinco ou oito movimentos, colocar cada peça no contexto do jogo todo. — Não sabemos se isso significa alguma coisa.

— Pode ser o Landon?

— Talvez. Acho que os junquilhos podem ser uma coincidência.

— Isso ampliaria a delimitação, não?

— Sua filha foi morta por um assassino em série a menos de dois quilômetros de casa.

— Tem razão — ela suspira. Depois, começa a guardar as compras, aproveitando o tempo para pensar. Minha mãe quase nunca fica sem palavras, mas se tem uma chance para pensar nas coisas antes, nunca a desperdiça. — Vamos falar com Eddison — ela anuncia quando tudo está guardado ou ao lado do fogão, pronto para usarmos. — Perseguidor ou assassino, o FBI vai ter que se envolver nisso de qualquer jeito. Se estiverem aqui desde o início, melhor.

Eu me apoio nela, uso seu ombro como travesseiro e espero.

— Se for ele — minha mãe continua —, se ele realmente achou você de novo... Uma coisa é deixar isso sem solução quando não depende de nós...

— E por que acha que agora depende de nós?

— Não acho. Ao menos, ainda não. Mas se realmente for ele, essa é nossa oportunidade. Vamos ter mais chances de sucesso se o FBI entrar em cena. Entrar parcialmente em cena — ela se corrige. — Tenho certeza de que não precisam saber de *tudo*.

Isso porque a ideia que minha mãe tem de resolução é ver o filho da mãe que matou Chavi morto aos pés dela. A minha normalmente envolve ouvir *você está preso*, e depois um policial recitando os direitos do infeliz.

Normalmente.

Era impossível não pensar nos outros casos, em parte por causa das perguntas que o FBI fez sobre Chavi, em parte porque a mídia parecia insistir que tínhamos que conhecê-los. Durante um tempo, não quisemos saber mais.

Então, aconteceu aquilo em San Diego.

Acho que poderíamos ter nos mantido na ignorância, mas, àquela altura, isso era não somente idiota, mas também perigoso. Então, minha mãe e eu pesquisamos os outros assassinatos, separando com muito cuidado o que era fato e o que era teoria de fãs ou detetives de sofá.

Não estávamos escondendo dos agentes o que sabíamos, era mais... bem. Eles sempre foram muito cuidadosos nos interrogatórios para não sentirmos o peso daquelas outras mortes. Chavi era nossa, mas em um caso de mortes em série, é muito fácil sentir que se deve levar no peito a dor por todas as vítimas. É fácil sentir culpa pelas mortes que sucedem a da pessoa amada. Recebemos cartões dos familiares de Zoraida Bourret, Mandy Perkins e Kiersten Knowles quando a notícia do assassinato de Chavi chegou aos jornais, e tem aquele sentimento irracional, mas forte, do tipo: *Por que não consegui dar as informações para ele ser preso?* Não é tanto *O que foi que eu fiz para causar a morte de minha filha/irmã*, mas *O que eu fiz de errado para ele não ter sido detido?*

Culpa não precisa fazer sentido. Ela simplesmente existe.

Carrego os nomes daquelas outras vítimas, mas não é por culpa. Por tristeza, normalmente, e por raiva. Nossos agentes tentaram nos proteger das dores extras causadas por casos em série, mas eles não têm culpa de sermos pessoas destruídas, que nem sempre reagem de acordo com as expectativas.

— Como vamos lidar com isso? — pergunta minha mãe.

— Não importa que tipo de flor é, na verdade; o problema é que quem mandou as flores sabe onde moramos.

— Então, vai dizer a verdade. É um jeito novo de lidar com isso.

Só minha mãe diria que compartilhar uma parte da informação disponível é dizer a verdade.

Escolho a foto mais nítida com as flores e o cartão e mando para Eddison por mensagem com a explicação: *Estavam na porta de casa quando chegamos.*

Não recebo uma resposta imediata, e minha mãe e eu vamos trocar de roupa, depois voltamos à cozinha para começar as trufas de Oreo. Cerca de uma hora mais tarde, quando estamos no sofá esperando a massa esfriar para podermos passar à próxima etapa, ouço a notificação personalizada de Eddison. "Bad Reputation", de Joan Jett. Eu achava que era apropriado.

— Oi.

— São junquilhos? — ele pergunta, ofegante.

Olho para minha mãe e ponho o celular no viva-voz.

— Sim, são. Isso é importante?

— Talvez.

— Está ofegante?

— Estava correndo. Alguém mandou junquilhos para você antes disso?

Ele usa aquele tom do agente, aquele que diz que eu devo ouvir as perguntas antes de pedir explicações. Não gosto desse tom, mas entendo por que é importante.

— Em San Diego e Boston.

— Recebeu outras flores em San Diego?

Minha mãe e eu nos olhamos.

— Sim, mas não lembro quais.

Minha mãe levanta as sobrancelhas, mas não me desmente. Nunca menti para Eddison antes. Acho que não gosto da experiência.

— É possível que tenha escrito para Chavi sobre isso?

— Sim, mas eu teria que examinar os diários para descobrir onde.

— Faça isso quando puder, por favor. E não tinha etiqueta de entrega?

— Só um cartão. Eu estava de luva — acrescento.

— Vou mandar alguém do escritório de Denver ir pegar as flores, para garantir. Não jogou fora, jogou?

— Não, deixei na pia.

— A pia está molhada?

Minha mãe sufoca o riso.

— Fala sério. Como se alguém aqui lavasse louça.

Durante uma pausa breve, tenho a sensação de que Eddison está tentando decidir se deve responder a isso ou não. Ele não responde. Essa provavelmente é a escolha mais acertada.

— Quanto tempo acha que levaria para encontrar o diário certo?

— Não sei. Temos caixas e caixas de diários, e não tem nenhuma organização específica.

— Alguma razão especial?

— Chavi e eu líamos os diários de vez em quando, depois guardávamos tudo de qualquer jeito. Tinha alguns que gostávamos de manter mais à mão. Eu ainda faço isso.

O homem tinha um coração compulsivo e, se o silêncio prolongado servia de indicação de alguma coisa, eu havia acabado de parti-lo. Eu já vi a mesa dele – também vi as de Mercedes e Vic – e, embora as caixas em nossa casa não se enquadrem no mesmo tipo de caos que Mercedes faz, chegam bem perto disso.

— Tente encontrar depressa — ele diz, finalmente. — Se puder mandar pelo agente uma lista das flores que recebeu antes vai ser muito útil. Se não for possível, mande a lista para mim assim que puder.

— Vai explicar o que significa tudo isso?

— Cinco anos atrás, você disse que não queria saber sobre os outros casos. Isso mudou?

Minha mãe segura meu tornozelo e aperta um pouco forte demais. Não digo para ela me soltar.

Não sei por que estou hesitando, talvez por pensar que contar um pouco pode significar contar tudo, e tem coisas que ele realmente não precisa saber. Tem coisas que minha mãe e eu precisamos entender, planos que temos que fazer, e achávamos que teríamos mais tempo. Esperávamos que alguma coisa acontecesse, talvez torcêssemos por isso, mas não contávamos com isso tão cedo depois da nossa mudança.

— Vou falar com Vic primeiro — Eddison diz quando demoro demais para responder. — Ele vai ter que saber sobre essa novidade de qualquer jeito. Pense nisso e me avise quando tomar uma decisão. Se decidir que quer saber, vamos conversar pessoalmente. Isso não tem negociação.

— Combinado — sussurro, fazendo o papel da menininha assustada que deveria ser. Seria, talvez, se fosse um pouco mais esperta.

— Assim que tiver o nome do agente que vão mandar, eu envio para você por mensagem. Peça para ele mostrar as credenciais e encontre o diário.

— Achamos que foi um menino em San Diego — falo, odiando como minha voz soa fraca. — Eu estava dando aulas particulares, e esse menino era meio apaixonado por mim, e pensamos que ele estava sendo sendo fofo e insistente. Ele disse que não foi, mas não pensamos em mais ninguém, e não recebi mais flores depois que mudamos de casa. Não pensamos que fosse importante, que tivesse alguma relação ou...

— Priya, não estou acusando você de nada. — A voz dele era suave, gentil como ele jura que não é capaz de ser. — Você não tinha motivo nenhum para saber que aquilo podia significar alguma coisa. Mas, de qualquer modo, fico feliz por ter me contado isso. Preciso ligar para Vic e para o escritório em Denver. Eu mando o nome por mensagem. E ligo para você à noite, tudo bem?

— Tudo bem.

Desligamos e ficamos, minha mãe e eu, sentadas no sofá por um tempo, olhando para o telefone enquanto Leonardo DiCaprio se afogava no filme ao fundo. Minha mãe balança a cabeça, e as mechas de cabelo que escapam da trança se movem em torno de seu rosto.

— Estou quase tomando uma decisão, Priya, amorzinho. Enquanto isso, vamos pegas as caixas e começar a organizar tudo. Eles vão precisar das datas em que as flores chegaram, no mínimo, isso se não pedirem cópias dos registros nos diários.

— O que acha que devo fazer?

Minha mãe fica em silêncio por um bom tempo. Depois, levanta do sofá, me puxa e me abraça forte, tão forte que balançamos no lugar só para continuar respirando.

— Não vou tomar essa decisão no seu lugar. Você é minha filha, e vou ser sempre seu porto seguro e sua fonte de conselhos, mas não posso dizer o que você deve fazer. Não desse jeito. Você é dona de sua vida, tem que fazer a escolha com a qual possa conviver.

— Acho que precisamos saber exatamente o que é isso, antes de decidirmos. As flores podem ser muitas outras coisas.

— Vamos esperar, então. — Ela beija meu rosto perto da orelha. — Vamos reunir toda informação possível e depois decidimos.

Existem muitos tipos de perseguidores; o fato de eu estar esperando que esse seja do tipo assassino me perturba de um jeito que não consigo nem explicar.

Ele sente o olhar de Vic, pesado, preocupado, atencioso e meio divertido. Por mais que a situação seja grave, Vic sempre se diverte com a agitação de Eddison.

Por outro lado, Vic nunca ficou completamente quieto quando uma informação importante se encaixa no lugar, ou quase se encaixa. Vic fica parado, Eddison anda de um lado para o outro.

Ramirez bate com a caneta na mesa em um ritmo frenético que começa a reverberar diretamente na cabeça dele.

Ele se vira depressa quando se aproxima da parede, e vê Ramirez se encolher e apoiar a caneta sobre a mesa, ao lado do bloco de papel. Mais tarde, ele vai se sentir mal pela cara que fez. Talvez até se desculpe. Por enquanto, tudo que sente é gratidão porque o barulho parou.

Estão todos na sala de reuniões, esperando notícias do escritório de Denver. Eddison ainda usa a camiseta suada e a calça de corrida, mas deixou a jaqueta pendurada no encosto de uma cadeira. Vic está de calça jeans, mais casual que de costume, mas, minutos depois de chegar ao escritório, trocou a camisa de flanela respingada de tinta por uma polo limpa. Ramirez...

Bem, ele vai se sentir muito mal por isso mais tarde, porque é evidente que ela estava em um encontro, mesmo que fosse o meio da tarde quando Vic ligou para ela. Devia ter enrolado o cabelo, porque dava para ver a ondulação natural brigando com os cachos perfeitos, e ela está com um vestido e sapatos de salto alto e fino, coisa que não usa no escritório nem se for dia de cuidar só da burocracia e resolver problemas por telefone. Mas ela não reclamou, não fez nenhum comentário sobre ter tido que abandonar o encontro por causa de uma possível reação exagerada de Eddison.

Tomara que seja uma reação exagerada.

O telefone fixo sobre a mesa toca estridente, e Vic se inclina para apertar o botão do viva-voz.

— Hanoverian.

— Vic, é Finney. Elas estão bem. Um pouco abaladas, talvez um pouco bravas, se interpretei direito, mas bem.

Os três suspiraram aliviados. É claro que elas estão bem. Ainda não existe uma ameaça, é só uma possibilidade.

E não é nada surpreendente que, depois de terem tido tempo para pensar nisso, as Sravasti tenham ficado bravas.

— Como estão as coisas? — Vic pergunta um momento mais tarde. É ele quem realmente conhece Finney, que é, na verdade, seu antigo parceiro. Eddison não tinha percebido, mas assim que as Sravasti souberam que se mudariam para Huntington, Vic informou

Takashi Finnegan sobre o caso, garantindo que, se fosse necessário, alguém estaria por perto para ajudar.

É claro que nenhum deles esperava que houvesse essa necessidade.

— Não tem digitais no cartão. Também não tem nada na parte externa do papel de seda — relata o outro agente. — Mandamos tudo para o laboratório, eles vão desembrulhar o buquê e examinar melhor. As flores podem ter saído de qualquer lugar, infelizmente: florista, supermercado, estufa particular, cidade diferente, sei lá. Dá uma olhada no seu e-mail, tem uma foto dos diários dela.

Ramirez vira o laptop para Vic a fim de deixá-lo acessar o e-mail. Eddison dá a volta na mesa e para atrás dele.

— Puta merda, ela não estava brincando — resmunga ao ver a foto.

Com toda certeza, ele nunca viu tantos cadernos em um só lugar em toda a sua vida.

— Esses são só os dela — diz Finney, e até Vic reage com espanto à informação. — Os da irmã estão em outra pilha.

— Então, você não tem a lista das outras flores que ela recebeu — deduz Vic.

— Não, mas ela está organizando os diários. Não sei nem como. Cada caderno tem uma aparência diferente, e não vi nenhuma etiqueta nem datas, exceto a do começo de cada ano.

— Não no começo de cada caderno?

— De cada ano.

— Podemos instalar uma câmera na porta da frente? — Ramirez pergunta. Ela toca a caneta, mas olha para Eddison e junta as mãos no colo.

— A sra. Sravasti vai fazer uma solicitação. A empresa para a qual ela trabalha é proprietária da casa e a oferece como residência temporária. Por isso, ela precisa da autorização deles para fazer modificações. Enquanto isso, existe um sistema de alarme básico nas portas e janelas que elas vão começar a usar.

— Começar? — Vic repete com a testa franzida.

— A área tem baixo índice de criminalidade. A maioria dos moradores se contenta com a fechadura da porta. Um dos meus agentes é de Huntington. Vou pedir para se apresentar às Sravasti e ficar de olho nelas. Se conseguirem a autorização para a câmera, ele pode ajudar com a instalação.

Vic cobre a boca com a mão e tosse.

— Tome cuidado com o jeito de fazer essa proposta a Deshani.

— Já fiz — Finney responde rindo. — Archer trabalhou no Esquadrão Geek enquanto fazia faculdade. Ele consegue instalar e programar coisas antes que a maioria das pessoas termine de ler as instruções. Você mesmo disse que as Sravasti viveram um inferno e continuam em pé. Não vou presumir que elas não sejam capazes. — Os agentes de Quantico ouvem o ruído de um teclado do outro lado da linha, o som característico de um computador informando a chegada de novos e-mails. — Na próxima vez que for jogar xadrez, Priya vai tentar tirar uma foto do cara que está sempre atrás dela. Assim que a foto chegar, vamos investigar. Tenho esperança de conseguir o sobrenome e algumas informações sobre o passado desse homem.

— Para ver se ele esteve perto de San Diego? — Vic pergunta em tom seco, e Finney deixa escapar uma risadinha.

— Exatamente. Essas duas são muito controladas. Estou impressionado.

Vic sorri e balança a cabeça.

— Elas não vão acender a fogueira, mas podem dançar em volta dela, para escapar do frio.

— Deshani acende a fogueira — Eddison e Ramirez declaram ao mesmo tempo.

A indignação do parceiro da dupla é suplantada por mais uma risadinha do outro lado da linha.

— Tenho essa impressão, sabe? A mulher é assustadora, e ela sabe disso.

Eddison esfrega o rosto com as mãos e, finalmente, desaba em uma cadeira. A pele coça, resultado do suor que secou depois da corrida.

— Tem mais uma coisa que vocês precisam saber — Finney anuncia em tom mais sério.

Vic geme.

— Nunca vem coisa boa depois dessa frase.

— É claro que não. É por isso que a uso como aviso. — O alto-falante transmite o barulho de papéis em movimento.

— Desembucha, Finney.

— Consegui adiantar as coisas hoje porque é domingo e não pedi permissão, mas vou ter problemas por isso, e vamos enfrentar umas pedras no caminho.

— Por quê?

— Já falei que temos um novo chefe de seção? Faz uns meses.

— E o que...

— É Martha Ward.

— Merda.

Eddison e Ramirez olham para o parceiro. É muito raro ouvir Vic falar palavrões, mesmo no trabalho; ele parou desde que as filhas cresceram o suficiente para repetir, de maneira inocente, palavras interessantes.

— Muito bem — Vic suspira. — Vou falar com o chefe, vamos ver se podemos fazer alguma pressão.

— Acha que isso vai adiantar alguma coisa?

Vic hesita.

— Eu mando notícias — diz Finney. — Boa sorte.

A ligação é encerrada, e os três ficam sentados e em silêncio por um tempo. Finalmente, Ramirez pega a caneta e, em um movimento complicado, prende o cabelo na parte de trás da cabeça, deixando a tampa brotar das mechas como um enfeite.

— Martha Ward? — ela pergunta delicadamente.

Vic confirma com um movimento de cabeça.

— E... por que ela é um obstáculo? Essa mulher tem fama de fodona.

— Rígida — Vic corrige. — Martha Ward é uma mulher intransigente que considera a construção de perfil uma religião e se recusa a aceitar desvios. O padrão está acima de tudo.

Eddison liga os pontos e resmunga vários palavrões, até Ramirez jogar nele um marcador do quadro branco.

— Nosso assassino nunca manda flores para uma menina antes de matá-la. As flores enviadas a Priya são um desvio do padrão. Não vai ser fácil convencer Ward de que ele pode ser nosso assassino.

Sério, Vic assente mais uma vez.

— Catorze anos atrás, Finney e eu procurávamos algumas crianças desaparecidas em Minnesota. Idades diferentes, meninos e meninas, mas todas tinham cabelos e olhos castanhos e pele clara. Só três foram encontradas.

— Mortas?

— Embrulhadas em plástico grosso, depois em cobertores, e parcialmente enterradas. Estavam de lado, como se dormissem, e havia animais de pelúcia com elas.

— Remorso? — pergunta Ramirez.

— Foi o que imaginamos. Todas as crianças eram parecidas e, aparentemente, foram mantidas por algum tempo. A nossa teoria inicial era de que o sequestrador tentava criar uma família. Esse tipo de perfil sugere uma mulher, mas não é uma indicação forte o bastante para fazer suposições.

— Ward insistiu em dar gênero ao perfil?

— Não exatamente; ela cuidava de outro caso na mesma área. Mulheres morenas de pele clara, aproximadamente trinta anos de idade, estavam desaparecendo, uma de cada vez, e apareciam mortas em canteiros de obras ou perto deles.

— Os casos eram relacionados, certo? Só podiam ser.

Ramirez, apesar de tudo que já enfrentou na vida, ainda é uma otimista. Eddison não é.

— Ward nem investigou essa possibilidade — ele deduz, muito confiante de que está certo. — Tiveram que passar por cima dela?

— Não tivemos escolha. — Encostado na cadeira estofada, Vic franze a testa com a lembrança. — Ela insistia em dizer que os casos não tinham nenhuma relação. Nosso sujeito evidentemente era uma mulher e o dela era um homem. Crianças e mulheres adultas. Causas de morte e rituais póstumos inteiramente diferentes.

— As crianças que morreram foram acidentes, mas ele estava avaliando as mulheres, não estava? Tentando encontrar a mãe perfeita para sua família perfeita. — Ramirez suspira ao ver Vic confirmar com um movimento de cabeça. — Então, a melhor maneira de encontrar o homem é investigar as interseções.

— Enquanto argumentávamos com Ward, outra mulher apareceu morta, e mais uma desapareceu. Duas crianças sumiram, e outra foi encontrada. Finney e eu recorremos ao comando superior, conseguimos autorização para tirar o caso dela e o solucionamos. O que não levamos em consideração foi que o chefe do nosso chefe era muito amigo de Ward. Quando ela foi transferida para o serviço burocrático, à espera da auditoria do caso, ele a promoveu. Finney foi transferido para Denver e, três dias depois, Eddison saiu da academia ressentido e com meu nome em sua documentação.

Eddison se recusa a dar a Vic a satisfação de vê-lo corar.

— Está dizendo que eu fui uma punição?

— De jeito nenhum. Você já tinha sido designado para a nossa equipe. A punição foi a transferência de Finney. Ward é politicamente protegida, tem ótimas conexões e por isso continua progredindo. Mas vai infernizar nossa vida se puder. É muito azar ela ser chefe de seção de Finney.

— Então, ela vai punir Priya só para dificultar as coisas para vocês.

— A verdade é que ela não vai se importar com Priya. Ward tem a empatia de um peixe morto.

Ramirez inclina a cabeça para o lado.

— Ward contra Deshani: quem ganha?

Vic para, pensa um pouco e depois dá de ombros.

Qualquer coisa capaz de provocar receio em Victor Hanoverian é algo que Eddison não deseja ver nunca.

A pilha de pastas coloridas está em cima da mesa, ao lado do laptop de Ramirez, pronta para novas anotações. Uma pasta vazia está preparada ao lado dela. Em breve vai haver um nome na etiqueta, provavelmente com a caligrafia de Vic, porque a de Ramirez é bonita demais para etiquetas, e a de Eddison requer um minuto para ser decifrada.

PRIYA SRAVASTI.

Ele pensa se é um acaso o fato de a pasta ser azul.

Nenhuma delas é vermelha, mas a de Chavi é amarela, e isso o faz pensar na pistola de choque e se Priya estava debochando dele ao escolher a cor, e ele aperta os olhos com a base das mãos, como se a pressão pudesse interromper todos os pensamentos. Mesmo que fosse só por um instante, porque havia parado de correr horas atrás e ainda se sentia ofegante.

Quando abaixa as mãos e abre os olhos, Vic está olhando para ele.

— Vamos garantir que seu horário seja flexível.

— Como digo a ela que as pessoas responsáveis por sua proteção estão sofrendo bloqueio político?

— Assim mesmo, acho.

— Ela vai ficar furiosa.

— Ótimo. Se ela e Deshani ficarem furiosas o bastante, talvez consigam levar o caso ao chefe de Ward.

Eddison ainda se lembra do dia em que conheceu Priya, como ficou *aliviado* com sua fúria, que significava que ela era muito menos propensa a chorar, porque ele tinha deixado de ser bom com meninas choronas na primeira vez que teve de lidar com uma que não era Faith. Mas faz cinco anos que se conheceram, e embora Priya furiosa seja uma coisa decididamente divertida de ver, ele não quer que essa fúria encontre um foco. Não quando sabe o que a leva da irritação, seu padrão, à ira, exaustiva. Não quando sabe como ela sai desgastada desse tipo de raiva, como isso pode fragilizá-la e quanto tempo pode durar.

Tinha prometido a Priya que nunca mentiria, nem mesmo para que ela se sentisse melhor, e ela disse que não queria saber nada sobre nenhuma das outras meninas, mas, em algum momento, atender a esse pedido começou a dar a ele a sensação de que estava mentindo. Há dois anos começou a parecer que mentia, mas ele continuou em silêncio porque ela havia dito que não queria saber, e não era a intenção dele assustá-la, não quando parte dessa raiva havia finalmente começado a se dissipar.

Os mocassins velhos de Vic cutucaram seu tornozelo.

— Ela vai ficar bem. Sempre fica.

Mas ele sabe melhor que Vic o que Priya enfrenta quando tenta entender tudo isso, quando tenta encaixar o assassinato da irmã em um cenário maior. Porque Vic já tinha muito com que se preocupar, e Eddison não tinha o suficiente. Havia guardado esse segredo de Priya e Deshani, e nunca mencionava a compulsão alimentar que deixava a menina suando e vomitando no chão do banheiro porque a irmã tinha partido, apenas partido, e nunca haveria um jeito de entender isso.

Quando Faith foi levada, ele começou a fumar, não apesar do aviso do médico, mas por causa dele, porque sabia que o cigarro o matava aos poucos, e isso fazia mais sentido. Só tentou parar uns dois anos depois de Vic colocá-lo sob sua proteção, e só tentou realmente quando Priya torceu o nariz e disse que ele fedia mais que o vestiário dos meninos na escola.

Interessado em perguntar como ela sabia que cheiro tinha o vestiário dos meninos, ele havia esquecido de pegar o cigarro. Às vezes o gesto ainda se faz presente, a necessidade e até o cigarro, mas não é como antes. Talvez por causa de Priya. Mais provavelmente porque, depois de ver o impulso se manifestar em outra pessoa, o hábito não trazia mais conforto. Ou seja, ainda por causa de Priya.

Desta vez é Ramirez que o chuta – um chute controlado, porque o bico do sapato de salto machuca quando ela põe força no movimento – e assente. A caneta balança, mas não se solta do cabelo.

— Não importa quantas vezes caiam, elas sempre se levantam juntas. Deshani está lá para pegar os pedaços se ela desmoronar.

O que foi que Vic disse a ele em novembro? Algumas pessoas ficam desmontadas, outras se reconstroem com todas as partes afiadas à mostra?

Ele falava de Inara, mas servia para esse caso também.

Respirando fundo, ele pega o celular do bolso da jaqueta e lê a sequência de mensagens que trocou com ela. *Sem Oreos, ok? Tenta?*

Ela responde menos de um minuto depois. *Amassamos todos para fazer trufas. Melhor/pior? E vou tentar.*

Não devia nem se surpreender quando o celular vibrou de novo, um minuto depois. Dessa vez era Deshani. *Vou ficar atenta; não tem comida no quarto dela, vou escutar os passos na escada se ela perder o controle.*

E ela vai ouvir, porque é provável que fique sentada no chão do quarto, com as costas apoiadas na porta, atenta a noite toda ao rangido da escada ou aos passos abafados no carpete. Deshani é, provavelmente, a ideia que Deus tinha em mente quando fez as mães, tão protetoras.

— No Colorado, é ilegal alguém com menos de dezoito anos ter ou usar uma arma de choque — ele diz finalmente, e os dois parceiros o encaram apreensivos, com ar de quem não confia muito no rumo que a conversa está tomando. — Ela já tem spray de pimenta, o que mais podemos providenciar?

— Taco de beisebol? — sugere Ramirez.

Vic belisca a parte de cima do nariz e balança a cabeça lentamente.

O nome dela é Libba Laughran, e, na primeira vez que você a vê, seu vestido de formatura cheio de camadas está levantado, o suficiente para mostrar os ombros do rapaz cujo rosto está entre suas coxas. Sentada no capô de um carro, ela segura a saia com uma das mãos e, com a outra no cabelo dele, dá gritos roucos que ecoam na noite como se não estivessem ao ar livre, como se não existisse a possibilidade de alguém ouvir e ir investigar.

O vestido dela é rosa, um rosa tão radiante que quase brilha na noite, mas no pulso da mão que segura o cabelo do garoto tem uma faixa com um cravo branco, cujas pétalas têm as bordas vermelhas como se tivessem sido mergulhadas em sangue.

Você a vê de mãos dadas com ele na igreja, os corpos apropriadamente afastados, mas as mãos se buscando sempre que um deles se afasta. Você os vê no cinema, indo e voltando da escola.

Transando na rede no quintal da casa dela e rindo cada vez que quase caem.

Eles se amam, *você pensa, pelo menos tanto quanto conseguem entender o amor, sendo ainda tão jovens. Cochicham um para o outro, sussurram a cada telefonema e conversa. Nenhum dos dois parece notar mais ninguém.*

Tem algo de bom nisso, talvez, mas não a ponto de salvá-la. Isso não é coisa que boas meninas façam, por mais que estejam apaixonadas. Não é respeitoso, não é certo. Ela é jovem, então, é compreensível, mas você não pode deixar passar. Não pode deixar que as amigas dela pensem que isso é perdoável, aceitável.

Só quando eles são pegos, quando a mãe dela volta para casa bem antes do esperado, quando eles ainda estão nus e abraçados no quintal, é que você percebe o quanto ela é jovem.

Catorze anos, e já é uma prostituta.

A mãe chora enquanto persegue o menino seminu pelo quintal e o expulsa de sua propriedade, ignorando o choro da filha atrás dela. Você se apoia do outro lado da cerca e ouve o sermão da mãe, como ela e o marido ensinaram a filha a ser melhor que isso.

Você não se surpreende quando Libba sai de casa escondida naquela noite para ir procurar o menino que ama.

Você não se surpreende quando ela luta contra você, porque é claro que essa é uma menina que vai atrás do que quer, e ela quer aquele menino, ela quer viver.

Você só não pode deixar isso acontecer.

Esse menino pode ser gentil, mas ela é jovem demais para saber o que os homens fazem. Você tem que mostrar a ela.

Tem que mostrar tudo que ela vai ser para os homens quando deixar de ser uma boa menina. Não é algo que ela possa reverter, afinal.

Você quase a deixa ali, no chão da igreja, mas ela tem só catorze anos. Então, você a envolve novamente com seus trapos, só o suficiente para cobrir as partes importantes, e deixa cravos sobre o tecido.

Brancos, com as pontas vermelhas que sangram pelas veias das pétalas para o coração.

Você lembra.

Minha mãe me manda para a cama por volta de uma hora. Sento na cama e vejo as sombras dançando nas paredes, resultado da vela elétrica na frente da foto de Chavi. É a mesma que temos lá embaixo, mas esta moldura é feita de cacos de vidro colorido e aparas de metal. O círculo de crisântemos de seda amarela é igual.

Meu diário atual está na gaveta do criado-mudo, com uma caneta presa à capa. A decoração é uma colagem perturbadora das cabeças de pedra dos presidentes, recortadas de fotos do passeio que fiz com minha mãe e Eddison quando morávamos na capital. A única exceção é uma imagem pequena, quase invisível no espaço entre Kennedy e Taft: um pequeno lagarto azul com um cartaz na boca, números romanos em um quadradinho cinza. Aquele lagarto aparece em algum lugar em todos os meus diários. Às vezes na parte externa de uma capa, às vezes do lado de dentro, às vezes preso à margem de uma das páginas.

Os diários de Chavi seriam fáceis de organizar, porque ela era mais consistente. O canto esquerdo inferior da parte interna da capa tinha sempre um desenho de mim segurando uma data. Podia ser uma foto de um calendário, daqueles de uma página para cada dia, ou um calendário mensal com uma data circulada, ou então um desenho representando feriados. Cada caderno começava com o próximo dia do ano. Para colocá-los em ordem, era só olhar a capa interna e a data.

Chavi estava quase em agosto.

Não vou conseguir dormir.

Espero até achar que – e torcendo para que –, do outro lado do corredor, minha mãe tenha dormido. Desço a escada. Tem um degrau quase no fim da descida que range, a menos que você pise à esquerda do centro. O seguinte também range, a não ser que você pise no canto direito. Seguro no corrimão e pulo os dois.

A vela na frente de Chavi está apagada. A última a ir para a cama sopra a chama para impedir um incêndio acidental. Quero acendê-la, talvez precise disso. Mas não acendo. Tem luz suficiente entrando pelo vidro da porta da frente para me deixar ver a foto, mesmo que sem nitidez. A iluminação da rua, fraca e meio amarelada, cobre as paredes e se estende pela lateral da escada. A claridade se divide no teto do corredor, descrevendo arcos estranhos que acompanham o corrimão até o patamar da escada.

Um carro passa na rua, muda a iluminação, e por um segundo, antes de eu conseguir fechar os olhos, as sombras dão a impressão de que alguma coisa desce do corrimão.

Meu coração bate forte, e abaixo a cabeça quando sigo pelo corredor para a sala de estar. Alguma coisa toca meu ombro e me encolho, depois me sinto uma idiota ao perceber que é só meu cabelo. Verificamos cada centímetro da casa e depois ligamos o alarme. Não tem ninguém aqui além de mim e de minha mãe. Posso fazer uma lista de motivos para explicar por que faz sentido estar tão assustada. Posso dar nome a cada um deles, e nomeá-los ajuda, supostamente; mas em algum lugar entre especular quem está morto e se tem alguém observando a casa, há uma lembrança que, esta noite, está presente demais.

Quando meu pai se enforcou no corrimão da casa em St. Louis, dois dias antes do primeiro aniversário da morte de Chavi, os pés dele não tocaram meus ombros. Não cheguei perto o bastante para descobrir se tocariam.

Voltei da escola, destranquei a porta da frente e, antes que pudesse abaixar para beijar a foto de Chavi, eu o vi. Parei e olhei para cima, mas ele provavelmente estava ali havia umas duas horas. Estava definitivamente morto, e não precisei tocá-lo para saber. Ele tinha comprado a corda algumas semanas antes para instalarmos a rede, que nunca foi instalada.

Eu não gritei.

Eu ainda não sei bem por que, mas me lembro de ficar ali parada olhando para meu pai morto e sentindo apenas... cansaço.

Torpor, talvez.

Saí de casa de novo, tranquei a porta e liguei para minha mãe; ouvi quando ela usou o telefone do trabalho para chamar a polícia enquanto corria para casa, para mim. Ela chegou antes dos policiais, mas não entrou para olhar. Ficamos juntas, sentadas na escada da entrada até a polícia chegar, e logo depois a ambulância, que devia ser protocolo, embora fosse desnecessária.

Eu ainda segurava a correspondência, inclusive os envelopes coloridos que continham cartões de aniversário para mim do Trio de Quantico. Chegaram exatamente na hora.

Naquela noite ficamos em um hotel, e tínhamos acabado de deitar, mesmo sabendo que não íamos dormir, quando alguém bateu na porta. Era Vic, e ele carregava uma bolsa com camisetas de mangas longas do FBI, calças de pijama, produtos de higiene pessoal e um litro de sorvete.

Eu conhecia Vic havia quase um ano naquela época, e já o respeitava, mas o que me fez amá-lo um pouco foi ele não ter me desejado um feliz aniversário. Ele não tocou no assunto e não mencionou os cartões. Embora tivesse sido evidentemente um suicídio, ele ainda foi ao Missouri conversar conosco, verificar se estávamos bem, e em nenhum momento perguntou como estávamos nos sentindo.

Eram quase três horas quando ele saiu do nosso quarto, mas ainda tirou mais uma coisa da bolsa e me deu. Era um pacote mal feito, um saco de papel pardo desses de supermercado, mas quando o abri, depois que ele saiu, Oreos se espalharam sobre a cama; doze sacos com fecho hermético, três biscoitos em cada um, com um dia e uma data em cada saco na caligrafia pontiaguda de Eddison.

Reconhecendo a necessidade, racionando o impulso.

Foi nesse dia que me apaixonei por Eddison também, como se ele fosse alguém da minha família, um amigo, porque os Oreos admitiam que eu não estava bem, e o racionamento dizia que eu ia ficar.

Não há fotos do meu pai à mostra, não como temos de Chavi. Ela não ter escolhido partir é parte do motivo, mas é mais que isso... Se meu pai precisava ir embora, mesmo achando que suicídio era o único alívio possível, minha mãe teria entendido. Por mais que o casamento deles funcionasse e não funcionasse, pelo menos isso ele permitia.

Mas meu pai se matou de um jeito que garantiu que seria eu quem o encontraria. Estávamos em St. Louis havia poucos meses, e eu não tinha ingressado em nenhum clube ou qualquer coisa que me mantivesse até mais tarde na escola. Minha mãe só chegava do trabalho à noite e, por isso, com exceção de uma catástrofe, não havia nenhuma possibilidade de eu não ser a primeira a vê-lo.

Minha mãe poderia ter perdoado e lamentado quase todo o resto, mas nunca o perdoaria por ter me feito encontrá-lo.

Francamente, não acho que ele pensou nisso. Não acredito que ele *poderia* ter pensado nisso àquela altura. Provavelmente, a única coisa em que era capaz de pensar era que não podia usar uma das árvores do quintal, porque um vizinho poderia ver e tirá-lo de lá antes de ele morrer, salvando-o quando ele não achava que havia alguma coisa para salvar. No fundo, acredito que ele estava tão focado em não ser encontrado que não pensou que, em algum momento, seria.

Isso nunca vai ter importância para minha mãe.

As fotos dele não foram queimadas, só não estão à mostra. Foram cuidadosamente embaladas, preservadas, porque um dia vou querê-las, mesmo que minha mãe nunca mais queira olhar para elas.

Ligamos para a família dele no dia seguinte. Quando saímos de Londres, minha mãe e meu pai cortaram relações com as duas famílias. Ou talvez tenham saído de Londres por terem cortado relações. Nunca soube ao certo o que aconteceu, só sabia que nenhum dos dois gostava de falar do assunto, por isso não faço mais ideia de quantos primos tenho. Eles deixaram família, religião e talvez fé pelo caminho, e a primeira vez que falamos com meus avós desde que partimos foi para contar que Chavi tinha sido assassinada.

Eles culparam meus pais por terem nos levado para longe, por terem nos levado para a América, a terra das armas e da violência, e para eles não importava que ela tivesse sido morta com uma faca em um bairro muito mais seguro do que aquele onde morávamos em Londres; a culpa era dos meus pais por terem partido.

Não voltamos a falar com eles por um ano, e então ligamos para contar sobre meu pai, e de novo, de algum jeito, a culpa era nossa. Se minha mãe não o tivesse tirado de perto da família, ele teria tido o apoio de que precisava. Se minha mãe não fosse uma pagã, ele teria tido o conforto de que precisava. Minha mãe desligou antes que a mãe de meu pai pudesse falar o que realmente pensava. Eles só precisavam saber que ele havia morrido, ela contou, e isso era o máximo que pretendia fazer. Temos, em teoria, uma família enorme, mas na verdade somos só eu e minha mãe, e o pouco de Chavi que mantemos conosco.

Como os duzentos e poucos cadernos preenchidos por sua caligrafia grande e redonda, empilhados em um lado da sala de estar como uma montanha partida.

Se não consigo dormir, devia ser produtiva e organizar meus diários, encontrar os que escrevi em San Diego. Mas não dá para fazer isso sem acender a luz. É muito tarde – ou muito cedo – para uma luz tão forte, e não tem um espaço próximo para onde eu possa levar a pilha de cadernos e utilizar uma luminária de mesa.

Quando entro na cozinha e acendo a lâmpada sobre o fogão, os pacotes de gotas de chocolate ainda estão em cima da bancada. Na geladeira, bandejas de papelão cobertas com papel manteiga sustentam as bolinhas de Oreos esmagados com *cream cheese* e açúcar. Pego as embalagens de creme de leite, despejo o conteúdo em uma panela que mantemos à mão e levo ao fogo baixo. O creme aquece devagar, e é preciso tomar cuidado para ele não ferver, ou fica nojento. Quando pequenas bolhas começam a se formar nas laterais, junto um pouco de açúcar, depois acrescento as gotas de chocolate e tampo a mistura, desligando o fogo para deixar o chocolate derreter no calor do creme de leite.

Enfileiro as bandejas de papelão sobre a bancada, ao lado de uma caixa de palitos de dente. Abro a caixa para espetar um palito em cada bolinha, mas minhas mãos estão tremendo. Olho para elas por um minuto, tentando decidir se estou brava, com medo ou cansada.

Ou, quem sabe, as três coisas, porque é foda.

Mas a resposta parece ser: *carente*. Porque sei o que aconteceu em San Diego, e sei o que aconteceu depois que partimos; porque padrões raramente se repetem por acidente; porque meu pai desistiu, e não sou forte como minha mãe... Porque a morte de Chavi é uma dor que não faz sentido, não pode fazer, e tenho bandejas cheias de maneiras de fazê-la parecer mais real.

Tiro a tampa da panela e misturo o conteúdo. Enquanto uso os palitos de dente para passar as bolas de Oreo no chocolate, minhas mãos continuam tremendo. Meu estômago ainda se contorce com a necessidade. Não importa saber que isso me fará passar mal, que a dor concreta não faz a dor emocional melhorar. Não importa que aprendi muitas, muitas e muitas vezes que isso não ajuda.

Só importa que parece ajudar.

Quando as bolas estão cobertas de chocolate, levo as bandejas de volta ao refrigerador para esfriar e firmar. Queria que a porta da geladeira fizesse barulho como qualquer outra ao ser batida. Seria satisfatório, não seria, saber que, pelo menos por ora, não cedi?

Minha mãe está encostada na porta para o corredor. O jeito como ela apoia o peso no batente, como expõe o pescoço ao descansar a têmpora na madeira, me diz que ela está ali me observando há um tempo.

— Sobrou muito chocolate? — ela pergunta com a voz rouca e meio grossa.

— Um pouco. Não muito.

— Temos duas bananas. — Ela muda de posição, afastando os pés do piso gelado. — Mais moles do que você gosta, mas ainda não escureceram.

— Sim. É, legal.

E é assim que acabamos sentadas no chão da sala de estar, mergulhando bananas na panela de chocolate, com umas dez velas brancas cobrindo as diversas mesas. Não posso fazer a mágica de produzir mais bananas quando as duas e meia que tínhamos acabam, e minha mãe leva a panela para a pia antes que eu pense em outra coisa para mergulhar nela.

— Estava esperando encontrar menos trufas — ela comenta quando volta e senta-se graciosamente no tapete.

— Teria feito eu parar depois das primeiras.

— Sim, mas não precisei.

— Não faz diferença.

— E quando foi que fez? Quando você queria desesperadamente que isso ajudasse?

Eu não tinha uma resposta, não é como se não pensasse nisso todas as vezes, por isso puxo o canto de um diário e trago a pilha toda para perto de mim. Vejo o lagarto agarrado a uma perna da Torre Eiffel e mostro a ilustração para minha mãe.

— Está entre o cento e quarenta e o cento e oitenta. Já são menos páginas para examinar.

— Pensou nesse sistema quando tinha cinco anos? — ela resmunga.

— Nove. Antes disso eu encapava os diários com papel de presente, mas refiz todos os anteriores quando decidi que gostava dos lagartos.

Quando ela sobe para se arrumar e ir trabalhar, tenho os cinco meses e meio de San Diego espalhados na minha frente, prontos para a leitura.

Conhecendo minha mãe, tenho a sensação de que o próximo projeto dela vai ser organizar o restante dos cadernos para poder guardá-los em caixas. Mantê-los à vista não vai incomodá-la tanto quanto incomodaria Eddison, mas ela não vê muita utilidade em revisitar o passado.

Passo o resto da manhã logada no site da escola virtual e tentando me concentrar nas tarefas, mas sem muito sucesso. Devo estar com uma aparência horrível na sessão de Skype, porque a instrutora me perdoa por isso. Diz para eu não me preocupar em voltar até quarta-feira, e para avisá-la se precisar de mais tempo. Essa gentileza corriqueira é tão estranha depois das últimas vinte e quatro horas que não sei nem se consigo identificar por quê.

Já terminei tudo que podia fazer às onze horas e, então, jogo os diários na mochila que não uso há meses, dou uma olhada na minha câmera, coloco-a na bolsa, e saio para ir jogar xadrez. O spray de pimenta é um peso confortante no meu bolso.

Na verdade, não espero que aconteça alguma coisa. Junquilhos... Isso foi uma jogada inicial. Ainda há tempo, por mais estranho que isso possa parecer. No xadrez, a vitória mais rápida possível, com desistência ou penalidade, é chamada de Mate do Louco. Demora apenas duas jogadas por jogador, mas, e aí é que está, depende do Branco ser extraordinariamente burro.

Um homem razoavelmente burro pode evitar sua identificação se cada assassinato acontece em uma jurisdição diferente, mas esse caso está nas mãos do FBI há sete anos; continuar livre depois de todo esse tempo sugere alguém não só paciente, mas esperto.

Os jogos de xadrez mais interessantes acontecem entre oponentes que se conhecem bem. Eles sabem antever o que o outro vai fazer para tentar impedi-lo e, ao mesmo tempo, avançar suas peças. Cada movimento requer que os dois jogadores reavaliem completamente o tabuleiro, como um cubo mágico de doze lados. Não sei quem matou minha irmã, mas sei muita coisa sobre ele. Os assassinatos contam uma história.

Ele não repete flores e não provoca suas vítimas.

Qualquer que seja o significado dos junquilhos, se é que foram mandados pelo assassino, é só um movimento inicial.

Se não foram enviados pelo assassino... quem os mandou já sabe onde moro. Tentar me fazer prisioneira em minha própria casa não vai me deixar mais segura do que continuar saindo.

Lembro-me disso durante a caminhada. Até acredito nisso, de maneira geral.

Corgi está no estacionamento quando chego. Ele caminha para o pavilhão, levando dois copos de café. Não são copos do Starbucks, é o café gratuito que o mercado oferece aos idosos em copinhos térmicos de isopor. Ele se assusta ao me ver e quase respinga café nas luvas.

— Meu Jesus, Menina Azul, a noite foi ruim?

— Ruim é apelido. Dá para perceber?

— Eu não ia gostar de encontrar você em um beco escuro. — Corgi me olha da cabeça aos pés, assente e bebe um gole de café de um dos copos. — Acho que nem em um iluminado.

— E em um estacionamento?

— Dizem que nós, soldados, somos corajosos, ou éramos. — Ele sorri para mim, e realmente tem um nariz que parece ter saído de um filme de hobbit, embora seus olhos sejam claros. Já o vi depois de um dia ruim, e na semana seguinte. Ele está bem.

Todo mundo está lá, inclusive Feliz, que está de ressaca. Em vez de me sentar, eu pigarreio.

— Alguém se incomoda se eu tirar umas fotos?

Os homens se olham, intrigados, depois olham para mim.

— Eu sou fotógrafa. Isso é o que quero fazer na vida. Se não se incomodarem, quero ter umas fotos para levar quando mudarmos de casa. Nada posado, porque isso é desconfortável, só... todos vocês. Sendo vocês.

Feliz olha com tristeza para seu café, como se as respostas para o universo estivessem lá, mas ele não tivesse energia para encontrá-las.

— Vai fazer as fotos justo hoje — ele diz.

— Não só hoje. De vez em quando.

— Tire suas fotos, menina Azul — diz Pierce, enquanto arruma as peças. — Hoje você é capaz de botar fogo no tabuleiro, se olhar para ele por muito tempo.

Assisto aos jogos por algum tempo, enquanto a câmera continua no estojo dentro da mochila, e espero que eles voltem ao normal. Não é totalmente incomum que alguém não consiga se concentrar em uma partida, que fique vagando entre as mesas e olhando todos os jogos em andamento, ou saia caso tenha uma consulta médica ou alguma coisa assim, deixando-nos com um número ímpar. Eles não demoram muito para se ajustar.

Quando pego a câmera e olho pelo visor, o mundo parece mais nítido. Com mais foco. Não que não haja mais coisas terríveis por aí, ou mesmo aqui, mas tem uma barreira de vidro entre mim e tudo isso.

É como se eu tivesse me esquecido de respirar, e alguém me cutucasse nas costelas para me fazer puxar o ar.

Faço fotos em branco e preto e coloridas, garantindo especialmente algumas boas imagens de Landon. O único sobrenome que sei é o de Gunny, e não tem jeito de sair perguntando o de todo mundo sem ser muito esquisita.

As coisas parecem mais óbvias vistas pela câmera. Por exemplo, o modo como Corgi mantém um olho no jogo e o outro em Feliz. Como as mãos de Ganido tremem e seus olhos são sombrios, e como Jorge o observa sem parecer prestar atenção a ele. Jorge costuma se mover com a rapidez de um raio, batendo as peças no tabuleiro e levantando as mãos como se fosse levar um tiro. Hoje, no entanto, ele se mexe devagar, deslizando as peças sem interromper o contato da base com a madeira brilhante. Nada súbito, nada intenso. Quando Phillip estende o braço para capturar o bispo de Steven, a manga de sua camisa se levanta e deixa à mostra o monotrilho de pontos sobre um ferimento muito antigo, uma linha grossa e clara com pontos enfileirados dos dois lados.

Gunny parece ainda mais velho, se é que isso é possível. As pregas macias de pele parecem mais profundas, o tecido da cicatriz na têmpora, mais distendido. Também tiro algumas fotos de Hannah, tanto quando ela se aproxima para dar uma olhada no avô, como quando está no carro com o tricô. Ela tem uma pilha de cobertorzinhos de tricô no banco de trás. Quando pergunto sobre as peças, ela diz que são doações para o hospital local, para os bebês da ala neonatal. Desse modo, todo bebê pode voltar para casa com um bom cobertor. É a primeira vez que pergunto o que ela tricota nesse tempo todo, porque sempre achei que a pergunta seria estranha, mas a resposta me encanta. Adoro pensar em alguém novo e inocente indo para casa coberto por alguma coisa feita com amor.

Depois de um tempo, vou pegar uma bebida. Pela primeira vez, escolho uma das mesas e me sento. Eles têm um biscoito novo cujo cheiro é maravilhoso. Não como desde as bananas, mas não vou comer, não enquanto minha mãe não estiver ao meu lado para me mandar parar caso eu exagere Ainda estou um pouco frágil depois da noite passada – da manhã de hoje? – e não confio em mim.

Acabo de me sentar e acomodar os cadernos em uma pilha ao lado do meu braço quando vejo Landon entrar e olhar em volta. Merda. Ele já é bem desagradável quando posso simplesmente sair de perto, mas quando sou um alvo fácil?

— Posso me sentar com você?

Levanto a cabeça na direção da voz e vejo Joshua em pé quase atrás de mim, olhando para Landon. Ele já estava sentado em outra mesa quando entrei, com o nariz enfiado em um livro e aparentemente desligado do mundo. Conversamos às vezes, quando nossos caminhos se cruzam. Ele é legal, nunca é invasivo ou inconveniente. Hoje não quero companhia, mas... quero ainda menos a companhia de Landon.

— É claro.

Ele se senta à minha frente na mesa de quatro lugares, dando-me espaço, e deixa o casaco na cadeira ao lado da dele. Tiro meu casaco da mesa e o coloco na cadeira restante. Ah, que pena, não tem mais lugar. Olho para ele desconfiada, sem saber se estou com disposição para uma conversa fiada, mas ele abre o livro, segura o copo e volta à leitura.

Tudo bem, então.

Landon senta-se em outra mesa com um livro velho, o mesmo que ele lia há um mês, ou outro igualmente maltratado. Sou naturalmente incapaz de confiar em alguém que trata seus livros tão mal. Mas ele abre o volume e, com exceção de olhar para mim muitas vezes, parece não se mover. Então, deixo minhas chaves sobre a mesa, ao alcance da mão, com o gatilho do spray de pimenta próximo e acessível, e abro o primeiro caderno.

O negócio com esses diários é que não há nada de consistente neles. Escrevo quase todo dia, mas não *todo* dia, e os registros podem ir desde *tudo bem, nada para contar* até páginas inteiras de informações. Na primeira vez que meu pai pôs Chavi de castigo, por ter dado a mão para um menino na patinação em dupla, durante uma excursão do oitavo ano ao rinque, ela teve um ataque de birra que durou catorze horas e mais da metade de um caderno. Nós duas usávamos os diários para registrar tudo que passava pela cabeça, qualquer coisa. Então, havia desenhos, fotos e mapas, números de telefone ou endereços e até listas de compras, listas de tarefas, revisão para provas, tudo misturado a comentários sobre o que estávamos fazendo ou o que sentíamos em um dia qualquer. É possível ir passando os olhos pelos registros, mas mesmo com toda rapidez com que o pensamento é capaz de pular de uma ideia a outra sem interrupções ou aviso prévio, não é possível fazer isso muito depressa.

À medida que mergulho naqueles registros, lembro como, contrariando todas as possibilidades, e apesar de mim mesma, eu era até feliz em San Diego. Tinha amigos lá.

Bem.

Eu tinha uma amiga lá, e era simpática com as outras pessoas.

As flores começaram a chegar em março, como agora, com um buquê de junquilhos. No entanto, eu não tinha contexto para elas. Nenhum motivo para pensar que não era o menino para quem dava aulas particulares, que ficava vermelho toda vez que eu olhava para ele e que só falava sussurrando. Eram só flores. Era só um menino que poderia ter sido um fofo se tivesse me dado as flores diretamente em vez de deixá-las na porta da minha casa.

Depois dos junquilhos foram lírios de calla, depois uma coroa de mosquitinhos, uma coroa de madressilvas, buquês de frésias. O último foi um buquê de cravos brancos com pontas vermelhas, como se sangrassem. Tem fotos dentro do caderno, entre as páginas, estufadas pelo volume.

Os cravos chegaram dois dias antes do caminhão de mudança, e na semana seguinte estávamos em Washington.

Uma semana depois disso, eu não tinha mais uma amiga em San Diego. O Trio de Quantico me fez novas rodadas de perguntas, os três olhando para mim com novas sombras nos olhos, e decidi que podia pesquisar as outras mortes por conta própria, em vez de perguntar aos meus agentes qualquer coisa que aprofundasse aquelas sombras. Eddison me perguntou se eu queria contexto para as perguntas que eles faziam, respondi que não.

Ele pareceu muito aliviado.

Ler quanto eu era feliz em San Diego dói, porque foi uma anomalia. Dói, e me deixa furiosa, e tenho sentido muita raiva desde que Chavi morreu, e eu...

Eu quero. .

Estou muito cansada.

Fecho o último caderno, passo a mão no rosto como se fosse possível remover dele as camadas de raiva e tristeza. Joshua foi embora faz tempo, e Landon também foi, felizmente. Mas tem um bilhetinho dobrado onde Joshua esteve sentado, com o mesmo número de telefone do cartão que ele havia me dado semanas antes. O serviço de transporte do amigo dele.

Jogo fora o bilhete, porque ainda tenho o cartão na carteira. O gesto é atencioso, e ele não está sendo invasivo. Só não quero usar o serviço.

A caminhada de volta para casa é congelante, e fica ainda mais gelada quando os últimos raios de sol cedem lugar à escuridão total. Minha mãe provavelmente chegará logo depois de mim. Para me distrair do frio, dou uma olhada na minha lista de tarefas para aquela noite: escanear as fotos dos diários, carregar as que tirei no xadrez e mandá-las para os agentes.

Não tem nada na escada da frente. Quero que isso seja uma coisa boa.

Não tenho certeza de que ainda consigo reconhecer uma coisa boa.

Ele nunca havia pensado nas provocações de Ramirez como parte da dinâmica da equipe desde que ela chegou. No entanto, sente falta disso quando ela se comporta de um jeito mais sensível.

Porque Eddison sabe que de fato é ridículo manter o celular na mão ou perto dela o tempo todo ou se assustar cada vez que um telefone toca perto dele. Sabe que está mais agitado que gato em dia de faxina, e seria um alívio se sua parceira debochasse um pouco dele por isso.

Mas ela sabe por que ele está tão agitado, e entende. Por essa razão ela não debocha, apesar de ele precisar disso – e quão insano é isso? –, porque, provavelmente, ela está precisando de todo autocontrole que tem para não bater com a caneta na mesa até furar a porcaria da madeira.

Ela agora saiu para almoçar, uma espécie de encontro para se desculpar com a pessoa da Divisão de Contraterrorismo que ela teve que abandonar no domingo. Vic está prestando seu apoio silencioso a Danelle, que enfrenta mais uma rodada de perguntas no gabinete. Danelle é bem estável, considerando todas as coisas, prática o bastante para reconhecer o pesadelo em que está, mas otimista o suficiente para esperar que ele passe e torcer pelo melhor.

Seu celular de trabalho toca, e ele se assusta e verifica o aparelho pessoal, mesmo sabendo, pelo toque, que é o oficial. O nome que aparece na tela faz com que ele franza a testa.

— Oi, Inara.

— Eddison. Vic ainda está com Danelle?

— Sim. Aconteceu alguma coisa?

— Bliss e eu não vamos nesse fim de semana, como tínhamos planejado. — Dá para ouvir o vento e buzinas de carros ao fundo, os sons da cidade. Ela deve estar na escada de incêndio do prédio onde mora, talvez no telhado. Do lado de fora, de qualquer maneira, e ele não se surpreende por Inara preferir falar longe das companheiras de apartamento. — Deixei um recado na caixa postal de Hanoverian, mas ele não verifica o celular pessoal se não tiver mais de uma ligação.

— Aconteceu alguma coisa?

— Mais ou menos. Bliss está tendo *um dia daqueles*.

Alguém rosna um "foda-se" ao fundo, e ele quase pergunta qual é a diferença entre esse dia e qualquer outro, mas está amadurecendo. Ou algo assim.

— Algum motivo específico?

— Alguns. Os pais estão fazendo pressão para que ela vá visitá-los. Não gostam quando ela diz que não está preparada.

Bliss passou dois anos e meio desaparecida. Um ano depois de ela ter sumido, a família inteira se mudou porque o pai foi convidado para lecionar em Paris. Se já é difícil para as outras meninas se ajustarem a famílias que nunca desistiram de procurá-las, quanto pior pode ser reconstruir conexões com famílias que seguiram em frente?

— E eles continuam chamando ela de Chelsea — Inara prossegue depois de um momento, e Eddison ouve os palavrões de Bliss mais distantes, mais baixos.

— É o nome dela — ele se sente obrigado a dizer.

— Não é. Se você me chamar de Maya, não vou nem me abalar. Se me chamar de Samira, vou te atacar.

Ele ri, apesar de tudo, não por achar que ela está brincando, mas porque ela está falando sério. Inara passou anos se esforçando para Samira Grantaire não significar nada, ser apenas o fantasma de uma menininha deixada para trás muito antes de ser fisicamente abandonada. Inara é o nome que ela escolheu, Maya é o nome que ela aceitou porque o Jardineiro escolheu e porque queria viver. Ela é prática demais para passar por cima de uma coisa como sobrevivência. Maya pode ser uma cicatriz, a tinta em suas costas, mas Samira é, em alguns sentidos, a ferida que só vai poder cicatrizar se nunca, jamais, for mencionada.

Ele pigarreia para se livrar do resto de risada.

— Mas ela não quer ser chamada de Bliss para sempre, quer?

— Não especialmente. Por enquanto, ela acha engraçado. Mas tem uma lista de possibilidades.

— Por exemplo?

— Eu torço por Victoria — ela declara em tom neutro. — Acha que Vic se sentiria homenageado?

Eddison engasga, depois desiste e ri de novo. Vic ficaria lisonjeado, sem dúvida, mas isso nunca deixaria de ser hilário.

— Jesus.

— Então, Bliss está se sentindo frágil, o que significa que é melhor não ficar perto de gente sensível.

— Sei que você e suas companheiras de apartamento têm definições singulares de sensível quando lhes diz respeito, mas acha que é uma boa ideia ficar aí?

— Não. Vamos passar uns dois dias em um hotel. Já tiramos folga do trabalho. Assim ela vai poder xingar e dar chilique sem se sentir culpada por magoar pessoas inocentes.

— Não sei se podemos nos considerar pessoas inocentes. Ou sensíveis.

— As filhas de Vic são, e ela nunca se perdoaria se as magoasse. — Sua voz é baixa, provavelmente baixa demais para Bliss conseguir ouvir. — Sei que as meninas do Vic são fortes. Nós dois sabemos disso. Mas elas são inocentes, apesar do trabalho do pai, e isso é... é uma má ideia.

— O que mais está acontecendo? — ele pergunta, e ouve um ruído amargurado do outro lado. Não que seja sempre tão perceptivo, mas Inara parece ficar ressentida quando ele consegue. — O que mais está incomodando Bliss?

A longa pausa se enche de estática por causa do vento, que traz consigo o som distante dos palavrões de Bliss. Tudo bem. Eddison pode não ser a pessoa mais paciente do FBI, mas sabe esperar quando tem certeza de que vai receber uma resposta no fim da espera.

Quando Inara finalmente responde, sua voz é forçada, as palavras são lentas e relutantes.

— Recebi outra carta de Desmond.

— Uma carta de... Espera, *outra*?

— É a quarta. Chegam no restaurante, e o endereço do remetente é o de um escritório de advocacia. Acho que isso explica como ele sabe onde eu trabalho.

— O que ele diz?

— Não sei. Não abri as cartas. — Inara suspira. — Estão comigo. Posso entregar todas. Ia contar para vocês logo que recebi a primeira, mas aí Ravenna teve o colapso com a mãe e eu esqueci. Depois veio a segunda carta, e eu também pretendia entregar para vocês.

— Mas está acostumada a guardar segredos. — Eddison sente-se orgulhoso ao perceber como a afirmação soou neutra, branda e livre de julgamentos. Podia até parecer uma forma de apoio.

— A terceira carta chegou quando o suicídio de Amiko foi divulgado pela mídia.

— Ela você chama pelo nome verdadeiro.

— Ela eu vi ser enterrada. — Isso faz mais diferença do que deveria, provavelmente, mas Eddison não vai discutir esse assunto com ela.

— E agora chegou a quarta.

— Os envelopes são grossos. Não parecem conter mais que papéis, mas acho que é muito papel.

No sentido menos complicado das coisas – e desde quando a vida dele é assim? –, Desmond MacIntosh não devia entrar em contato com Inara, porque ele é um acusado e ela é uma testemunha, além de ser uma vítima do pai dele.

— Se eu avisar o escritório de Nova York, pode deixar as cartas lá antes de ir para o hotel?

Uma pessoa que não tivesse estado com ela em uma sala de interrogatório provavelmente não perceberia a hesitação antes da resposta positiva.

— Se ainda não escolheu um lugar, vá para uma praia — ele sugere. — Ainda não faz calor suficiente para atrair turistas. Isso pode ajudar.

— É?

— Espaço aberto, natureza. Amplo e ilimitado.

Ela murmura alguma coisa enquanto pensa, e Eddison sabe que Inara está percebendo todas as camadas nas palavras: porque o Jardim era contido, aparado e mantido com perfeição, artificial, mas o oceano é indomado, grande o bastante para fazer você se sentir minúsculo e completamente verdadeiro. Não tem fachada, nem máscara, nem glitter.

Ele simplesmente é, e Eddison acredita que Bliss não é a única que vai descobrir como isso pode ser tranquilizador.

Mesmo que ela e Inara não admitam mais tarde.

— Vou avisar Vic sobre a mudança de planos — ele diz, em vez de exigir que ela se comprometa com a ideia de um jeito ou de outro.

— Mande por mensagem o nome do agente com quem acertar tudo — ela pede. — Vou pedir para falar com ele.

Ele hesita antes de encerrar a conversa, porque, merda, essa não é muito a sua praia.

— Se precisar de alguma coisa...

— Qual é, Eddison, está amolecendo? Que ideia pavorosa.

Talvez isso não devesse ser reconfortante, mas é.

Ela vai ficar bem. Bliss vai ficar bem.

Um dia.

Na quinta-feira, quando estou saindo de casa para ir jogar xadrez, encontro na escada o buquê de lírios de calla roxos, e percebo que o que minha mãe e eu estamos tentando conquistar em Huntington vai ser mais complicado do que planejávamos. Tiro as fotos, olho o cartão – só *Priya* de novo – e deixo as flores ali para a polícia, os agentes ou quem quer que seja enviado como resposta à minha mensagem para Eddison e ao e-mail para o agente Finnegan. Depois de me dar cinco minutos para pensar no que fazer, basicamente para ter certeza de que não vou me arrepender depois, mando uma segunda mensagem para Eddison.

Quero saber o resto.

Se o jogo vai ser jogado até o fim, não tem como evitar. Não tenho dúvidas de que ele vai limitar a informação que vai dar para nós, e minha mãe e eu podemos fingir que ignoramos o resto. Por enquanto, ninguém tem que revelar segredos.

A vida não costumava ser tão complicada.

Dez minutos mais tarde, recebo uma resposta com um horário e o número de um voo, que encaminho para minha mãe. Ela vai se oferecer para ir buscá-lo, ele vai recusar a oferta porque não gosta de ser passageiro, a menos que Vic seja o motorista, e provavelmente vai chegar a Huntington uma hora antes dela.

O que ainda me deixa com a maior parte de um dia para ocupar, e raiva demais para me arriscar a ir jogar xadrez.

Alguns minutos depois, meu celular apita. É o e-mail do agente Finnegan com os nomes de dois agentes que ele está mandando para pegar as flores. Eles devem demorar uma hora para chegar de Denver.

Os agentes chegam quarenta minutos depois em uma SUV preta com as luzes piscando. Estou na cozinha, sentada no nicho da janela e cutucando a tigela de mingau de aveia frio com uma colher. Os agentes são jovens, provavelmente recém-saídos da academia. Um deles é uma loira bonita que deve ter que lutar com unhas e dentes para ser respeitada em seu trabalho; o outro, um negro cujos ombros largos sugerem que ele pode ter sido jogador de futebol americano na faculdade.

— Priya Sravasti? — O homem chama, depois de bater na porta da frente. — Sou o agente Archer, esta aqui é a agente Sterling. O agente Finnegan nos mandou.

Pela janela, vejo que Sterling já se abaixou ao lado dos lírios e usa luvas de neoprene azul.

Confirmo os nomes no e-mail e depois vou abrir a porta.

— Chegaram depressa.

O agente Archer sorri, simpático e relaxado, mas ainda profissional.

— Finney... o agente Finnegan pediu para não tomar seu tempo mais do que o necessário.

Vic tem alguns bons amigos, eu penso.

Archer me faz algumas perguntas, como se toquei nas flores, se vi ou ouvi alguém, se me sinto segura sozinha em casa. Já enviei todas essas informações no e-mail para Finney, mas, mais do que a maioria das pessoas – ou ao menos acredito nisso –, entendo que isso faz parte do trabalho deles, mesmo quando parece um pouco redundante. Então, respondo com paciência, mesmo quando ele se repete deliberadamente para ver se minhas respostas mudam, ou se lembro alguma coisa nova.

Enquanto conversamos, Sterling examina o buquê com cuidado, evitando alterar qualquer coisa na embalagem. O papel de seda é aquele mesmo verde-primavera de sempre, uma cor alegre e forte, e as pregas ainda são visíveis na embalagem. Quando termina de ver tudo que é possível sem desfazer o embrulho, ela o coloca delicadamente em um grande saco plástico e o fecha com fita adesiva. Sua caligrafia no saco e no lacre é um pouco rústica, desajeitada onde o saco se dobra. Acho que seria mais fácil escrever o rótulo antes de fechar o saco plástico.

Por outro lado, eles precisam garantir que o que está descrito na etiqueta esteja dentro do saco, trabalho que se torna mais difícil se o rótulo for feito com antecedência.

Sterling leva o buquê embalado para dentro da viatura e o guarda em uma caixa trancada no porta-malas. Depois, tira de lá uma escada portátil e duas caixas de ferramentas.

Olho para Archer.

Ele sorri de novo e guarda o caderninho no bolso do casaco.

— Finnegan disse que a empresa para a qual sua mãe trabalha autorizou as câmeras. Já que estamos aqui, vamos fazer a instalação.

— As caixas estão ali — respondo, apontando o armário de casacos. — São da marca que o agente Finnegan recomendou.

— A da frente e a dos fundos. Tem mais alguma porta?

— Não.

Acompanho Sterling pela casa até a porta dos fundos. Minha mãe e eu esquecemos daquela porta até Finnegan pedir para ver se tinha flores lá também. Não tinha, e a cerca dificulta um pouco a tarefa de alguém que queira entrar no quintal sem ser visto, mas faz mais sentido instalar também uma câmera ali do que não instalar.

Só por precaução.

Sterling tira de sua caixa de ferramentas um kit enrolado que encaixa-se perfeitamente em cima da porta, como um gancho para guirlanda. Tem todo tipo de compartimentos no kit, de forma que as ferramentas fiquem acessíveis quando ela estiver em cima da escada. É genial, sério.

Archer, porém, não tem um desses, então visto meu casaco e vou encontrá-lo na escada da frente de casa para entregar as ferramentas que ele solicitar. A miniescada que usamos na cozinha é resistente o bastante para mim e minha mãe, mas range sob o peso do agente sempre que ele muda de posição.

— Estudei o caso de sua irmã na academia — ele diz, depois de um tempo. Os fios da câmera estão enrolados em seus dedos.

Eu devia responder ou ao menos assentir ao comentário.

No entanto, não reajo.

Mas isso não faz com que ele desista.

— Examinamos alguns casos que não tinham sido resolvidos, para sabermos antecipadamente que não dá para solucionar todos eles. Pega aquele alicate para mim, por favor? O de ponta bem fina.

Eu pego.

— Deve sentir muita falta da sua irmã.

— Não gosto de falar sobre isso.

As mãos dele param.

— É, imagino que não — ele resmunga. Depois, trabalha em silêncio por um tempo. Uma vizinha do outro lado da rua acena, levando os bebês gêmeos para a van. Embora ela já não esteja mais olhando, aceno de volta, porque um dos gêmeos ainda olha na minha direção. Archer pigarreia. — Desculpe.

— Por quê?

— Eu não devia ter tocado em um assunto tão pessoal. Só queria conversar um pouco.

— Pode falar sobre o tempo, agente Archer, ou sobre o trânsito. Sobre o treino de primavera. Não preciso saber que viu fotos de minha irmã morta e nua. — Vejo a van se afastar. O outro gêmeo cola o rosto à janela e faz uma careta. Aceno para ele também. — Sei que a academia usa os casos como ferramenta pedagógica. O agente Hanoverian avisou há alguns anos.

— E você deu autorização, ou sua mãe deu.

— Não demos. Ninguém pediu. O FBI pode usar todos os casos para treinar novos agentes sem ter que pedir a autorização das vítimas ou de seus familiares. Vamos ver se adivinho: você achou o caso fascinante e se sente grato pela oportunidade de trabalhar nele?

— É mais ou menos isso.

— Não se sinta grato. Isso significa ficar contente porque coisas horríveis estão acontecendo.

— Hanoverian dá palestras na academia de vez em quando. Ele fala muito de gratidão. — O agente aponta uma chave Allen, e eu entrego a ferramenta para ele.

— Você escuta as coisas pelas quais ele é grato?

— Finney não avisou que você era mal-humorada.

Olho para a miniescada e decido que é impossível chutá-la sem correr o risco de me machucar. Vic ficaria decepcionado se eu machucasse um agente; Eddison ficaria furioso se eu me machucasse.

— Vou ver se Sterling precisa de alguma cosia.

Quando abro a porta dos fundos, com cuidado, Sterling olha para mim e balança a cabeça.

— Eu falei para ele não tocar no assunto.

— Também estudou o caso?

— Um dia, quando eu estava terminando o fundamental, voltei para casa com uma amiga e encontramos o pai dela sendo preso por uma série de assassinatos. O que ele fez com aquelas mulheres... No dia em que o estudamos, passei a noite toda vomitando, porque eu costumava dormir na casa dele uma ou duas vezes por semana. Nunca contei para ela.

— Por que não? — Teria feito diferença, vindo de uma amiga?

— Aquilo já marcou a vida dela o suficiente. Por que acrescentar mais esse fator? — Sterling limpa as mãos, desengancha o kit da porta e desce da escada. — Acho que você já vive o caso de sua irmã todos os dias. Quer que eu fale com ele?

— Desta vez não. Vamos esperar para ver se acontece de novo.

Mas é bom saber que ela está disponível. Parece jovem, não deve fazer muito tempo que saiu da academia, e chamar a atenção de um parceiro mais experiente não deve ser fácil.

— Vamos conectar seu computador às câmeras e depois deixaremos você em paz. — Ela me entrega um cartão e sorri, um sorrisinho contido e meio de lado. — Aqui tem meu celular e e-mail, se precisar de alguma cosia e Finney estiver ocupado.

— A gente vai se dar bem, agente Sterling.

Archer faz todas as conexões entre os aparelhos, mas é Sterling que me mostra como fazer o escaneamento e isolar impressões de horário, e como tirar um print de tela e anexá-lo diretamente ao e-mail sem ter que salvar antes. Assim que mostro a ela que me sinto à vontade com o esquema, eles se preparam para ir embora.

— Sabe — Archer fala de repente, enquanto Sterling guarda as ferramentas na SUV —, se vai esconder a cabeça na areia em relação aos outros casos, devia se sentir grata por outras pessoas os estudarem. O FBI não está indignado só porque alguém manda flores para você. Elas têm um significado.

— Ninguém me manda flores — respondo, percebendo o olhar atento de Sterling. — As flores são deixadas na minha porta. Se eu não pensasse que elas têm um significado, não teria dito nada.

Eles vão embora pouco depois do meio-dia. Eddison não vai chegar antes das seis, mais ou menos, dependendo do trânsito na saída de Denver, o que me deixa com muito tempo e poucas tarefas da escola, ou concentração, para preenchê-lo.

Tem uma coisa relacionada aos lírios de calla roxos: a segunda vítima conhecida, Zoraida Bourret, tinha a cabeça emoldurada por essas flores, como o arco em uma gravura de Mucha. Suas mãos cruzadas seguravam uma flor sobre o peito.

Cada vítima tinha uma flor, e cada flor tem um significado, alguma coisa que a relaciona, na cabeça do assassino, à menina assassinada. Dois dias antes de morrer, Chavi usou uma coroa de crisântemos de seda, e quando eu a encontrei, as flores verdadeiras enfeitavam seu cabelo. Na manhã de Páscoa, quando Zoraida ajudou a reunir seus irmãos mais novos para uma foto em família, ela usava um lírio de calla roxo como enfeite no vestido branco de Páscoa.

Não sei o que as flores significam para o filho da mãe, mas sei que Eddison não estaria tão apavorado se qualquer outra família recebesse encomendas como essa. Seja um fã ou o assassino, essa história tem a ver comigo.

Isso é uma coisa que Archer, em sua arrogância de "estudei o caso, então devo ser um especialista", não percebe, provavelmente.

Eddison entende. O que não sei é se ele vai tocar no assunto.

Aqueço uma lata de sopa para o almoço e despejo a mistura em uma caneca térmica. Na semana passada, uma senhora no Starbucks falava muito alto pelo telefone sobre os novos vitrais que haviam sido instalados em sua igreja e como eram lindos. Na época, não gostei muito de ter que ouvir a conversa; agora, reconheço que pode ter sido bom. Investigar os vitrais é um jeito excelente de preencher estas horas.

Junquilhos seguidos por lírios de calla. É difícil falar em sequência depois de apenas duas ocorrências, mas até agora elas seguem a ordem dos assassinatos, e seguem a ordem das entregas em San Diego. Ninguém começa um padrão se tem a intenção de abandoná-lo no meio do caminho; se vai acontecer alguma coisa comigo, não vai ser antes de as flores acabarem. Por enquanto estou segura, inclusive em igrejas.

Com a bolsa da câmera pendurada em um ombro, confirmo o endereço no meu celular e começo a andar, bebendo um pouco da sopa de vez em quando. Termino de almoçar antes de chegar à igreja, uma monstruosidade de fachada amarela que não pode ser o lugar certo. É uma daquelas igrejas que sacrificaram personalidade em favor de tamanho: grande, imponente e sem alma. Não sou cristã. Na verdade, não sou nada, mas crescer ao lado de uma igrejinha de pedra cinzenta em Boston me fez ter opinião sobre como esses prédios devem ser.

A igreja tem janelas altas, estreitas e sem cor. Do que aquela mulher estava falando?

Passo um tempo parada no estacionamento, porque a temperatura próximo de zero é confortável, e, merda, que diabo deu em mim para achar isso confortável agora?

— Está perdida, meu bem? — uma mulher pergunta, encostada em uma porta lateral e segurando um cigarro do qual a fumaça se desprende sinuosamente.

— Talvez — respondo, e me aproximo dela. — Ouvi alguém falando sobre janelas novas e...

— Ah, estão na capela. — Ela balança a mão e, acidentalmente, joga fumaça no meu rosto. — Venha, eu mostro onde é. Um dos fundadores da igreja ficou muito bravo quando construíram o prédio novo. Ele deixou um dinheiro que só poderia ser usado para a construção de uma capela tradicional. Não gostava de como a igreja se modernizava.

A mulher me conduz por um complexo de prédios, todos com a mesma fachada amarela e horrível. Um pouco além da curva do estacionamento e de uma faixa gramada, vejo um predinho de tijolos vermelhos aninhado na entrada de um bosque, e deve haver tanto vidro quanto tijolo ali, talvez mais.

A mulher sorri ao ver minha cara de espanto e aponta com as duas mãos para a porta.

— Está aberta, querida. Fique o tempo que quiser.

Deixo a caneca vazia na escada da frente, pego a câmera e dou a volta na capela pelo lado de fora. A maioria das janelas é maior que eu, complexas e graciosas sem serem exageradas. Estou acostumada com igrejas onde há imagens que representam cenas bíblicas, personagens ou completas abstrações, mas ali as composições retratam a natureza, basicamente. Uma cena tem montanhas e nuvens intermináveis. Outra tem redemoinhos brancos em meio a dezenas de tons de azul e verde, um rio que cede espaço a árvores altas na janela seguinte, e grandes ramos de flores na próxima.

Entre as janelas grandes, pequenas rosetas que devem ter o dobro do tamanho da minha cabeça se agrupam verticalmente em trios, um pouco mais tradicionais nos caleidoscópios de cores, com uma moldura lindamente detalhada. Mesmo quando mudo para preto e branco, a riqueza de cores ainda cria sombras.

Não sei bem quantas vezes dou a volta no prédio antes de pegar minha caneca e entrar. Lá dentro, onde a luz do sol derrama as cores pelo chão, é um pouco mais caótico; as cores que entram pelas janelas do norte e do oeste se sobrepõem e se cancelam em fragmentos de luz limpa. Não há cadeiras nem bancos, só um quarteto de genuflexórios de madeira escura e almofadas de veludo.

Chavi teria amado e odiado esta capelinha com sua confusão de cor e luz.

Encontro os ângulos estranhos, aqueles onde a poeira brilha e dança e faz a luz parecer tangível, os lugares onde as cores se aglomeram na pedra de um jeito que forma imagens reconhecíveis só porque somos humanos e muito esquisitos.

Depois de um tempo, sento na almofada de um dos genuflexórios, inclinando a cabeça para trás contra a madeira, e absorvo aquele sentimento que me lembra muito a busca de Chavi por capturar luz e cor no papel. Por mais que ficasse frustrada, ela nunca desistia de perseguir sua versão do Graal, porque às vezes é a busca que contém o significado, não a recompensa.

Quando me inclino para a frente a fim de guardar a câmera no estojo, meu bolso faz barulho.

Ah, é, a carta de Inara. Está ali há uma semana. Esqueci-me completamente dela no meio da confusão toda.

Eu provavelmente devia me desculpar por isso.

Querida Priya,

Obrigada por sua resposta. Devo admitir que me sinto um pouco menos idiota agora. E também menos inconveniente.

No entanto, ainda estou perdida.

Por mais que agora as pessoas saibam sobre o Jardim, há ainda muita coisa que elas não sabem. Tenho a sensação de que a maior parte disso vai ser revelada no julgamento, e já sei que alguns trechos vão provocar reações bem complicadas. Os advogados do Jardineiro insistem em me denunciar e pedir punição. Fugir de casa não é crime, mas usar um documento falso para trabalhar é, e se conseguissem provar que roubei dinheiro da casa de minha avó depois que ela morreu, tenho certeza de que usariam isso também.

Honestamente, estou surpresa por eles não terem tentado alegar que matei minha avó, como se uma mulher que não fazia nada além de fumar e beber na frente da televisão não pudesse cair morta sem ajuda.

E eu entendo, de verdade. Sou uma testemunha importante. Sou articulada e não demonstro minhas emoções, e posso falar pelas meninas que não estão aqui para falar por elas mesmas. Qualquer coisa que a defesa possa fazer para me desacreditar irá ajudar a lançar sombras sobre todas nós.

Alguma vez sentiu que a cultura pop mentiu para você?

Quando leio artigos ou vejo matérias sobre o Jardim e a investigação, Inara sempre aparece como uma pessoa calma e completamente controlada. Ela não muda de assunto de repente, nunca dá aos entrevistadores uma chance de ficarem confusos com suas declarações.

Imagino se esta é ela sem reservas, abrindo mão de parte desse controle. Ou se está só deixando-o de lado, descansando até precisar dele de novo.

Sei como é isso.

Temos todos esses filmes e séries que parecem uma verdadeira obsessão pelo sistema judicial. Eles dão a impressão de que tudo acontece imediatamente, o julgamento e a investigação acontecendo ao mesmo tempo, os policiais buscando desesperadamente novas e importantes provas para serem levadas ao promotor a tempo da grande revelação e das dramáticas declarações finais. Eles dão a impressão de que uma condenação é algo de que as vítimas dispõem para ajudá-las a começar o processo de luto.

Isso é besteira, é claro, mas até agora eu não tinha percebido o quanto isso difere da realidade.

Trinta anos de crimes causam muitos atrasos, especialmente se o babaca é rico e tem uma equipe de advogados muito boa. A destruição do Jardim... Nunca pensei que isso pudesse dificultar as coisas. Foi o jeito que encontramos de fugir, mas o fogo também destruiu as portas trancadas por senhas que nos mantinham prisioneiras, e a defesa está tentando alegar que éramos livres para entrar e sair e escolhemos ficar. A promotoria está tentando dar um nome a cada vítima e anexar as provas, mas alguns corpos foram destruídos na explosão e alguns nem estavam no Jardim.

mas fora dele, na propriedade. Era de se esperar que os outros corpos em exposição fossem suficientes.

Vic está se esforçando muito para não deixar nenhuma de nós desanimar, mas avisou recentemente que é bom estarmos preparadas, porque é possível que o aniversário da nossa fuga aconteça antes do começo do julgamento.

Mesmo que só busquem justiça para as sobreviventes, eles têm muitas provas, e isso pode nem fazer diferença. Eddison diz que a defesa tem um exército de médicos e psiquiatras preparados para adiar as coisas ainda mais.

Ele chegou mesmo a me censurar por desejar que o Jardineiro tivesse morrido na explosão. Ele disse que o julgamento era a ferramenta para todas nós termos justiça.

É esse o significado de tudo isso? Justiça? Meninas com medo de sair de casa por causa da atenção que atraem, assediadas na escola, no trabalho e na terapia? Um garoto que jura que estar apaixonado o absolve de todos os crimes? Um homem que pode escapar da condenação e viver em uma clínica caríssima pelo resto da vida?

As pessoas insistem em me pedir para ser paciente, esperar pela justiça.

Mesmo que ele seja condenado, mesmo que a sentença seja prisão perpétua sem condicional, ou quem sabe até a condenação à morte, como isso é justiça? Temos que continuar abrindo nossas feridas para todo mundo, sangrando de novo, de novo e de novo, sabendo muito bem o que ele fez conosco. Como um veredito de culpa vai mudar alguma coisa nisso?

Que tipo de justiça põe uma menina de doze anos na cadeira das testemunhas, diante do tribunal e das câmeras, e a faz falar sobre ter sido estuprada?

Você acha que ajudaria se o homem que matou Chavi fosse encontrado? Ou estou sendo cínica?

Estou tentando acreditar nessa coisa de justiça, de verdade, mas não consigo deixar de pensar em quanto seria mais fácil se os três MacIntosh tivessem morrido naquela noite.

Se não sobrou o suficiente de Chavi para ela se importar com justiça, por que nós precisamos tanto disso? O que podemos fazer com isso?

Não tenho uma resposta para Inara. Não tenho uma resposta nem para mim.

Mas me pergunto, às vezes, o que aconteceria caso eu tivesse sido a pessoa assassinada naquela noite, se Chavi fosse aquela que ficou para chorar e mudar. Considerando o quanto ela amava a ideia de bênção, isso teria sido suficiente para preservar sua crença na justiça?

Eddison para no estacionamento, olha para a capela de pedra e estremece. Não consegue entender como Priya consegue não odiar igrejas após as circunstâncias em que achou o corpo da irmã. Ele sabe que a igreja em Boston, que já não é mais uma igreja, guarda lembranças queridas das duas, sabe que ela olha para as janelas e pensa em tardes ensolaradas com Chavi, mas não consegue entender a capacidade que ela tem de continuar amando igrejinhas com grandes janelas.

Priya sai de lá vestida com o casaco longo de inverno que ela comprou só porque o modo dramático como ele esvoaçava na escada, semelhante ao de uma vilã da Disney, fazia a mãe dela rir. As duas têm um relacionamento que está muito além do que ele consegue explicar. Ela abre a porta do passageiro e, antes de se sentar, acomoda a bolsa da câmera e a caneca de aço inoxidável no assoalho, na base do assento.

— Bem-vindo ao Colorado, população: congelada.

— O que faz isto aqui ser pior que a capital?

— As montanhas?

Ele a vê apoiar a cabeça no encosto e fechar os olhos.

— Você está bem?

— Cansada. Pesadelos. — E vira o pescoço, acomodando-se quase de lado contra a janela para poder vê-lo. — Estou ficando bem brava.

Ele assente.

— Oreos?

— Isso está bem, na verdade. — Mas ela franze a testa e torce as mãos dentro das luvas, sobre as pernas. — A tentação existe, é claro, mas até agora tudo bem.

— Está com medo?

— Sim.

É bom que ela não sinta a necessidade de disfarçar.

As Sravasti moram em uma casa comum e boa em uma rua de casas comuns e boas, nenhuma especialmente diferente. Alguns vizinhos tentaram dar um toque pessoal com bandeiras ou estátuas, mas a casa delas tem uma fachada impessoal. Isso não o surpreende.

Antes de entrar na casa atrás dela, Eddison para na escada da frente e olha para o telhadinho sobre a entrada, onde é possível ver a câmera. Suas lentes, bem posicionadas, permitem capturar o campo mais amplo possível. Não há nenhuma luz que indique se o equipamento está ou não ligado, o que ele aprova. Ajuda a deixar tudo um pouco mais discreto.

— Ele não parece deslocado — Priya comenta enquanto tira o casaco e o pendura no armário.

— Como assim?

— Quem está deixando as flores. Elas foram deixadas em plena luz do dia em ambas as vezes, o que indica que quem as traz aqui não se sente deslocado nesta área. Tem gente na rua que trabalha em casa, ou que não trabalha, e ele não chama atenção por ser diferente.

— Disse isso ao Finney?

— Não, mas falei para Sterling e Archer. — Ela estende a mão para pegar o casaco dele. Eddison tira as luvas e o cachecol, guarda tudo nos bolsos e o entrega. — Café?

— Eu faço. — Porque já havia tomado o café feito por Priya, e o gosto era de café feito por alguém que não toma café. É uma experiência que ele prefere não repetir.

— Encontro você na sala, então. — A menina se inclina e pega uma caixa de fósforos na gavetinha da mesa. Após riscar um fósforo e acender a vela vermelha, ela beija o canto da moldura dourada com a foto de Chavi.

Depois que ela sobe, Eddison olha para a fotografia. Chavi era bem mais morena que Deshani e Priya, quase tão escura quanto o pai, mas, Cristo, ela era muito parecida com Priya. Ou Priya é que se parecia com ela. Ele já a viu se maquiar usando apenas um espelhinho de bolsa, sem nunca errar o pesado traço do delineador ou as suaves sombras em prata, branco e azul.

Quanto disso é consequência de ver a irmã no reflexo do espelho?

Eddison balança a cabeça, deixa a bolsa com o computador em cima do sofá e vai para a cozinha. Priya pode não gostar de café, mas a mãe dela adora, e a cafeteira é o elemento mais amado da cozinha. Ele tem que estudá-la por um momento a fim de deduzir a configuração, porque Deshani tem alguma coisa contra café básico. No entanto, não demora muito até que consiga ligar o aparelho. Ele ouve Priya descer a escada e se acomodar na sala.

Quando vai encontrá-la, ele quase derruba a caneca. Priya está deitada de costas no tapete, com o cabelo escuro espalhado em volta da cabeça, as pernas cruzadas na altura dos tornozelos e apoiadas no braço do sofá. As mãos estão unidas sobre o estômago. Ele fecha os olhos e respira fundo, banindo da cabeça as imagens dos arquivos que estudou com frequência suficiente para memorizar.

— Azul — ela diz.

— Quê?

— Chavi gostava de vermelho. Eu prefiro azul.

Ele abre os olhos, olha para o azul no cabelo dela, em volta dos olhos, no brilho dos cristais em seu nariz e entre os olhos. O batom vermelho é alguns tons mais escuro que em todas as fotos de Chavi, mas ela é azul e prata, não vermelho e ouro, e talvez isso não devesse fazer diferença como faz, mas ajuda.

Ele se senta no sofá e estende a mão para pegar a bolsa, mas ela balança a cabeça.

— Espere minha mãe. É bobagem fazer a mesma coisa duas vezes.

Os dois passam uma hora falando sobre Ramirez e a mulher da Contraterrorismo, que ela ainda não está chamando de namorada; sobre Vic e seu pânico porque a filha mais velha vai para a faculdade no próximo outono. Falam sobre a temporada de primavera, tentando adivinhar quem pode ir mais longe e chegar à Série Mundial. Esse amor por beisebol, números e estatísticas malucas é algo que ele conseguiu passar adiante para ela.

Deshani chega em casa às sete e meia, deixa as bolsas na mesinha de canto e resmunga alguma coisa para os dois antes de subir a escada.

Ele olha para Priya.

— Ela fica mais humana depois que troca de roupa — a menina explica, puxando a calça de pijama de flanela listrada. — Quando chega em casa, ela gosta de vestir roupas de verdade.

— Vocês duas são as únicas pessoas que conheço que acham que pijama é mais roupa que terno.

— Prefere usar gravata ou uma camiseta do Nationals?

Ele não precisa responder. Ou melhor, precisa, mas a resposta não vai ajudá-lo.

Priya vira de lado, se apoia sobre as mãos e os joelhos e se levanta para ir buscar pratos e talheres na cozinha. Ela também traz uma vasilha, e dá de ombros ao ver o olhar curioso do agente.

— Só temos dois pratos fora das caixas.

— Bárbaras.

— Literalmente.

Ele sufoca uma risadinha e aceita um dos pratos. Quando Deshani volta, vestindo uma legging e uma camiseta de mangas longas com a estampa de Cambridge, Priya serve a comida para os três. A rotina é confortável, familiar depois daqueles sete meses durante os quais elas moraram na periferia de Washington. Deshani conta histórias de seu assistente misógino, que não consegue disfarçar o incômodo por ter que se reportar a uma mulher, e sobre o prazer de ter oferecido a ele a chance de um rebaixamento de cargo, caso ele preferisse ser subordinado a um homem. É tudo perspicaz e engraçado, e Eddison tem a sensação de que o idiota só não foi demitido porque Deshani o considera interessante.

Isso é um pouco perturbador.

Só depois de limparem a mesinha, e enquanto Priya esfarela um biscoito da sorte sem comer nem um pedaço dele, Deshani suspira e olha para a velha bolsa preta.

— Muito bem. Qual é a má notícia?

Cristo.

Ele se encosta no sofá, esfrega o rosto e tenta dar um pouco de ordem aos pensamentos.

— Quando Aimée Browder foi assassinada em San Diego, chegamos à conclusão de que devia ter sido uma terrível coincidência.

Priya fecha os olhos, um gesto deliberado demais para ser considerado uma reação instintiva, o que não o faz sentir-se menos cruel. Deve haver um jeito melhor de começar esta conversa, mas ele não conhece nenhum.

— Vocês não notaram nada de anormal, ninguém que parecia conhecido de Boston, e nós não conseguimos encontrar nenhuma conexão. Por mais estranho que parecesse o fato de estarem ligadas a uma segunda vítima, nada sugeria que aquilo fosse mais que um acaso bizarro.

— Mas vocês desconfiaram, é claro? — Deshani pergunta, séria.

— Sim, mas não encontramos nada que sustentasse essa desconfiança.

— Mas as entregas de flores mudam a configuração do caso.

Ele assente relutante. Não quer fazer Priya se sentir mal, ou pior, mas a dedução da mãe dela é óbvia.

— Não havia motivo nenhum para atribuírem significado a elas. Não sem conhecer os detalhes dos outros casos.

— Por que as flores são importantes? — Priya pergunta em voz baixa. Ela se encosta nas pernas dobradas de Deshani, ainda de olhos fechados, e Deshani afaga delicadamente os cabelos de mechas azuis.

— Da mesma forma que Chavi foi encontrada com crisântemos, cada vítima foi deixada com algum tipo de flor. A primeira menina tinha junquilhos. Com a segunda havia lírios de calla.

— E Aimée?

— Amarantos.

Priya bufa baixinho.

— A mãe dela plantava amarantos. Ela mantinha um jardim sobre o telhado da varanda da frente e plantava amarantos para usar na cozinha. Aimée colhia um todos os dias para enfeitar o coque. Por causa disso, a mãe nunca conseguia ficar séria quando brigava com ela, e as duas acabavam sempre rindo juntas. Sabe qual é o outro nome do amaranto?

Ele balança a cabeça

— Em inglês, ela é chamada de "Love-lies-bleeding". O significado é alguma coisa como "o amor está sangrando", "o amor sangra".

Ai, inferno.

— Então, quem manda as flores está copiando a ordem dos assassinatos — diz Deshani. Ela olha séria para o cabelo de Priya, usando o polegar para massagear as raízes crescidas das mechas coloridas. — Precisamos arrumar isto.

— Eu sempre esqueço de pedir.

Eddison pigarreia.

Deshani arqueia uma sobrancelha.

— Ainda não dá para saber se é o assassino ou um maluco da região, alguém que descobriu quem vocês são e decidiu fazer terrorismo. A presença das flores em San Diego, a semelhança que você apontou nos cartões, tudo sugere que seja ele, mas ainda não temos como sustentar essa hipótese.

— O que seria uma prova?

Ele congela, e as duas mulheres mudam de posição para olhar diretamente para o agente.

— Ah — Priya sussurra.

— Ah? — Deshani repete, puxando de leve uma das mechas de cabelo da filha. — O que isso significa, exatamente?

Eddison assente.

— A menos que ele tente atacar, ou até que isso aconteça, ou se o pegarmos em flagrante deixando as flores, não temos como saber. As flores sozinhas não significam muita coisa.

— Não significam muita coisa?

— Não representam uma ameaça — diz Priya. — Sem prova do contrário, são um presente e um aviso.

— Flores de Schroedinger — resume a mãe dela. — Adorável.

— Qual é o significado disso para o FBI se envolver?

Por que não trouxe Vic? Vic é muito melhor nessas coisas.

— Eddison? — Deshani levanta ainda mais as sobrancelhas. — Por que está com essa cara de pânico?

— Quem quer que esteja deixando as flores, o assunto ainda interessa ao FBI — ele declara. — Atravessou fronteiras estaduais, o que significa que é problema nosso.

— Mas?

Ele suspira e dá a elas uma versão resumida da história de Vic e Finney com a Chefe de Seção Martha Ward, e da opinião restrita que ela tem sobre responsabilidade de caso. As duas escutam com atenção, com o tipo de concentração que poderia intimidar quem não as conhece e apavorar quem as conhece. Quando ele termina, mãe e filha se olham por um longo instante.

— Vamos reduzir o cenário — Deshani diz, depois de alguns instantes. — Quais são as chances de ela impedir os agentes de virem até aqui?

— Se for algo esporádico, poucas — ele admite. — Finney não gosta de política e não quer deixar o trabalho de campo, mas, caso chegue a esse ponto, ele tem quase tanto tempo de FBI quanto Vic. Se decidir bater de frente com ela, provavelmente vai fazer doer. Se as visitas não tomarem muito tempo, é bem possível que ela não interfira.

— Até se tornarem mais frequentes? — Priya balança a cabeça, e tem uma sombra em seus olhos, alguma coisa que ele não sabe como investigar. — Quando os relatórios da perícia sobre os buquês começarem a revelar a necessidade de mais tempo e maior custo do que ela aprovaria?

— Priya...

— Estamos presas no meio disso?

— Talvez. — Ele ignora os palavrões que Deshani resmunga, porque prefere manter o contato visual com Priya, tentar transmitir segurança a ela. — Vic e Finney não vão acatar tudo em silêncio. Eles vão brigar por vocês. Só precisamos pegar esse cara antes de as coisas chegarem a esse ponto.

— Enquanto isso, minha filha fica à mercê de alguém que sabe onde moramos e que pode ter matado a irmã dela.

Como não estremecer com isso?

— O que está sendo feito agora?

— Finney está investigando Landon — diz Eddison. — A falta de sobrenome dificulta a investigação.

— Acha que ele é um possível suspeito?

— Desperta interesse, no momento. Vamos ver aonde isso vai levar.

— Sempre tem essa espera toda? — Priya pergunta em voz baixa.

— Sim, até deixar de ter. — Ele sorri para ela meio de lado. — Mas você já sabe disso.

— Então, esperamos.

— Por que veio até aqui para dizer isso? — Deshani inclina a cabeça para um lado, os polegares batucando no peito dos pés com um ritmo repetitivo, mas indiscernível. — Não falou nada que não pudesse ser dito por telefone.

— Queria que olhassem para mim enquanto prometo que não vou deixar esse desgraçado encostar em vocês.

As duas mulheres o encaram por tempo suficiente para fazer o suor brotar-lhe na testa, junto da linha do cabelo. Elas exercem esse efeito sobre as pessoas individualmente; juntas, são avassaladoras.

Depois, Priya dá uma bufada que pode ser uma risada.

— Ele precisava ver nossa cara, mãe. Somos da família. Ele quer ter certeza de que estamos bem.

A risadinha de Deshani não é o motivo para o calor que invade seu rosto, mas ajuda.

Não dá para dizer que ela está errada.

Na manhã seguinte, Eddison traz donuts e se senta no sofá com uma pilha de documentos nos quais precisa trabalhar, enquanto eu falo pelo Skype com minha professora na França. Apesar de tudo o que está acontecendo, tenho todas as tarefas em dia, e a professora acredita que no outono vou conseguir me matricular em uma turma normal, sem muita dificuldade.

Minha mãe e eu falamos sobre a possibilidade de tentar antecipar a formatura aqui nos Estados Unidos e começar a universidade no outono, mas a sugestão me deu uma sensação parecida com a de pular de um precipício: empolgante, na teoria, mas talvez não fosse o jeito mais sensato de viver a vida. A escola para a qual minha professora presta serviços tem muitos estudantes estrangeiros e, por isso, eles têm um bom sistema de apoio para os alunos com dificuldades na transição para a educação integral em francês.

Assim que terminei tarefas suficientes para me sentir virtuosa, e Eddison bebeu o equivalente à metade do próprio peso em café caseiro, vestimos os agasalhos para ir ao pavilhão do jogo de xadrez.

— Faz essa caminhada todos os dias? — ele pergunta.

Balanço a cabeça, esperando o farol abrir no cruzamento.

— Três vezes por semana, mais ou menos. Só quando sinto vontade.

— Algum padrão?

— Normalmente, não vou às terças-feiras, porque parece que os médicos gostam de marcar consultas nesse dia.

Eddison assente e repete as palavras em voz baixa, e é quase como se eu pudesse vê-lo escrevendo a informação em seu caderninho mental. Por mais que dependa do Moleskine que carrega no bolso de trás, ele tenta não pegar o caderno no meio de uma conversa normal, mesmo quando o assunto envolve um caso.

Hoje a temperatura subiu o suficiente para eu não precisar do casaco mais pesado, mas ainda está frio o bastante para que o moletom de capuz e a camiseta de mangas longas não garantam meu conforto. Enrolo o cachecol no pescoço e guardo as pontas por dentro do zíper do moletom, e estou de luvas, gorro e botas. Mas é meio de março no Colorado, e finalmente a primavera começa a dar o ar da graça.

Ele tem as fotos que tirei nos jogos de xadrez, mas que ir até lá para sentir o clima. Especificamente, embora não tenha dito, ele quer ter uma ideia de como é Landon.

Feliz me cumprimenta com euforia quando estou atravessando o estacionamento.

— Menina Azul! Venha jogar comigo! Tenho perdido!

Eddison ri baixinho ao meu lado.

Balanço a cabeça, subo a ilha de grama e cumprimento todo mundo. Gunny está dormindo com um lado do rosto coberto pela orelha de um gorro que, tenho quase certeza, vi Hannah tricotando na semana passada. Landon está na outra ponta, onde costuma ficar. Gunny não confia nele, acho, mas não o manda embora.

— Este é meu amigo Eddison — anuncio. — Ele veio passar alguns dias na cidade.

Eddison acena com a cabeça, parecendo um pouco ameaçador no sobretudo marrom. De algum jeito, o cachecol verde-neon não é suficiente para arruinar o visual.

Pierce coça o nariz e examina Eddison da cabeça aos pés.

— Polícia? — pergunta finalmente.

— Mais ou menos.

Vários homens balançam a cabeça em uma resposta afirmativa, e as apresentações param por aí. As fotos que mandei por e-mail tinham legendas com os nomes que eu sabia até agora, e embora alguns, como Ganido, Corgi e Feliz, não fossem especialmente úteis, já eram um começo.

Sento-me diante de Feliz para poder ouvir as conversas que começam. Eddison anda entre as mesas e olha para os jogos em andamento. Acho que "polícia" – mais ou menos – funciona como "veterano" para estabelecer uma conexão. Ninguém liga muito para ele.

Exceto Landon.

Landon está mais inquieto que de costume. Ele olha em volta como se quisesse avaliar como os outros lidam com a invasão, e derruba quase todas as peças que tenta mover. Uma das torres cai com tanta força que deixa uma marca no tabuleiro, apesar do feltro que forra a base da peça.

Quando Eddison se senta bem na ponta do banco ao lado de Landon, entabula uma conversa relaxada e confortável com os outros homens. É interessante ver seu lado agente, quando ele não está tentando acomodar as sensibilidades de uma criança.

Eles falam sobre bairros e segurança, e não creio que percebam o quanto estão contando a ele sobre onde moram e o que acontece em seu entorno. Ele incentiva as apresentações, obtendo sobrenomes sem nenhum esforço aparente, e os faz rir com histórias do treinamento físico na academia do FBI, que eles tentam comparar às aventuras no acampamento militar.

De novo, Landon é a exceção. Ele não fala seu nome, nem mesmo o primeiro, embora já tenha sido chamado por um dos outros veteranos, e não desvia o olhar do tabuleiro durante todo o tempo em que o grupo conversa sobre bairros. Eddison percebe cada vez que Landon fica tenso, e aposto que ele tem um mapa de Huntington pronto para ser marcado com as áreas onde é possível que Landon more.

Sem nenhuma intimidação direta, Eddison deixa Landon completamente apavorado.

Isso é um pouco preocupante, na verdade, porque sim, Landon é assustador, mas não devia estar tão assustado, a menos que, além de assustador, ele tenha algo a esconder. Também é hilário, porque Eddison e minha mãe têm mais em comum do que eu pensava. Tenho certeza de que ele ficaria ofendido se eu dissesse isso.

Vou guardar o comentário para uma ocasião especial.

Geralmente, e com isso me refiro a todas as vezes que estive aqui, Landon não sai do pavilhão até que eu saia, para poder me seguir até a área das lojas. Dessa vez, ele espera menos de uma hora, despede-se resmungando alguma coisa e sai andando muito depressa.

Steven, um dos veteranos da Tempestade no Deserto, o acompanha com o olhar, espia o sorrisinho pensativo de Eddison e depois olha para mim.

— Se ele estava te incomodando, devia ter falado.

— Não queria atrapalhar a dinâmica.

— Segurança é mais importante.

Mas eles são soldados velhos, e às vezes o ponto de vista é diferente sobre o que é um comportamento apropriado entre homens e mulheres. Gosto dos veteranos e gosto desse cavalheirismo desajeitado, mas isso não quer dizer que vou presumir que temos as mesmas opiniões.

— Eddison está na cidade a trabalho — digo. — E como um bônus está avaliando se estou paranoica ou não.

Steven olha novamente para Eddison, que se acomoda confortavelmente na cadeira abandonada.

— E aí, ela está?

— Paranoica? — Steven assente, e ele dá de ombros. — Não. Um homem não foge daquele jeito a menos que saiba que tem pensamentos errados.

— Vai tomar alguma atitude?

— Não posso prender um homem por pensar, mas é menos provável que ele faça alguma coisa se estiver com medo.

E todos concordam balançando a cabeça, porque o homem resolveu o problema. Se isso não fosse tão divertido eu provavelmente ficaria ofendida.

O litoral e as montanhas têm tipos de frio muito diferentes, mesmo que a temperatura seja, em tese, a mesma. Apesar dos aquecedores, Eddison não demora nem uma hora para começar a bater os dentes. Beijo o rosto de Gunny, o que provoca assobios e risadas dos outros, e levo Eddison à cafeteria.

Ele franze a testa ao ver o logo do Starbucks. Tem alguma coisa contra café chique, e qualquer lugar que cobre mais de um dólar por uma caneca enorme de café preto tem sua eterna inimizade. Quando morávamos em Washington, a diversão favorita de Mercedes era ver Eddison e minha mãe tomando café juntos.

Enquanto ele tenta incendiar o luminoso com o olhar, vejo Joshua se levantar da mesa com um casaco pendurado no braço. Ele parece gostar de suéteres fechados. Tem uma coleção deles, pelo menos. Esse é marrom-claro, combina bem com seu cabelo castanho grisalho. Ele me vê e sorri, levanta a xícara de chá em uma espécie de cumprimento, mas não para em seu caminho para a porta.

Com as bebidas nas mãos, Eddison e eu voltamos para casa em um silêncio confortável. Nós dois paramos e olhamos para a soleira vazia.

— Não sei se queria ou não que as flores estivessem ali — ele comenta depois de um minuto.

— Conheço o sentimento.

Depois que entro e tranco a porta, ele parte de volta para Denver, onde vai encontrar Finney e pegar o avião até o leste. Não ignoro quanto ele ultrapassou os limites do que é permitido por mim, e talvez por ele mesmo. Eu devia fazer parte somente do caso, não da vida dele, mas aqui estou, cinco anos mais tarde, mais próxima que a família de verdade em muitos aspectos, e não me arrependo disso.

Acho que ele também não, mesmo quando se obriga a tomar algumas decisões difíceis.

Dedico algumas horas aos trabalhos da escola, porque essa parece ser a atitude mais responsável a ser tomada. Converso com minha mãe sobre o nosso jantar por mensagem de texto – ela ganha, mas só porque não comemos curry desde Birmingham – e depois pego a carta de Inara.

Não sei por que não contei a Eddison sobre ela. Ele a conhece, mesmo que não saiba se gosta dela ou não – ele demonstra muito mais do que percebe. Mas é legal guardar isso comigo. Guardar isso *para* mim, talvez.

Deixo a carta em cima do meu diário atual e pego o primeiro dos diários de Washington, empilhados no chão do quarto. Todos os outros ainda estão lá embaixo, mas San Diego é onde as coisas mudaram, e Washington é onde percebi o quanto as coisas tinham mudado. Leio todos eles de novo à procura de pistas.

Dois anos atrás, fiz uma amiga em San Diego. O nome dela era Aimée Browder, e ela era apaixonada por todas as coisas da França. Apesar da minha intenção de ficar sozinha, ela estava lá; estava lá o tempo todo, sem ser insistente ou invasiva. Eu a deixei me convencer a entrar no Clube de Francês, a ir ao cinema e sair, e em algumas tardes eu me sentava ao lado da porta do estúdio onde ela tinha aulas de balé e fazia o dever de casa ao som de música clássica, instruções murmuradas e baques de piruetas bem-sucedidas.

Apesar de tudo, ela era minha amiga, e quando minha mãe e eu estávamos prestes a mudar para Washington, perguntei a Aimée se podíamos manter contato. E mantivemos, na verdade, por uma semana e meia. Não me preocupei nos primeiros dias de silêncio. Nós duas estávamos ocupadas. Ela responderia quando pudesse.

Então, recebi um telefonema da mãe dela, e ela soluçava tanto que teve que passar o telefone para o marido, que me contou que Aimée tinha morrido. A filha deles, minha amiga, havia sido assassinada, e assim que ele falou em igreja e flores, eu soube que havia alguma ligação entre isso e Chavi. Não podia ser coincidência.

Aquela noite não foi a primeira vez que comi até me sentir mal. Longe disso. Àquela altura, fazia quase três anos. Mas acho que foi a pior. Eu me enchi tanto que não podia nem chorar, tal a intensidade da dor. Respirava mal e tinha a sensação de que ia rasgar nas laterais. Minha mãe estava quase me levando ao hospital para uma lavagem estomacal, mas, de algum jeito, foi isso que me empurrou para um ataque histérico completo.

Eu não queria que Eddison soubesse que eu estava tão ruim. Não queria que Vic e Mercedes soubessem de nada.

Eles telefonaram de San Diego fazendo perguntas sobre Aimée, coisas que, mesmo que não quisessem, precisavam perguntar por causa da investigação. Ouvi como estavam preocupados, e embora ainda me sentisse muito mal, *queria* comer mais, só porque doía muito.

Levei dias para conseguir comer de novo. Mesmo assim, minha mãe teve que me obrigar. Bastava eu olhar para a comida, e meu estômago se contorcia e doía.

Para me distrair, comecei a pesquisar os outros assassinatos, porque não conseguia superar a sensação de que minha ignorância havia causado a morte de Aimée. Minha mãe fingia que não estava me vigiando quando olhava por cima do meu ombro. Foi ela quem notou que as flores em torno das meninas mortas eram as mesmas que haviam aparecido em nossa porta em San Diego.

Junquilhos amarelos e brancos para Darla Jean Carmichael, morta há tanto tempo quanto eu tinha de vida.

Lírios de calla roxos para Zoraida Bourret, encontrada na igreja metodista da família em um domingo de Páscoa.

Maços de mosquitinhos para Leigh Clark, filha de um pastor em Eugene, Oregon.

Uma coroa de madressilvas para Sasha Wolfson, cujo primo contava histórias de uma menina que arrancava flores do cabelo para sentir sua doçura na língua.

Buquês coloridos de frésias para Mandy Perkins, que construía povoados encantados nos jardins de clínicas e asilos na região de Jacksonville, Flórida.

Cravos brancos para Libba Laughran, flores com veios e pontas vermelhas que pareciam sangrar. Libba tinha só catorze anos quando foi estuprada e morta na periferia de Phoenix.

Não houve flores em Washington, porém, nem em Atlanta, depois que nos mudamos naquele mês de novembro. Nenhuma flor em Omaha ou Birmingham, exceto aquelas mandadas pelo colega de trabalho idiota em Nebraska. Nada de flores misteriosas. Por isso, nunca achei que valesse a pena contar aos meus agentes.

Se não tivéssemos saído de San Diego na época em que nos mudamos, as flores seguintes em nossa porta teriam sido aquilégias, como para Emily Adams, dezessete anos, de St. Paul, Minnesota, nenhuma relação com a vítima posterior, Meaghan Adams. Ela era musicista, de acordo com os artigos e as homenagens que lemos. Cantava como um anjo, especialmente música popular, e tocava todos os instrumentos em que conseguia pôr as mãos. Alguns dias antes de ser assassinada, ela organizou uma manifestação em resposta a um tiroteio em uma escola de Connecticut. Prendeu duas aquilégias azuis no braço do violão para homenagear dezenas de vítimas enquanto tocava.

Quando o filho da mãe matou Emily, ele amarrou uma fita de flores em seu pescoço para esconder o corte. Isso foi mencionado em alguns artigos sobre o crime, mas não havia fotos, nem mesmo nos sites que, de algum jeito, conseguiam ter acesso às fotos da cena da maioria dos assassinatos.

Impressionante, considerando que o FBI não foi acionado até a décima vítima, Kiersten Knowles.

Mesmo com toda pesquisa que minha mãe e eu fizemos, não temos metade da informação que o FBI tem, mas acho que não estamos longe da resposta. Todos esses fatos, mas nada que leve a algum lugar. Será que um dia terei paz se conseguir o nome e a identidade do homem que matou Chavi e as outras? Se ele for julgado e condenado, isso será justiça?

Olho para as páginas dobradas da carta de Inara, depois pego papel e caneta.

Querida Inara,

Minha mãe uma vez disse que é uma pena as pessoas só morrerem uma vez; um de seus maiores desejos é encontrar nosso pesadelo e matá-lo muitas, muitas, muitas e muitas vezes, uma para cada pessoa que ele matou e mais uma só por nós.

Não sei se isso é mais ou menos que prisão ou execução formal.

Eu pensava que teria algum significado. Sonhava com um tribunal onde o líder de um júri lia a decisão, "culpado", e o homem desconhecido com o rosto borrado no banco dos réus começava a chorar. Um choro barulhento, molhado, do tipo que deixa você morta de vergonha, porque tem ranho pingando para todo lado. No sonho, ele está destruído, e minha mãe e eu rimos alegres e animadas, e nos abraçamos.

Estamos felizes.

Não fazemos mal a ninguém.

Em algum momento, percebo que aquilo não traria Chavi de volta. Nada traria.

De repente, não suporto pensar em nenhuma solução que deixe o cretino vivo, chorando ou não.

Não tenho respostas.

Não tenho conhecimento.

O que tenho é um rancor saudável e a determinação de que um dia vou descobrir como se faz essa coisa chamada viver. Talvez a justiça só possa ir até aí.

Não tem nenhum motivo para mudar o destino de Washington para Nova York, mas é isso que Eddison faz, o polegar esfregando a tela escura do celular onde as mensagens de Vic dormem. No momento, ainda um pouco abalado com a preocupação e a frustração, não quer examinar muito profundamente suas motivações. Não quando o modo como as Sravasti receberam a notícia sobre o perseguidor o incomodou, e ele não sabe identificar o motivo do incômodo.

Então ele faz a mudança, sabendo que pode pegar um trem entre as duas cidades e usar essas horas para cuidar da papelada, o que talvez até seja um resultado virtuoso. O trem é muito mais confortável que o avião, de qualquer jeito.

Ele odeia o metrô, não gosta nem do de sua cidade, mas ainda parece ser melhor que gastar cinquenta pratas em táxi só para entrar na cidade. Ele está encostado a uma das barras, bem longe das sacolas de compras, malas e membros esticados, contando estações e ouvindo o ruído conhecido de telefonemas, conversas em uma dezena de idiomas e a música engraçada que, alta demais, transborda de fones de ouvidos.

Uma garotinha sentada no colo do avô atrai seu olhar e ri, as mãos fechadas em volta de um cachecol tricotado à mão, quase do mesmo tom gritante de verde que o dele. Eddison responde com um sorriso suave e ela, rindo novamente, esconde o rosto no ombro do avô, sem deixar de sorrir. Ele vê as duas trancinhas balançando no alto de sua cabeça.

Eddison sabe, de um jeito puramente teórico, que Inara mora em uma área horrível. Ela foi franca sobre isso na primeira vez em que a interrogaram. Quando teve alta do hospital, ela voltou para lá. Os agentes no escritório de Nova York preferem ir ao restaurante quando precisam, por algum motivo, falar com ela ou Bliss.

Saber é muito diferente de ver.

Do lado de fora da estação de metrô, ao lado da escada, ele respira fundo e sente uma imediata ânsia de vômito provocada pelo cheiro inesperado de lixo e urina na rua. Leva um ou dois minutos para conseguir se adaptar. Já respirou coisa pior no exercício da profissão. Em seguida, abotoa com cuidado o paletó do terno e o sobretudo para esconder o revólver que leva preso ao quadril. Ele se sentiria melhor se tivesse acesso fácil à arma, mas não quer chamar atenção, especialmente em seu horário de folga.

Ele encontra o prédio, uma monstruosidade de tijolos desbotados com os restos de um portão de ferro pendurados em torno da escada da frente. Tem um interfone à esquerda da porta, por onde os moradores podem permitir a entrada de visitantes, mas ele sabe que não vai ser tão fácil. Não tem certeza se a marreta acertou o equipamento antes ou depois das balas, mas o fato é que ele não está funcionando. Metade das caixas postais no pequeno saguão estão abertas, e envelopes e circulares se espalham pelo chão. Ele vê o cabeçalho oficial em alguns envelopes pisoteados.

A caixa de correspondência das meninas está inteira; foi pintada recentemente com um tom de prata que é quase igual ao do metal embaixo da tinta, e enfeitada com adesivos de flores. Acima dela, um bilhete em papel cor-de-rosa foi deixado preso à parede. Ele reconhece a caligrafia de Bliss, grande e redonda, quase borbulhante, faltando apenas os desenhos fofos em cima dos "is" minúsculos. *Se levar nossa correspondência, eu levo suas bolas. Mesmo que sejam de mulher, não me importo.*

Jesus.

A assinatura é uma carinha sorridente.

Papel e tinta estão um pouco desbotados, e a caixa de correspondência delas está intacta, o que significa que, evidentemente, a mensagem alcançou o tom certo para o prédio. Ele ajeita o peso das bolsas nas costas e caminha para a escada. O elevador que deveria estar no poço destinado para ele não existe.

E portas. Portas seriam importantes.

Ele está um pouco ofegante quando chega ao andar delas, o penúltimo, e pensando em acrescentar corridas em ladeiras ao seu programa de exercícios. Normalmente corre quilômetros em superfície plana, mas escadas são surpreendentemente problemáticas.

Felizmente, ou não, ele nem precisa lembrar o número do apartamento. Tudo que tem a fazer é procurar o bêbado caído no chão. O homem dorme na frente da porta delas há anos, e nenhuma das meninas tem coragem de expulsá-lo ou chamar a polícia. Para entrar e sair, elas sobem até o telhado, descem pela escada de incêndio e entram pela janela.

Eddison não é tão bonzinho.

Ele chuta os pés do bêbado com força suficiente para sobressaltá-lo, sem correr o risco de despertá-lo completamente.

— Vai procurar outro lugar, amigão.

— O país é livre — o homem fala com voz pastosa, encolhendo-se junto da garrafa.

Eddison abaixa, segura o tornozelo do homem e começa a andar de costas, arrastando o bêbado, que xinga e reclama, até conseguir levá-lo para um espaço entre portas.

A porta do apartamento de Inara se abre e uma cabeça aparece no vão, cabelos avermelhados e volumosos formando uma enorme auréola.

— Ei, está atormentando nosso bêbado?

— Só mudando de lugar — responde Eddison, soltando o tornozelo do homem. O bêbado se esparrama e bebe da garrafa. — Você é Whitney?

— E você é?...

A desconfiança evidente o enche de alívio.

— Agente especial Brandon Eddison, vim procurar Inara. Ela está?

O rosto dela se ilumina em sinal de reconhecimento. A moça deve ter vinte e poucos anos, quase trinta, um olho manchado e a pupila dilatada de um jeito que parece permanente.

— Espere aí, vou chamar.

Depois de uma breve espera, Inara aparece no corredor com cara de sono, ainda vestindo um moletom. O cabelo está despenteado e ela usa pantufas do Bisonho.

— Eddison?

— Esse agasalho será suficiente se subirmos para o telhado?

Ela assente e fecha o zíper do moletom com capuz. Tem que parar na metade para tirar o cabelo do caminho, antes de terminar de fechá-lo. As mãos fechadas dentro das mangas esfregam os olhos quando ela começa a andar, indicando o caminho para o telhado. É uma cobertura, na verdade, ocupada por móveis que vão desde cadeiras de jardim até um sofá coberto com plástico, embaixo de um toldo improvisado que um dia pode ter sido um par de redes.

Ela atravessa toda a área e os dois se sentam em cadeiras de lona agrupadas contra a mureta da frente. Eddison só precisa se debruçar um pouco para ver o patamar da escada de incêndio diante da janela delas, onde duas colegas de apartamento de Inara estão fumando e rindo.

— Sabe que são três da tarde? — ele pergunta, depois de alguns instantes.

A menina franze a testa com ar sonolento, e a expressão é adorável de um jeito que ela não costuma ser. Suave, brava, quase como um filhote de gato mal-humorado.

— Kegs fez uma festa depois de fechar o restaurante — ela resmunga, bocejando. — Chegamos em casa às oito da manhã e ficamos ajudando Noémie a ensaiar sua apresentação para a aula das onze.

— E você vai trabalhar...

— Temos que sair daqui às quatro e meia, mais ou menos. — Ela apoia os pés na cadeira. — O que aconteceu?

— O Juiz Merrill emitiu a ordem de afastamento — ele responde sem rodeio. — Se houver qualquer tentativa de entrar em contato com você, Desmond vai ser processado.

Agora ela está acordada. Olha para ele por um momento. Seus olhos claros, quase cor de âmbar, estão bem abertos e fixos nele. Depois pisca, pensa um pouco e finalmente assente.

— Foi rápido.

— A defesa não tinha argumentos contra a solicitação. Desmond não cometeu nenhum ato ilegal ao escrever para você, mas foi impróprio, e o juiz não gostou do conteúdo das cartas.

— O cont... merda. É claro que você tinha que ler.

Ele pigarreia.

— Vic as leu. E o juiz e os advogados, mas foi o Vic. Ele leu as cartas.

Inara apoia o queixo nos joelhos, e Eddison tem a desagradável sensação de que a menina está extraindo das palavras muito além do significado que ele queria dar a elas. A saúde mental e o bem-estar dele de repente parecem depender de ela nunca conhecer as Sravasti. Priya e Deshani o entendem muito bem, e ele não precisa que as duas ensinem nada a Inara. Um homem precisa preservar parte da capacidade de se enganar, afinal. Mas tudo que ela diz é:

— Acho que não teria achado as cartas de um idiota apaixonado muito interessantes.

Ele ri e se encosta na cadeira.

— Pelo que entendi, o problema não estava nessa parte.

— Problema?

— Vic me contou que, em algum momento do pedido de perdão, Desmond implorou para você não depor contra o pai dele. Para, ah... *entender*.

Ela pisca sem deixar de olhar para ele.

— Pedir perdão é uma coisa – Eddison continua –, mesmo que ele ainda não dê a impressão de compreender completamente sua participação nisso tudo. Pedir para você não depor, exercer esse tipo de pressão usando o peso de sua história... Isso é tentativa de influenciar testemunha. É aí que a coisa fica complicada.

— Ele ainda diz que me ama.

— Sim. Acredita nele?

— Não.

Ele olha para a cobertura, notando marcas de queimado onde antes, pelo que Inara conta, havia um florescente pé de maconha. Tem cestas de brinquedos aqui e ali, e parece que alguém tentou construir um balanço usando a tubulação em algum momento. Ele jamais deixaria uma criança brincar ali, mas deve servir para deixar as festas mais interessantes.

Inara suspira, e ele tem que fazer um esforço maior do que esperava para não olhar para ela. Algumas verdades são mais fáceis de dizer quando ninguém está olhando.

— Sei que ele acredita que me ama — ela fala devagar. — Se eu acredito nisso... Não sei. Talvez ele seja parecido com o pai. Talvez esse seja o amor que ele conhece, mas eu não... acho que não quero acreditar que o amor pode ser assim, tão desligado da realidade.

— Talvez ele precise acreditar que é amor — Eddison sugere, e a vê assentir pelo canto do olho.

— Vou aceitar essa possibilidade. Se for real, talvez o absolva de algum jeito. Todo mundo é fascinado pelas coisas que as pessoas fazem por amor.

— Mas você acha que é um pouco mais que isso.

— Se não era amor, o que era?

— Estupro — ele fala com franqueza.

— Exatamente. E um garoto como Desmond não quer pensar que é um estuprador.

— Por que não leu as cartas?

O silêncio é tão prolongado que, dessa vez, ele olha para Inara. Ela está olhando para as pantufas, seus dedos afagando a crina preta do Bisonho. São pantufas ridículas, diferentes do estilo que esperava que ela apreciasse ou usasse, mas deve ter sido exatamente por isso que alguém deu o calçado para ela.

— Sobreviver ao Jardim — ela finalmente responde, sua voz um pouco mais alta que um sussurro —, *me dar bem* no Jardim dependia de entender o Jardineiro. Entender os filhos dele. Agora estou fora do Jardim, e não quero mais entender. Não quero mais viver naquilo. Entendo que ele sinta necessidade de explicar, mas eu não preciso ouvir. Não preciso carregar esse peso. Preciso... — Ela engole, os olhos brilham cheios de lágrimas, mas Eddison suspeita que são mais de raiva que de tristeza. — Preciso não ouvir ele jurar que me ama.

Tem algo aí, algo que Vic provavelmente reconheceria e saberia como abordar com elegância.

— Você não tem culpa pelos sentimentos dele, sabe?

Eddison não é elegante.

Ela ri, uma risadinha sufocada, e pisca para se livrar das lágrimas e da raiva, de volta ao território mais confortável do deboche e do ataque.

— Aprendi há muito tempo a não me responsabilizar pelos *sentimentos* dos homens por mim.

— Então já sabe que, sejam quais forem os sentimentos dele por você, os sentimentos que ele pensa que tem, você não deve se sentir culpada pelo sofrimento que causam a ele.

— Legal, Yoda.

Um rangido metálico os interrompe por um momento, antes de uma cabeça aparecer no topo da escada de incêndio.

— Inara! Vem apresentar seu agente!

Ele olha para Inara e repete movendo os lábios, sem emitir nenhum som: *Seu agente?*

Ela dá de ombros.

— É melhor que agente de estimação.

Graças a Deus, cacete.

— Vem — ela o chama enquanto fica em pé. — Você pode conhecer as que estão em casa, depois pode ir com a gente. Agora que viu o apartamento, vai se contorcer enquanto não puder dar uma olhada no caminho que fazemos para o trabalho.

— Vocês sempre fazem o mesmo caminho?

Ela só revira os olhos e começa a descer as escadas.

A maioria das jovens já foi mencionada nas histórias de Inara. Depois das apresentações, quatro delas se arrumam e saem a tempo de vestir o uniforme, que fica no restaurante. Elas conversam e riem no metrô, arrumando cabelo e maquiagem sem espelho ou erros, apesar do balanço do trem e dos solavancos e paradas constantes. Cumprimentam algumas pessoas que devem fazer o mesmo caminho regularmente.

Eddison já dividiu quartos de hotel com Ramirez vezes suficientes para ter um fascínio meio perplexo pelo processo da maquiagem completa, e só via os apetrechos dela espalhados sobre uma penteadeira com vários espelhos. Observar esse quarteto desperta nele uma intensa alegria por ser homem, alguém cuja expressão "se arrumar para ir trabalhar" significa simplesmente decidir se faz ou não a barba.

O Evening Star é muito melhor do que ele espera, considerando o lugar onde as meninas moram. Mesmo de terno, ele se sente pouco arrumado.

— Vem conhecer o Guilian — diz Inara, empurrando-o para o interior do restaurante. — E Bliss vai ficar brava se souber que você esteve aqui e não foi dar um oi.

— Brava? Ou feliz?

— As duas coisas, por que não?

Guilian é um ruivo grande, pesado, cujo cabelo ralo recua da cabeça e busca refúgio no bigode espesso que esconde boa parte de seu rosto. Ele aperta a mão de Eddison com força, mantendo a outra mão no ombro do agente.

— Obrigado por ter ajudado Inara a voltar para casa em segurança — diz.

Se Eddison demonstra metade do desconforto que sente, dá para entender por que Inara ri baixinho a seu lado.

Bliss é pouco mais que um metro e meio de rosnados, atitude e uma boca maior que o mundo, mas quando ela mostra os dentes para ele, o resultado é quase um sorriso, raro de se ver nela.

— Bem que eu senti o clima do lugar dar uma caída. — Seu cabelo cacheado está preso em um coque complicado, bem longe da comida, e, ao vê-la perto de uma das outras garçonetes, Eddison percebe que seu uniforme é um pouco diferente.

Todos os garçons vestem smoking, e os vestidos tomara-que-caia pretos das moças têm colarinho e punhos independentes e perfeitamente brancos, e uma gravata borboleta preta. Mas Bliss – e ele aposta que Inara também – veste um modelo que cobre as costas até o colarinho, preso ao vestido. As asas não ficam à mostra.

Ele olha para Guilian, em pé na porta da cozinha, e o dono do restaurante e *chef* balança a cabeça, confirmando sua impressão.

Dá para entender que Inara tenha voltado a trabalhar no mesmo restaurante.

Bliss chuta seu tornozelo, um gesto mais irritante que doloroso, e não é difícil imaginar um cachorrinho latindo e mordendo seu pé.

— Por favor, me diz que ele não pode mais escrever para ela — Bliss pede em voz baixa.

— Não sem sofrer consequências.

— Ele não entende de consequências tão bem quanto deveria.

— Talvez não.

— Sua outra queridinha está bem? — Quando ele sufoca um gemido, o sorriso da menina fica mais largo, quase amistoso. Quase. — Vic contou que você tinha ido cuidar de um caso. Achei um pouco estranho que ele e Mercedes não tivessem ido também.

— Temos responsabilidades individuais.

— Ela está bem?

— Sim, por enquanto. — Eddison suspira. Está começando a pensar que deve ter feito alguma coisa muito horrível em outra vida, para estar cercado de mulheres tão perigosas nesta encarnação.

Faria tudo de novo sem pensar.

— Se Guilian oferecer a mesa do *chef*, aceite — ela aconselha. — Ele não faz essa oferta com muita frequência.

— Essa mesa não fica na cozinha?

— Isso.

— E vocês todas não ficam lá quando não estão atendendo os clientes?

Sua risada maldosa é a resposta. Um homem mais esperto talvez pedisse licença para ir embora. Com certeza fugiria.

Mas Guilian segura a porta aberta em um convite silencioso, e Eddison assente, e, caramba, quantas vezes vai ter a chance de comer em um restaurante tão bom?

Os mosquitinhos são diferentes, desta vez. O papel de seda que embrulha o buquê é azul-celeste, e tem fitinhas azuis entrelaçadas nos ramos. Mas o cartão é o mesmo, e mando as fotos para Finney e Eddison antes de voltar para dentro e checar se temos duas canecas limpas.

Quando meus agentes chegam, Archer aceita o café com um sorriso surpreso, enquanto Sterling pergunta, acanhada, se pode ser chá.

Archer olha para mim de um jeito estranho e persistente enquanto eles examinam o ramalhete e fazem perguntas, como se esperasse que eu o tratasse mal por causa da quinta-feira passada. Geralmente não tenho energia para guardar ressentimentos, mas se isso o deixa nervoso, faço questão de manter a impressão. Sterling fica de olho nele de um jeito muito sutil, discreto, que Archer provavelmente não deve perceber. Não sei nem se eu teria notado, se ela não tivesse me encarado deliberadamente até atrair meu olhar, antes de voltar a observá-lo.

É estranhamente confortante.

Acesso as imagens da câmera de segurança no meu laptop e recupero a gravação até mais ou menos meia hora depois de minha mãe ter saído para ir trabalhar. Estava escuro demais para termos uma imagem nítida de quem deixou as flores, e não sei dizer ao certo se isso foi ou não calculado. Temos, talvez, uma impressão de altura mediana, mas mesmo com os ajustes que Archer faz para dar mais nitidez aos detalhes da cena a pessoa aparece encolhida por causa do frio, e não conseguimos ver nada de útil. Só os olhos e uma parte do nariz são visíveis.

— Reconhece o cara? — Archer pergunta, enquanto Sterling volta as imagens para um horário anterior ao da tela.

— Como tem tanta certeza de que é um cara?

— Pelo jeito de andar e parar — Sterling responde, distraída. Seus olhos estão colados na tela, procurando qualquer coisa que chame a atenção antes do homem misterioso aparecer.

Archer se apoia no encosto do sofá.

— Resposta negativa para reconhecimento, então.

— Dá para ver por que te deram o distintivo brilhante.

Sterling transforma a risada sufocada em uma tosse proposital.

— Vamos falar com os vizinhos, perguntar se alguém viu de onde ele veio e para onde foi. Talvez alguém saiba quem é ele.

— Sua chefe de seção deu autorização para isso?

— Não vamos deixar de fazer nosso trabalho porque existe a possibilidade de alguém nos mandar parar — ela responde, tranquila.

— E quando os vizinhos perguntarem o que está acontecendo?

— Acha mesmo que ninguém aqui sabe quem você é? — Archer balança a cabeça diante do olhar de censura da parceira. — Toda primavera, cada cidade onde há uma vítima começa a espalhar fotos com mensagens buscando novas informações. Sua mãe deu uma entrevista para a *Economist* e disse que vocês estavam mudando para Huntington. As pessoas sabem quem você é, Priya. É inevitável.

— O fato de você ter estudado um caso de um jeito obsessivo não significa que todo mundo sabe sobre ele — respondo. — Muitas pessoas não prestam atenção a coisas que não têm efeito direto sobre elas.

— Pode afetar as pessoas saber que as novas vizinhas trazem com elas um assassino em série.

Afetou Aimée, mas, é claro, nenhuma de nós sabia que essa possibilidade existia até que fosse tarde demais. E ele é um babaca por fazer esse comentário.

— Você nem sabe se é o assassino — argumento, e Sterling concorda balançando a cabeça.

— Quem mais pode ser?

— Devia ter visto as cartas e os presentes que recebemos dos fãs de casos criminais dos conselheiros amadores. Ficaria surpreso com quanta gente achou apropriado mandar crisântemos para nossa casa.

Uma musiquinha de piano interrompe o silêncio chocado, e Sterling olha para o celular com a testa franzida.

— Finney. Já volto. — E lá se dirige à cozinha enquanto atende a ligação com um respeitoso "Senhor".

— Quando se mudam para Paris? — Archer pergunta.

— Em maio.

— Hum. — Ele ajeita os punhos da jaqueta, os dedos traçando as linhas de costura quase invisíveis. — Sabe...

— Se não sei, sinto que vou saber agora.

— Finney não avisou que você era assim, cheia de respostas.

— E como ele ia saber? — Sorrio com um misto de doçura e inocência e, então, bebo o resto do chá.

Archer me encara, mas se controla.

— Sabe que esta pode ser nossa única chance de pegar o assassino, se for ele? É possível que nunca mais alguém saiba em que cidade ele está *antes* de matar alguém.

— Procurando um impulso para a carreira, agente Archer?

— Tentando levar à justiça um homem que matou dezesseis meninas — ele se irrita. — E como uma delas era sua irmã, eu esperava que você fosse um pouco mais grata.

— Esperava.

Consigo ouvir o barulho dos dentes dele rangendo.

— Finney falou que você mora aqui em Huntington — comento depois de um tempo. Sinto nos dedos o calor da caneca vazia que estou segurando. — Pelo que entendi, você deveria passar por aqui antes e depois do trabalho.

— Eu passo.

— Nesse caso, a melhor pessoa para descobrir alguma coisa é você. Afinal, se ele quisesse ser visto por mim ou minha mãe, bateria na porta ou tocaria a campainha. — Dou de ombros quando ele olha feio para mim. — O problema de me usar como isca, como imagino que você ia propor, é que é um plano de valor limitado se o alvo não sabe que tem um tempo determinado. Por que ele se apressaria?

— Mas se você for embora antes de as flores acabarem...

— Alguma vítima recebeu flores antes de morrer?

— Não que tenhamos conseguido determinar — responde Sterling, que está em pé na porta da cozinha e nos observa, pensativa. Ela joga o celular para cima e o pega com facilidade. — Em que está pensando?

— Acho que não sabemos o suficiente para deduzir as intenções de quem está mandando essas flores — respondo com honestidade. — Se é o assassino, ele está quebrando o padrão. Se não é, não dá para confiar que ele vai seguir um padrão que não criou. Não tem como saber se ele vai até o fim da linha. — Sei em que estou disposta a acreditar, mas eles são agentes federais; não deviam fazer deduções baseadas em pressentimento. — Usar uma isca só é útil se você sabe qual vai ser a reação.

— Ninguém vai sugerir que você sirva de isca — Sterling fala em tom firme.

Nós duas olhamos apara Archer, que ao menos tem a elegância de demonstrar seu desconforto.

— Finney precisa de nós em Denver — Sterling continua depois de um momento. — Voltamos hoje à noite para falar com os vizinhos.

Vamos tentar encontrá-los voltando para casa. Eu falo com você antes de irmos embora.

— Traz uma caneca térmica. Eu forneço o chá para a volta para casa.

Ela sorri, um lampejo rápido que ilumina seu rosto inteiro.

Os agentes partem para uma segunda-feira cinzenta e úmida, marcada por uma garoa gelada. Não tenho a menor intenção de sair com esse tempo para ir jogar xadrez. Porém, verificar a varanda se tornou um hábito, mesmo quando não tenho planos para sair de casa.

Mando uma mensagem de texto com as últimas notícias para o Trio de Quantico, depois passo algumas horas cuidando dos trabalhos da escola. Almoço sobras de pizza, depois me ajeito na sala de estar com as caixas vazias dos diários. Nas últimas semanas, os diários ficaram empilhados ali, exceto quando eu os lia.

Pilhas organizadas, graças à minha mãe, mas, ainda assim, pilhas. É hora de guardá-los, por enquanto. Trouxe para baixo até os diários que mantenho em meu quarto.

Porém, quando chego aos cadernos de San Diego, eu os levo para o sofá e me acomodo com eles. Só dei uma olhada rápida nessas anotações para procurar registros de entregas de flores. Minha mãe os digitalizou para mandar para os agentes. Desta vez, no entanto, quero realmente ler os diários.

É como sentar com Aimée por um tempo, e devo isso a ela. Não sou ingênua a ponto de pensar que a morte dela é minha culpa, mas é meu fardo. Tenho com Aimée a dívida de me lembrar dela não só como vítima, mas como minha amiga.

Aimée tinha aquela beleza que não exige esforço, e não parecia se reconhecer bonita. Não que se achasse feia, ela só não parecia prestar atenção ao espelho, exceto para ajeitar o cabelo. Quando o amaranto florescia, ela prendia ramos vermelho-rosados no coque envolto em fita, e sua mãe brincava dizendo que ela roubava comida. Ela fazia balé e participava do Clube de Francês. O amor por todas as coisas francesas com certeza tinha sido herdado da mãe, que se mudou do México para a França a fim de estudar e depois se apaixonou por um americano.

Estudamos francês juntas, éramos as duas únicas que pretendiam realmente usar o idioma em vez de estudá-lo somente porque era necessário para nos formarmos, ou para conseguir bolsas de estudos. Ainda não sei bem como ela me convenceu a entrar para o Clube de Francês, exceto pela promessa de que o clube não exigiria nada de mim, e talvez por eu me sentir sozinha àquela altura. Eu costumava ser uma criatura social. Lembro-me disso. Só não consigo lembrar o que me fazia funcionar daquele jeito.

Aimée era doce, bondosa, e nunca perguntou por que eu sofria tanto. Eu nunca expliquei. Era um grande alívio ter alguém em minha vida que não soubesse sobre Chavi. Uma pessoa que não conhecia a antiga Priya e, por isso, não podia me comparar com o que eu tinha sido e me achar carente ou desajustada agora. Aimée via meus tormentos, e nunca tentava dizer que eu não devia tê-los.

Perguntar a ela se poderíamos manter contato deve ter sido a coisa mais corajosa que já fiz. Eu não conseguia decidir que resposta queria ouvir. Manter uma amiga era tão apavorante quanto perder uma.

Ela estava comigo no dia em que achei os mosquitinhos na porta de casa. Deu risada e disse que alguém havia se esquecido de acrescentar as flores, e eu prendi os raminhos em volta de seu coque até ela ter uma coroa, como uma fada.

E quando contei a Chavi sobre isso, usando tinta cor-de-rosa e cintilante para refletir a boa disposição, comentei quanto a situação me fez lembrar daquela última festa de aniversário, das coroas de flores e da grinalda de rosas de seda branca que eu ainda mantinha em minha cômoda.

Ainda mantenho em minha cômoda.

Continuo pensando em Aimée enquanto guardo os diários nas caixas, desta vez mantendo-os cuidadosamente em ordem. Chavi e eu usávamos os diários para resolver várias discussões e lembranças incompletas, ou só para lembrar mesmo, e eles sempre voltavam às caixas de qualquer jeito, os dela e os meus misturados. Desta vez, porém, são só os meus em cada caixa, até os últimos três cadernos concluídos estarem em cima das caixas fechadas.

Durante o jantar, minha mãe aponta para as pilhas de diários de Chavi, e quase derruba um sushi quando acena com o hashi.

— Já pensou o que vai fazer com eles?

— O que vou fazer?

— Vamos levar os diários na mudança?

A casa inteira está uma bagunça, porque, finalmente, começamos a abrir as caixas para decidir o que vamos levar para a França, o que ainda tem que ser avaliado e o que vamos doar ou jogar fora. Não pensei que teria que decidir sobre os diários.

— Não estou sugerindo que jogue os cadernos fora — ela continua depois de um momento. Está olhando para mim com atenção, como se tivesse medo de que eu explodisse. — Estou dizendo que talvez deva ler tudo de novo para só então decidir o que quer fazer.

— Posso ficar com eles?

Ela gira o hashi para cutucar a ponta do meu nariz com a extremidade limpa.

— Não gosto de me agarrar ao passado, você sabe disso, mas essa decisão não é minha. Por mais que os diários fossem de Chavi, também são cartas para você. Se quer guardar, guarde. Você decide... — Ela sopra um jato de ar e põe a língua para fora a fim de pegar um grão de arroz que ficou preso na argola de ouro. — A França pode ser um recomeço para nós, mas eu nunca vou sugerir que você deixe Chavi para trás. Só quero ter certeza de que vai guardar os diários porque quer, não porque sente que deve.

Tudo bem, eu entendo.

Assim, enquanto minha mãe está na cozinha xingando as caixas de panelas, pratos e tudo mais, eu me sento no sofá com a primeira pilha de cartas de amor escritas por minha irmã. Até hoje, só vi os fragmentos que Chavi escolheu me mostrar.

As primeiras são escritas com giz de cera, em letras grandes e meio deformadas, com uma ortografia absolutamente atroz e de um jeito que só é bonitinho se a idade do escritor tiver apenas um dígito. Ela estava muito empolgada comigo, prometendo ser a melhor irmã mais velha de todas, me amar para sempre, jurando até dividir seus brinquedos favoritos. O registro feito no meu segundo dia de vida é lindo, principalmente porque o mau humor dela praticamente transbordava do papel.

De algum jeito, aos cinco anos de idade Chavi não havia entendido bem que a irmã seria um bebê, e que um bebê não poderia brincar com ela imediatamente.

Isso estabelece um padrão confortável. Levanto de manhã, dou uma olhada na escada da entrada de casa, faço as lições, às vezes vou jogar xadrez e passo pelo centro comercial. À tarde, volto para cuidar das minhas coisas e das roupas de cama e de banho, faço mais lição, janto, ajudo minha mãe com as caixas que estão no andar de baixo, e depois passo metade da noite lendo os diários de Chavi.

Na sexta-feira, encontro uma coroa de madressilvas sobre uma cama de papel de seda azul, dentro do que parece ser uma caixa de bolo deixada na varanda.

Na segunda-feira, é um buque de frésias em uma violenta explosão de cores, rosa, amarelo, branco, roxo e ferrugem, os caules retorcidos ultrapassando as flores grandes, com alguns botões ainda por desabrochar.

Os cravos chegam na quarta-feira, as pontas de cor vinho sangrando pelos veios das pétalas brancas. Foi aí que as flores pararam na última vez. Em vez dos agentes Sterling e Archer, que tenho visto apenas de passagem quando ele passa de carro pela rua, o agente Finnegan veio buscar as flores.

— Você está bem? — ele pergunta, sem desviar o olhar do cartão retangular em suas mãos, que continuam dentro das luvas.

— Sim. — Eu me apoio ao batente e seguro a xícara de chocolate quente perto do rosto, tentando usar o vapor como escudo contra a brisa. As temperaturas estão subindo. Estiveram por volta dos dez graus nos últimos dois dias, e o meteorologista prevê animado que podemos chegar aos vinte na próxima semana. Mas estou de pijama, que é confortável dentro de casa, e não achei que seria necessário vestir o casaco. — Só queria saber o que esperar agora.

— Aquilégias — ele responde distraído, guardando o cartão em um saco plástico diferente. — Sabe como elas são?

— Azuis? Tem uma música sobre elas, acho. — Eu não me referia às flores, na verdade, mas a resposta dele foi estranhamente tranquilizadora, como se nem passasse pela cabeça dele não me contar.

Ainda abaixado, com os antebraços apoiados nos joelhos, ele levanta a cabeça e olha para mim.

— A localização do esquisito que anda atrás de você por aí é mais difícil de descobrir.

— Landon?

— Eddison reduziu as possíveis áreas, mas ninguém nelas o reconhece, e estamos com dificuldades para achar documentos no nome dele. Contrato de aluguel, hipoteca, nada. Nem o departamento de trânsito e o correio têm registros de um Landon na região. Estamos expandindo a busca, mas o progresso é lento.

— Não é o Landon nas imagens da câmera de segurança — lembro. — Os olhos são diferentes.

Ele franze a testa e olha para mim de novo.

— Archer devia ter avisado: encontramos o cara da imagem.

— Quê?

— Aluno na Hunt U; ele ganha uns trocados fazendo entregas. Um dos seus vizinhos o identificou na imagem das frésias. Quando falamos com ele, o garoto disse que as flores são deixadas no carro dele com um envelope que contém o endereço e o dinheiro da taxa de entrega, e também o horário em que ela deve ser feita.

— Ele deixa o carro aberto para poder receber pedidos de entregas anônimas? — pergunto, incrédula. — Isso é... é...

— Extremamente idiota — ele concorda. — E também é um bom jeito de ser preso, se ele por acaso transportar alguma coisa ilegal. Ele disse que entrará em contato conosco se aparecer mais alguma coisa.

— Então, ou ele desistiu de entrar em contato, ou desta vez as flores foram trazidas de outro jeito.

— Exatamente. E alguma coisa atípica desse jeito pode combinar com seu amigo Landon, o cara sem documentos. Ele não estava no pavilhão do xadrez hoje de manhã. Eu olhei quando vinha para cá. Vamos estar no tribunal durante o resto da semana, mas na semana que vem, ou Archer ou eu vamos com você ao jogo de xadrez. A intenção é tentar falar com ele ou segui-lo até onde ele mora.

— Não o vi mais depois que Eddison esteve lá. Quanto tempo faz? Uma semana e meia?

— Não viu?

— Não.

— E os veteranos? Eles o viram?

— Não perguntei. — Vejo a ruga se aprofundar em sua testa, os dedos se unirem enquanto ele pensa. — Está preocupado.

Ele levanta a mão para tocar o cabelo, mas se detém. Finnegan é uma estranha mistura de traços: rosto delicado, mas corpo avantajado, pele clara de irlandês e coberta de sardas, mas cabelo sedoso e escuro.

— Fui treinado por Victor Hanoverian. Fomos parceiros até eu ter minha própria equipe e ele se unir a Eddison e Ramirez. Eu o vi entrar em situações com reféns e atirar sem pensar duas vezes. Portanto, o fato de ele me mandar e-mails todos os dias perguntando se tenho alguma informação nova... Sim, estou preocupado, porque a preocupação dele me apavora.

Eu não esperava essa honestidade de alguém que é praticamente um estranho, mas me sinto grata por isso.

— Ele está com medo do que acontece quando chegarem as flores iguais às da vítima do último ano, não é?

— Ou do que acontece se você for embora antes do fim do ciclo — ele admite. — E se você mudar de cidade e ele partir também? Isso tira o caso das mãos do FBI.

— Não podem passar o arquivo do caso para a Interpol?

— Sim, e vamos passar, se chegarmos a esse ponto. Mas eles vão dar alguma atenção ao caso?

— Obrigada.

— Por quê?

— Por não minimizar — explico dando de ombros. — Se eu não tivesse enterrado a cabeça na areia depois da morte de Chavi, talvez soubesse que devia ter denunciado a chegada das flores em San Diego. Não estaríamos fazendo tudo isso, e você não teria que agir sem o conhecimento da sua chefe de seção. Talvez Aimée ainda estivesse viva, e a menina depois dela também.

— Ah, não. — Um joelho estala dolorosamente quando ele se levanta, mas sua única reação é se encolher por um instante. Finnegan é um pouco mais baixo que eu, mas se mantém ereto, uma presença imponente mesmo quando não se esforça para isso. — Não pode pensar desse jeito.

— É verdade, não é?

— Não temos como saber. Priya, olhe para mim.

Os olhos dele são escuros, íris quase da mesma cor das pupilas, mas os cílios são os mais longos que já vi em um homem.

— Não pode pensar desse jeito — ele repete com firmeza. — Nada disso é sua culpa. Não temos como saber o que teria acontecido se as coisas fossem diferentes em San Diego. O que temos é o presente. Você está fazendo tudo que pode.

— Tudo bem.

Ele parece frustrado, e me pergunto se vou receber um telefonema de Eddison ou Vic. Apesar de ser muito gentil, o agente Finnegan não me conhece o suficiente para argumentar comigo.

— Vamos ver o que a câmera pegou.

Desta vez, a imagem mostra uma mulher. Ela usa um suéter pesado e aberto sobre a camisa polo preta, vermelha e amarela que é uniforme dos funcionários do posto de gasolina a alguns quarteirões dali. Não a reconheço, mas isso não é surpresa. Só entro na loja de conveniência do posto quando o frio me faz sentir muita vontade de fazer xixi no caminho para casa, depois do jogo de xadrez. Quando isso acontece, compro uma bebida ou um doce para não ser a idiota que usa o banheiro sem ser cliente, mas não é uma ocorrência frequente o bastante para que eu conheça os funcionários.

— Vou até lá, talvez alguém consiga identificar a moça — Finney diz quando está indo embora. — E, Priya... Tudo que você pode fazer é o que já está fazendo. Não assuma um peso que não tem que carregar.

As aquilégias chegam em cores variadas, e parecem duas flores diferentes reunidas por um centro branco de pétalas largas, com uma copa escura que combina com as pétalas mais longas e finas embaixo dela. As que chegam na sexta-feira, entregues por um funcionário do correio muito confuso que as encontrou no banco do passageiro de sua viatura, são azuis e roxas.

Emily Adams cantou sobre aquilégias azuis poucos dias antes de morrer.

E deve ser por isso que, pela primeira vez, a fita no buquê não é de plástico enrolado. É cetim branco com estampas pretas de notas musicais. Não só as flores de sua morte, mas também um detalhe de sua vida.

Ramirez está em Delaware fazendo o acompanhamento de um caso que foi encerrado em fevereiro, mas parece que ela não disse isso à suposta namorada, porque tem um enorme buquê de girassóis em cima de sua mesa. O entregador teve que ficar segurando as flores enquanto Eddison empurrava objetos para os dois lados a fim de abrir espaço para elas. Ramirez ama girassóis. Ele sabe disso.

Mas ele também sabe que está pensando em flores completamente diferentes e, por isso, não consegue deixar de considerar a entrega preocupante.

Ele, no entanto, é um parceiro decente; então, fotografa o buquê e manda a foto por mensagem para que ela possa agradecer à garota da Contraterrorismo.

Em seguida, Vic entra na sala segurando meio sanduíche de salada de frango, o rosto tenso, e diz:

— Pegue o casaco. Vamos para Sharpsburg.

— Sharps... Keely?

— Foi atacada. Inara está com Keely e os pais dela no hospital.

— Inara está em Maryland? — Mas ele já pegou seu casaco e o de Vic, e também as armas e os distintivos, e esse assunto pode ser esclarecido assim que Vic acabar de engolir o resto do almoço. Por precaução, ele pega as bolsas pequenas embaixo da mesa. Não é provável que tenham que passar a noite fora, não tão perto de casa, mas pegar as bolsas não demora mais que um segundo.

— Keely está de férias, semana da primavera; pediu para Inara ir passar alguns dias com ela.

É bom que Inara trabalhe em um restaurante tão chique, considerando quantos dias de trabalho ela perde por conta de tudo isso.

Vic termina o sanduíche no elevador e pega sua arma e o distintivo, prendendo os dois ao cinto.

— Vamos ter uma atualização no caminho.

Salvo a atualização, que só revela a eles para qual hospital Keely foi levada e que o agressor está preso, a viagem de duas horas até Sharpsburg é silenciosa. É difícil não imaginar o pior.

Keely tem lidado bem com a situação... Tão bem quanto se pode esperar. Ela foi raptada em seu aniversário de doze anos, brutalmente estuprada e espancada, e acordou no Jardim. Esteve lá por poucos dias, sempre protegida por Inara e pelas outras meninas, mas ouvir Inara e até Bliss contar essa história é perceber que aqueles poucos dias foram de mais medo que qualquer outro momento. Depois houve a explosão, o resgate e a publicidade... Keely já havia sido forçada a enfrentar mais do que qualquer criança de sua idade deveria suportar.

A polícia local informou ao hospital que estava a caminho. Os policiais mal tiveram tempo para mostrar os distintivos antes de serem levados a uma sala privada ao lado do pronto-socorro.

Eles encontraram o pai de Keely andando nervoso pelo corredor, esfregando o rosto. Inara está ao lado da porta de braços cruzados, observando o homem. Eddison não sabe ao certo se ela quer espantar a vulnerabilidade ou o frio. O ar condicionado é forte demais para ela se sentir confortável de camiseta regata. Dá para ver os limites de uma asa tatuada sobre a curva do ombro.

— A mãe está com ela, e uma das policiais também está lá — Inara anuncia sem sequer dizer oi.

— Recebemos informações truncadas — diz Vic. — O que houve?

— Estávamos no shopping e decidimos parar para almoçar. Os pais dela estavam em outra parte da praça de alimentação. Keely escolheu uma mesa para nós, eu fui buscar a comida. Ouvi uma comoção e me virei, e uma mulher a perseguia com uma faca. Ela chamava Keely de prostituta, dizia que o estupro foi um castigo de Deus.

— E depois?

— Aquilo pegou todo mundo de surpresa. As pessoas ficaram paralisadas. Eu reagi e enfrentei a vadia. Acho que quebrei o nariz dela. A mulher soltou a faca, e enquanto um dos seguranças a algemava, eu fui cuidar de Keely.

— Como ela está?

Depois de tirar o casaco e entregá-lo a Vic, Eddison tira o suéter preto. Naquela manhã, o agasalho pareceu mais confortável sobre a camisa e a gravata do que um paletó, já que iam passar o dia todo atrás da mesa. Agora ele está satisfeito com a escolha, porque Inara até sorri quando ele entrega o suéter para ela.

— Obrigada. Deixei meu moletom com Keely para ela se esconder um pouquinho. As pessoas estavam olhando. — O suéter é grande para ela, a gola é larga o bastante para deixar à mostra as clavículas, mas ela põe as mãos nos bolsos, em vez de cruzar os braços de novo. — Os cortes são superficiais, a maioria nos braços, porque Keely se defendeu. Tem um no rosto, mas eles chamaram um cirurgião plástico para dar uma olhada.

— Esse shopping é o mesmo onde ela foi raptada?

— Sim. E não foi a primeira vez que ela voltou lá. A terapeuta a incentiva a ir.

— Então, a agressora sabia quem era Keely.

— É difícil não saber — Inara responde em tom seco. — Nossa cara foi estampada em todos os jornais. Além disso, Keely mora aqui.

O pai de Keely os reconhece quando passa pelo grupo, mas se vira e continua andando para o outro lado.

— Eles têm se esforçado muito para não ficar grudados nela — Inara conta aos agentes. — São presentes, mas não sufocantes. Foi ideia deles deixar nós duas comermos sozinhas.

— Estamos prestes a discutir sobre a quem cabe a culpa? — Vic pergunta em tom moderado.

Inara sufoca uma risadinha.

— Não, já tive o suficiente disso por um bom tempo, obrigada. Ele só está tentando liberar energia antes de entrar para vê-la, acho.

Vic olha para Eddison, depois bate na porta.

— Keely? Aqui é o agente Hanoverian. Posso entrar? — Ele espera a resposta positiva abafada antes de abrir a porta, e a fecha com delicadeza ao entrar.

Eddison fica no corredor, encostado na parede ao lado de Inara, os dois observando o pai de Keely, que continua andando.

— Você só bateu na mulher uma vez?

— Sim.

— Estou impressionado com seu autocontrole.

— Eu teria batido mais se o segurança não tivesse chegado. Ou talvez não. Acho que teria dependido de ela tentar atacar Keely de novo.

O sr. Rudolph termina outra volta e gira para começar a próxima.

— Eles estão falando em se mudar para Baltimore. Ele pode pedir transferência, e a mãe tem família lá. Eles acham que sair de Sharpsburg pode ser melhor para Keely.

— O que você acha?

— Acho que Baltimore tem as mesmas notícias — ela suspira. — Não sei. Talvez não seja a melhor pessoa para julgar. Voltei para o mesmo apartamento o mesmo emprego.

— Você tem dezoito anos, ela tem doze. É diferente.

— Sério? Jamais teria imaginado.

Ele ri, e como estão lado a lado, pode até fingir que ela não vê.

— Você se machucou?

Ela levanta a mão esquerda, que tem um curativo envolvendo a palma. Não é o mesmo do dia em que a conheceu, mas é suficientemente parecido para incomodá-lo.

— Fui idiota. Queria segurar a mão dela e acabei segurando a faca. Ao menos isso me deu o impulso de que eu precisava para desferir o soco. Foram poucos pontos. A cicatriz não vai ser muito feia.

As queimaduras da explosão no Jardim deixaram marcas, e ela faz alguns movimentos de alongamento, como tem que fazer sempre que se lembra delas, para não perder a flexibilidade na mão.

— Estou surpreso por não ter ficado lá dentro com ela.

— Fiquei, mas ela olhava para mim o tempo todo enquanto o policial tentava colher seu depoimento. Eu me ofereci para sair, assim o oficial pôde ter certeza de que o depoimento era só dela.

— E por que ficou aqui fora?

Ela resmunga um palavrão e tira o celular do bolso com um movimento desajeitado, porque é o bolso do lado esquerdo e ela não tem muita firmeza na mão. Mas quando destrava a tela, ignorando uma série de novas mensagens de nomes que ele reconhece como sendo de outras Borboletas, ela abre uma mensagem de Bliss que faz o coração dele parar por uma fração de segundo.

É um print de tela de uma matéria on-line publicada menos de uma hora atrás, e sob a manchete sensacionalista tem uma foto de Inara. Ele não consegue ver muito de Keely, que aparece escondida atrás de Inara e com o capuz do moletom cobrindo seu rosto quase completamente, braços cruzados para mantê-lo fechado. Mas dá para ver onde a camiseta regata de Inara subiu nas costas, mostrando a parte inferior das asas de uma *Incialia eryphon*, a Pequena Ocidental, além do forte instinto de proteção em seu rosto, virado para um lado.

— Eles citam meu nome. O restaurante também. Bliss está avisando Guilian. Ele vai lembrar à equipe que ninguém responde perguntas sobre nada que não tenha a ver com comida.

— Eles falam dela?

— Keely Rudolph de Sharpsburg, Maryland. Citam até a escola onde ela estuda. A porra da escola.

— Talvez Baltimore não seja má ideia. Eles podem matricular Keely com o sobrenome da mãe.

— Nós sobrevivemos. Não devíamos ter que viver escondidas.

— Não, não deviam.

— Algumas colegas de turma estão criando problemas para ela. Colam adesivos de borboletas na porta do armário, deixam borboletas de papel em cima da carteira dela. Até uma das professoras perguntou se o Jardineiro escolheu uma borboleta para ela.

— Inara.

— Estou acostumada com uma vida de merda. Isso quer dizer que sou grata por ter minhas amigas, por enquanto, mas também significa que estou acostumada a ser atropelada por coisas horríveis. Ela não. Não devia ser. Ela é uma boa menina, com pais que fariam tudo por ela e...

Ele pigarreia desconfortável.

— Não é justo?

— Nada é justo. Isso é só errado. — Ela guarda o telefone e bate a cabeça de leve na parede em que está encostada, fechando os olhos. — Cicatrizes se atenuam — diz em voz baixa. — Não desaparecem. Isso não é certo. Vivemos com as lembranças. Por que também temos que viver com as cicatrizes?

Ele não tem uma resposta.

E nem ela aceitaria uma, se tentasse.

Então, os dois observam o pai de Keely andando pelo corredor do hospital, ouvem os murmúrios indistintos do outro lado da porta e esperam.

O nome dela é Laini Testerman, e os hibiscos de seda que ela usa presos atrás da orelha todos os dias podem ser a peça de roupa mais discreta com que se cobre espontaneamente.

Você nunca viu nada parecido, mas a primavera mais quente que o inferno em Mississippi faz essa menina se despir em toda oportunidade que tem, mesmo quando não devia. Você nunca viu shorts assim, tão curtos que permitem ver o contorno das nádegas. Quando não está na escola ela usa top de biquíni, um menor que o outro.

Quando trabalha de babá, ela leva as crianças para brincar com sprinklers *e mangueiras, ou em piscinas, e nunca as orienta a vestir roupa de banho primeiro. Bem ali, ao ar livre, onde todo mundo pode ver, ela diz às garotinhas para tirarem a roupa e pularem na água de calcinha, muitas vezes com meninos no quintal ou na piscina com elas. À vista da rua.*

Você andou pensando em matá-la por sua falta de recato, mas isto encerra o assunto: não pode permitir que ela corrompa garotinhas desse jeito.

Mas você não quer que as crianças vejam e, quando não está no colégio, ela passa a maior parte do tempo cuidando delas. Está guardando dinheiro para comprar um carro, você descobre, ouvindo sua conversa com uma amiga sobre as liberdades que ela vai ter quando for dona do próprio carro. É difícil encontrá-la sozinha, porque sua vida é agitada.

Mas uma noite, já bem tarde, ela sai de casa e vai de bicicleta à piscina comunitária. O portão está trancado e ela pula a cerca. Deixa a bolsa e a toalha em uma cadeira, depois tira o maiô e mergulha na água, nua como veio ao mundo.

A presilha continua em seu cabelo, brilhante e visível mesmo com a luz distante das lâmpadas da rua.

Então, você ouve a cerca balançar de novo, e um garoto pula para o deque. Ele deixa toalha e calção ao lado das coisas dela, mas não mergulha na piscina. Em vez disso, se senta com as pernas na água e fica observando a menina nadar. Ela é rápida, seus movimentos são fortes e precisos, e você sabe que ela representa o colégio em competições.

Eles ainda a aceitariam na equipe, se soubessem disso?

Ela ri quando percebe a presença do garoto, e se aproxima nadando para apoiar os cotovelos nos joelhos dele.

É tentador acabar com tudo esta noite, mas você não tem flores. Sabe onde pode encontrá-las – você a esteve observando, pois sabia que teria que ser ela –, mas vai precisar de mais um dia para pegar algumas horas de estrada. É mais esforço do que normalmente faria, mas tem um Festival do Hibisco na cidade. É apropriado.

E é apropriado colocar uma flor sobre cada mamilo, que os tops deveriam cobrir; um ramalhete sobre a região entre as pernas, revelada com frequência demais; e mais uma flor, a mais brilhante que você encontrar, bem em sua boca de prostituta.

Depois de acompanhar os Agentes Sterling e Archer até a porta na terça-feira, quando chegaram os cravos-amarelos, vou para o pavilhão do xadrez, porque preciso escapar um pouco de casa, das caixas e dos diários. Minha mãe adora cravos-amarelos. Meu pai era alérgico a eles, ou dizia que era. Na verdade, ele só odiava essas flores, e dizia ser alérgico para que minha mãe não as levasse para casa e nem as plantasse do lado de fora. Por isso, ela havia plantado uma faixa de cravos-amarelos ao longo de uma parede inteira da velha igreja, e ele sempre teve que contornar o prédio e entrar pela outra porta para manter a farsa.

Assim como nos aproximamos do aniversário de morte de Chavi, também estamos perto do aniversário de morte dele. Por isso os cravos-amarelos são um pouco mais dolorosos hoje, quando a ferida está mais aberta.

O clima esquentou o suficiente para eu vestir só jeans e um moletom fino, com um cachecol pendurado no pescoço para o caso de esfriar. O moletom vermelho era de Chavi, e é muito mais gritante que tudo que costumo vestir. Mas tem algo de confortante nisso. Ele é vermelho como meu batom, e o cachecol é verde-esmeralda como minha mãe gosta, e é como usar partes delas.

Mas não de um jeito macabro, tipo Ed Gein, porque aí é demais.

Percebo os olhares trocados pelos veteranos bem antes de eles finalmente escolherem alguém para fazer a pergunta. O escolhido é Pierce, e ele pigarreia olhando diretamente para o tabuleiro entre nós.

— Você está bem, Menina Azul?

— O período é meio doloroso, tem duas datas tristes — respondo, porque é verdade, e porque isso é tudo que quero contar agora. Gunny sabe que minha irmã foi assassinada. Todos sabem que já falei de minha mãe, mas nunca de um pai. Todos temos nossas cicatrizes, e às vezes a dor é um fato tanto quanto a memória.

— Landon não apareceu mais.

Apoio as mãos no colo.

— E eu devia me desculpar por isso?

— Não! — ele grasna, e Jorge e Steven balançam a cabeça. — Não — repete, mais calmo. — Só queríamos saber se ele foi te incomodar em outro lugar.

— Não vi mais o Landon. — Mas isso me lembra da preocupação de Finney. — Vocês também não o viram?

Todos balançam a cabeça.

Empurro minha rainha na diagonal por três casas, até onde ela pode ser capturada com facilidade, e abaixo as mãos novamente. Pierce me encara, mas aceita o sacrifício. É um jeito tão bom quanto qualquer outro para mudar de assunto.

— Quanto tempo ainda fica conosco, Menina Azul? — Corgi pergunta.

— Menos de seis semanas. Estamos arrumando tudo, jogando fora e doando coisas que arrastamos de mudança em mudança sem nenhum motivo aparente.

— Mulheres são muito sentimentais — Feliz suspira.

Ganido dá uma cotovelada nele.

— É mais preguiça que sentimentalismo — corrijo com um sorriso fraco. — Mudamos tantas vezes que nunca valeu a pena desencaixotar tudo, e se não íamos desencaixotar, para que olhar o que tinha nas caixas?

— Mas se não usa, para que guardar?

— Porque as coisas importantes estão misturadas com as outras. Não dava para jogar fora a caixa inteira.

— Não discuta com uma mulher, Fel — diz Corgi. — Nem que seja uma jovem. A lógica delas não é como a nossa.

Gunny acorda com as gargalhadas, e sorri para mim com os olhos cheios de sono.

— Você faz bem a essas velhas almas cansadas, srta. Priya.

— Vocês todos fazem bem para mim — murmuro, e é verdade. Com exceção de Landon, este é um lugar seguro, cheio de gente que faz eu me sentir não só aceita, mas bem-vinda, com cicatrizes, sorrisos assustadores e tudo mais.

Depois de uma derrota espetacular para Pierce, que não ficou nada aborrecido com isso, jogo uma partida silenciosa com Gunny. Então, ando por ali com a câmera na mão. O FBI tem fotos que podem ser úteis; quero mais para mim, para quando eu for embora.

Ainda tenho a câmera pendurada no pescoço quando me dirijo à Kroger. Vejo Joshua saindo de lá com mais um de seus suéteres, sem casaco. Tiro duas fotos, porque ele tem sido gentil sem ser invasivo. Quando percebe minha presença, ele sorri, mas não para. Não há nem sinal de Landon, então pego minha bebida e vou para casa. Ainda presto muita atenção no caminho, mas não sinto aquele desconforto de alguém me observando.

Mando mensagens para Finney e Sterling contando que os veteranos nunca mais viram Landon, depois abro a lista de contatos, procuro o nome de Eddison e aperto "ligar". Li sobre o ataque contra Keely, vi a foto de Inara; ainda não decidi se devo escrever para ela sobre isso ou se deixo a decisão de tocar no assunto por conta dela. Considerando que Eddison passou metade do fim de semana reclamando por mensagem da lista de treinos de primavera do Nationals, ele ainda está bravo demais para ter terminado de processar as novidades.

— Não sei se essa é uma boa notícia — ele fala quando conto sobre Landon. — É bom saber que ele não voltou a te incomodar, mas isso dificulta muito para nós, que queremos encontrá-lo.

— Por que tem tanta certeza de que é ele?

— Por que tem tanta certeza de que não é? — ele retruca.

— Teve a impressão de que ele é suficientemente inteligente para isso?

— Ser socialmente inapto não significa não ter inteligência.

— Significa que ele seria notado. Se você fosse uma adolescente, pensaria em ir encontrar esse cara à noite?

— Se eu fosse uma adolescente — ele repete. — Acho que tive pesadelos que começavam desse jeito.

— Bem, vou dar mais um pesadelo para você — resmungo ao me aproximar da escada de casa. — Houve outra entrega nas últimas duas horas.

Ele resmunga um palavrão, uma sequência de sílabas tônicas, e parece estressado e próximo do limite.

— O que é?

— Não sei. Alguma coisa tropical. Poderia estar num rótulo de filtro solar. — Os botões são grandes, com pétalas cor-de-laranja e pregueadas, que se sobrepõe ligeiramente nas extremidades, e um caule longo, muito longo, que se projeta como uma ereção salpicada de pólen. As pétalas têm um tom escuro de roxo perto do miolo, clareando rapidamente até um escarlate alaranjado, depois até um alegre amarelo nas pontas. De cima, parecem parte do cenário de *Fantasia*. Passo a ligação para o viva-voz a fim de tirar fotos e mandar para ele por mensagem.

— Hibiscos — ele fala depois de um minuto, com voz rouca e resignada. — Está se sentindo segura, Priya?

— Nada entrou em casa até agora.

— Priya.

— Vic está contaminando você.

— Você se sente segura?

— O suficiente — respondo. — Juro. Vou trancar a porta. Vou ficar longe das janelas e vou manter uma das facas afiadas à mão.

— Pelo menos sabe onde estão as facas afiadas?

— É claro, minha mãe achou as facas ontem. Estão em cima da bancada e ficarão ali até juntarmos coisas suficientes para encher uma caixa.

Ouço um estalo do outro lado da linha e desconfio de que ele deu um tapa na testa.

— Tudo bem, Finney vai ficar com você até sua mãe chegar em casa. Ou Sterling e Archer, quem aparecer. Não discuta. Eles vão ficar.

— Eu não ia discutir. — Do jeito que os três agentes dirigem, não vão demorar nem uma hora para vir do escritório em Denver. Minha mãe não chega em menos de três horas. Em algum momento, acho que eles devem poder entregar as coisas à polícia local e acessar os relatórios da perícia deles, mas não conheço as regras.

— Vou ligar para Finney. Ligue para mim se precisar, ok? Me mantenha informado se está tudo bem.

— Vou dar uma olhada nas imagens, adiantar as coisas para eles.

— Ótimo.

Sento-me no sofá com uma faca no apoio de braço e outra em cima da mesinha de canto, e abro o laptop no meu colo. Fiquei fora só por duas horas, duas e meia, talvez. Não será difícil isolar a imagem da entrega.

Não deveria ser.

A única pessoa que vejo nas cenas gravadas pela câmera depois da partida dos agentes sou eu saindo e voltando. É como se a entrega não existisse. Volto e revejo tudo mais devagar, e encontro dez minutos de imagens congeladas. Paradas em um quadro só. As câmeras estão ligadas na nossa rede wi-fi, que supostamente é uma rede segura. Não devia ser possível hackear.

Olho os horários do começo e do fim do congelamento. Ai, meu Deus. As flores foram deixadas pouco antes de eu chegar em casa.

Não me lembro de estender a mão para uma das facas, mas meus dedos apertam o cabo com força. Não passei por nenhum pedestre ou ciclista; então, quem as deixou devia estar em um dos carros que passaram por mim.

Não me pergunte por que isso é mais assustador do que estar em casa sozinha quando as flores são entregues. Talvez porque eu fique mais vulnerável quando estou lá fora. Aqui tenho armas – facas, objetos pesados, o bastão de softball que era de Chavi. Lá fora só tenho spray de pimenta.

Devo estar segura até as flores terminarem.

Se eu continuar repetindo, talvez volte a acreditar nisso.

ABRIL

Geoffrey MacIntosh vive na enfermaria da prisão, ainda fraco demais para ser removido para uma cela. Recebe oxigênio constantemente, porque os pulmões foram permanentemente queimados pela explosão do complexo da estufa, e o tubo plástico da cânula fica preso à parte de trás de sua cabeça para que ele não consiga soltá-lo e se ferir com ele. Ou, Eddison desconfia, para que ninguém mais possa usar o tubo para feri-lo. O ataque a Keely chegou aos jornais de circulação nacional.

O Jardineiro era um homem bonito. Tem fotos dele no arquivo e por toda a internet. Um cinquentão charmoso, carismático, com olhos verdes e cabelo loiro-escuro, sempre vestido de maneira impecável. Podre de rico, dinheiro herdado e que ele mesmo ganhou; propenso a gastar pequenas fortunas em iniciativas beneficentes e outras obras filantrópicas.

E em sua estufa, é claro. Seu Jardim.

Mas o homem na cama de hospital tem cicatrizes borbulhantes descendo pelo lado direito do corpo, a carne retorcida e esticada. Seus dedos são grossos e duros por conta do tecido rompido. O pescoço tem bolsas e perdeu o tônus, e as cicatrizes que sobem por ele rasgam seu rosto. A boca é repuxada para baixo até quase o queixo de um lado, com dentes e ossos visíveis em alguns lugares, e o olho simplesmente sumiu, danificado demais para ser preservado. As queimaduras cicatrizadas envolvem sua cabeça. O lado esquerdo, embora esteja melhor, também tem marcas. A dor cavou linhas fundas em torno da boca e do olho. Algumas queimaduras ainda resistem ao tratamento, vertendo infecção em torno de enxertos novos.

Ele não tem mais nada do homem que passou trinta anos raptando, matando e mantendo adolescentes cativas como Borboletas humanas.

De um jeito perverso, talvez, Eddison quer muito poder tirar uma foto para mostrar às sobreviventes. Para tranquilizá-las.

E, conhecendo Bliss, para permitir que ela possa saborear a alegria vingativa que isso certamente vai provocar.

O advogado de MacIntosh – um deles, na verdade, porque ele contratou uma equipe inteira para cuidar de sua defesa – está sentado à esquerda do cliente, onde pode ser visto pelo olho que restou. Ele é um homem alto, magro, e usa um terno caro que não foi muito bem cortado, como se ele estivesse impaciente demais para tê-lo pronto. O resultado é que ele parece meio engolido pela roupa, e o evidente desconforto que o homem sente na enfermaria não ajuda muito.

— Algum motivo para precisarem ver meu cliente em pessoa, agentes? — O advogado chamado Redling... Reed... pergunta em tom firme.

Vic se apoia ao pé da cama, as mãos segurando a sólida grade de plástico. Sua expressão é difícil de ler, mesmo para Eddison. É quase como se ele não quisesse mostrar nada, por medo do que poderia revelar.

Eddison consegue entender isso.

— Pode chamar de bondade — Vic responde em tom brando. — Sr. MacIntosh. Seu filho Desmond foi encontrado morto em sua cela há uma hora e meia. Ele rasgou a própria calça para improvisar uma corda e tentou se enforcar na ponta do beliche. Não conseguiu quebrar o pescoço, mas interrompeu a passagem do ar. Ele foi dado como morto às cinco e quarenta e dois.

Apesar do apito repentino do monitor cardíaco, MacIntosh parece congelado, incapaz de reagir. Seu olho se move de um lado para o outro, pousa nos agentes, no advogado, no espaço perto do pé da cama onde a enfermeira diz que, de vez em quando, Desmond se sentava.

— Suicídio? — pergunta o advogado. — Eles têm certeza?

— A cela tem biometria. Ninguém passou pela porta depois que ele foi recolhido ontem à noite. Só o encontraram hoje de manhã. Ele deixou um bilhete.

— Posso ver?

O bilhete já está na bolsa de evidências. As iniciais de Vic são as terceiras na cadeia, mas ele a segura para que a prova seja vista. Não há muito o que ver, na verdade, só uma linha em tinta preta, as letras inclinadas sugerindo pressa ao escrever: *Diga para Maya que eu sinto muito.*

O advogado olha para o cliente, mas MacIntosh não dá sinais de ter percebido o bilhete.

Uma das enfermeiras chega apressada para verificar o monitor e toca o ombro são do presidiário.

— Senhor, precisa respirar.

— O filho dele acabou de morrer — diz o advogado.

— Bem, a menos que ele queira ir junto, precisa respirar — a enfermeira responde de um jeito prático.

Vic observa a cena em silêncio, e finalmente se volta para o advogado.

— Não precisamos de nada dele. Não temos perguntas.

— Essa é a sua bondade?

— Ele ouviu a notícia pessoalmente de alguém que não a comemorou. Ouviu de outro pai. Essa é a bondade.

Eddison olha para o homem na cama pela última vez antes de seguir Vic para fora da enfermaria. Não disse nada. Nunca teve a intenção de dizer. Estava ali por Vic e, talvez, pelas sobreviventes.

Por Inara, que entendia o relacionamento pesado entre pai e filho talvez melhor que os próprios MacIntosh. Inara, que vai saber que isso foi Desmond desistindo, tão certo como foi quando ele finalmente chamou a polícia. Não foi coragem, não foi a defesa do que era certo. Foi só desistência.

Vic se mantém em silêncio enquanto eles saem da prisão, pegam as armas de volta e retornam para o carro. Ele deixa o parceiro falar. Eddison sabe como lidar com os guardas. Não sente o mesmo desconforto que tem ao falar com as vítimas. Eles pegam a estrada de volta a Quantico, Vic ainda imerso nos próprios pensamentos.

Eddison pega o celular, verifica algumas coisas e manda algumas mensagens. Estão quase na garagem quando ele recebe a resposta que está esperando. Ele disca e aciona o bluetooth do carro. Ao ouvir o toque de chamada, Vic olha para ele meio de lado.

— Você é um filho da mãe por me ligar antes do meio-dia — Inara resmunga, sonolenta, do outro lado.

Em outro dia ele poderia fazer uma piada. Hoje não.

— Queria ter certeza de que eu daria a notícia. — E olha para Vic, que assente. — Estão todas dormindo?

— São pouco mais de oito horas. É claro que estão dormindo.

— Tem uma caixa do lado de fora da porta. Pegue-a e suba para o telhado. Leve o telefone.

— Isso faz algum sentido?

— Por favor, Inara. — Tem alguma coisa na voz de Vic, um peso, uma tristeza, que faz Eddison se mover no assento. Pelo barulho de tecido do outro lado, ele compreende que o tom teve o mesmo efeito sobre Inara.

— Bliss, venha cá — ela murmura. — Acorde.

— É cedo. — Eles escutam o gemido de Bliss. — Que foi?

— Pode dormir.

— Ah, é... Isso significa que é importante. Aonde vamos?

— Telhado.

Os agentes no carro ouvem os ruídos das meninas saindo da cama, e Eddison se pergunta qual delas teve a noite difícil, para que estejam dividindo a cama. Elas faziam isso no Jardim, dormiam próximas umas das outras, como filhotes, sempre que precisavam de conforto. Há roncos ao fundo, uma sequência baixinha e suave, outra de dar vergonha a uma serra elétrica, e um tilintar como o de um piano. Uma porta se fecha e, em seguida, eles ouvem outro gemido profundo de Bliss.

— Cacete, essa porra de caixa é pesada, Eddison, que porra é essa?

— Sua eloquência matinal é impressionante — ele diz em tom seco.

— Foda-se.

Eddison sorri. Vic balança a cabeça.

— Pegue o telefone. Eu levo a caixa — diz Inara, e eles ouvem um baque surdo antes de a ligação cair.

Eddison liga de novo.

— Cala a boca — Bliss fala ao atender. — Ninguém tem porra nenhuma de coordenação nesta porra de hora da manhã.

Tem algo de sólido e tranquilizador na habitual boca suja de Bliss. É como contar com a maré.

— Pronto, estamos no telhado e faz um frio da porra — ela anuncia em tom normal. — O que está acontecendo?

— Está no viva-voz?

— Dã.

— Inara?

— Oi, estou aqui — ela responde, sua voz abafada por um bocejo.

— Temos uma notícia para vocês.

— Boa ou ruim?

— Só uma notícia, acho. Vocês decidem. — Ele respira fundo, perguntando-se por que estava tomando a iniciativa em vez de Vic. — Desmond foi encontrado morto na cela hoje de manhã.

Silêncio. Dá para ouvir o barulho do vento e até algumas buzinas distantes.

— Ele se matou — Inara deduz depois de um tempo.

Bliss bufa no telefone.

— Alguém pode ter dado fim no desgraçado.

— Não, ele se matou. Não foi?

— Sim — Eddison confirma, e Bliss resmunga alguns palavrões. — A caixa é para ajudar, se precisarem quebrar umas coisas. Pedi para uma amiga deixar aí.

— Se precisarmos... Eddison. — Mas ele ouve uma quase risada na voz de Inara, e sabe que ela abriu a caixa.

E ele sabe, porque essa é a especialidade de sua prima, que a caixa está cheia das canecas mais horrorosas que já existiram, coisas baratas e tão malfeitas que é surpreendente que alguém tenha dado até vinte centavos por elas. Ela as compra no atacado para usar nas sessões de terapia no abrigo para mulheres que administra, porque há algo em quebrar coisas que melhora o humor das pessoas.

— Se precisarem de mais, me avisem que eu arrumo para vocês.

Vic se encolhe ao ouvir o barulho de cerâmica se partindo.

— Foi a Bliss — Inara informa com ironia. — Como ele fez isso?

E essa é uma característica das conversas com Inara: elas dão voltas. Mesmo quando ela não quer, mesmo quando não tem essa intenção, mesmo quando não faz isso para confundir as pessoas, ela tem um jeito de contornar um assunto até voltar a ele de um ângulo mais confortável. É só esperar.

— Tentou se enforcar — responde Vic. — Acabou se estrangulando.

— Que merda, nem isso ele conseguiu fazer direito — Bliss rosna.

— Inara...

— Tudo bem, Vic — Inara responde baixinho. Estranhamente, Eddison acredita nela. — O Jardineiro pode tentar enfrentar um tribunal por confiar nas falhas do sistema e no próprio sentimento de superioridade. Desmond nunca teve esse tipo de confiança.

Uma das mãos de Vic deixa o volante, toca o bolso com o último bilhete de Desmond. Eddison balança a cabeça.

— Já avisaram o Jardineiro?

— Acabamos de sair da enfermaria.

— Contaram a ele pessoalmente?

— Vic é pai.

O comentário provoca um olhar duro do parceiro, mas um ruído sugere uma reação compreensiva do outro lado da linha.

— O gabinete da promotoria ligou para falar sobre o conteúdo das cartas — ela conta. — Disseram que ele parecia mais instável depois da morte de Amiko.

— Você disse que ele tinha se aproximado dela por causa da música.

— Descobrir que entreguei as cartas sem ler, a ordem de afastamento proibindo contato... Bom, não é uma surpresa, é?

— Nem por isso o impacto é menor — Vic responde a ela.

— Verdade. Mas isso... não é tão ruim quanto achei que seria.

— Saber que ele está morto?

— Pensei que estavam ligando para avisar que outra menina tinha morrido.

Merda. Eddison não havia pensado nisso.

Pela cara contrariada de Vic, nem ele.

Bom, estavam enfrentando uma manhã infernal.

Os dois escutam o barulho de outra caneca quebrada.

— Então, acho que vamos precisar de mais canecas.

— Inara? Tudo bem chorar a morte dele, se quiser.

— Não sei o que eu quero fazer, Vic — ela responde, depois ri com amargura. — Acho que não quero que ele mereça mais do meu tempo e da minha atenção. Mas isso não é justo, é?

— E o que é justo? — Eddison retruca antes de pensar melhor.

Ela dá uma risada abafada, um eco inconsciente de um corredor de hospital, um pai aflito e uma menininha apavorada, traumatizada.

— Vamos pedir para alguém cobrir nosso turno hoje à noite. Talvez a gente volte àquela praia.

— Foi bom?

— Podemos correr muito, e não tem parede de vidro para nos fazer parar.

Então, sim, foi bom.

— Seria bom não contar para mais ninguém, por enquanto. Eles querem controlar como isso vai chegar aos jornais.

— Obrigada por contar para nós. E pelas canecas fodásticas.

Eles escutam o barulho de mais uma se partindo.

Eddison desiste de se segurar e ri, cobrindo a boca com a mão.

— Vou dar o nome do meu contato. Ela pode dizer onde você encontra as canecas.

— Não, Bliss, lá embaixo não! — A ligação é cortada de repente.

Mas Vic está sorrindo, e sua seriedade carrancuda desaparece.

— Elas vão ficar bem, não vão?

— Acho que Inara vai ter alguns dias ruins, mas, de maneira geral, sim. Isso tira parte do peso de cima dela.

O toque de um celular faz os dois reagirem sobressaltados. Eddison sente a vibração na cintura. Ele pega o aparelho e fica tenso ao ver o nome de Priya na tela.

— Priya? Tudo bem?

— Tem petúnias na frente da porta — ela anuncia com a voz aguda, frágil. — Minha mãe esqueceu alguma coisa e voltou antes mesmo de sair da cidade, e elas estavam lá. A câmera não registrou nada.

As imagens da câmera na sexta-feira exibem meia hora de estática em vez da entrega de petúnias. Não é uma imagem congelada, como antes. Desta vez o tempo continua correndo normalmente na tela, mas tudo o que se vê é a neve. Durante meia hora. Em seguida, tudo volta ao normal. Entre esse período e todos os relógios na metade frontal da casa serem reprogramados, a teoria de Archer é de que houve um pulso eletromagnético. Não é uma ocorrência tão rara, ele diz; é fácil produzi-lo em casa, inclusive.

Ah, as alegrias da tecnologia.

Archer faz... alguma coisa... com as câmeras, enquanto Sterling fala ao telefone em tom urgente, tentando obter uma autorização de sua chefe de seção para usar uma foto de Landon e fazer uma varredura nas áreas que Eddison considerava mais prováveis. A conversa não acaba bem, e é imediatamente seguida por uma ligação para Finney. Ele não pode suspender as restrições da chefe, e sua voz soa tão frustrada quanto a de Sterling.

Archer não parece muito otimista com a câmera.

— Vamos torcer para isto servir de proteção contra outro pulso — diz, apertando o parafuso da caixa.

— Torcer? — Minha mãe, ainda em suas roupas de trabalho, pergunta de forma ameaçadora.

— É uma câmera básica para segurança doméstica. Não é indestrutível.

Minha mãe olha para a câmera quase rosnando, xingando em híndi.

No domingo, vamos de carro até Denver, supostamente para fazer compras. Na verdade, a intenção é me tirar de Huntington por um tempo. Ela mostra o prédio onde trabalha em LoDo, mas não sugere uma visita. Mesmo que eu estivesse com disposição para conhecer os colegas que faziam hora extra, minha mãe não personaliza seus escritórios desde Boston.

Nos primeiros dois anos de mudanças constantes, a empresa a mandava organizar departamentos de RH em filiais com problemas.

O papel dela era devolver as coisas aos seus devidos lugares. Logo depois de chegarmos a San Diego, eles a convidaram para ser Diretora de Recursos Humanos na filial de Paris. O diretor atual pretendia se aposentar nos próximos anos, e a mulher que ele preparava para assumir seu lugar havia sido abordada e contratada recentemente por uma indústria alemã. Eles queriam que minha mãe apagasse incêndios em diferentes escritórios nos Estados Unidos, mas também que começasse a aprender os aspectos internacionais da área, as leis francesas e da União Europeia que requeriam diferentes conformidades.

Acho que, na verdade, pode ter sido isso que me permitiu estabelecer uma ligação com Aimée, depois de ter evitado fazer amizades nos lugares onde havíamos estado anteriormente. Ela ficou muito animada quando soube que um dia eu me mudaria para Paris. Esse era seu sonho. Então, enquanto todo mundo na turma aprendia o suficiente para se formar e cumprir requisitos de bolsas de estudo, Aimée e eu enlouquecíamos a professora pedindo sempre mais.

Comemos em um lugar mais legal que de costume, e, durante todo o tempo que passamos lá, sinto a raiva encolhida, rastejando, se agarrando às minhas entranhas, faminta por mais do que tem em meu prato, porque não consigo tirar as petúnias da cabeça.

Todo mundo que conhecia Kiersten Knowles falava sobre sua risada. Ela estava sempre rindo, um riso capaz de preencher uma sala e fazer você rir junto, antes mesmo de descobrir o que era tão engraçado. Kiersten Knowles era uma criatura alegre. Isto é, até sua tia, sua melhor amiga, morrer em um acidente provocado por um motorista bêbado.

Kiersten parou de rir.

Ela foi assassinada após o funeral da tia. Ficou na igreja depois que todo mundo seguiu para a recepção, dizendo ao pai que precisava de um tempo sozinha para se despedir. Quando ele ficou preocupado e voltou para ver se ela estava bem, encontrou-a morta no chão, ao lado do caixão da tia, o corpo salpicado de raminhos de petúnias.

A imagem é impressionante. Eu vi na internet, junto com outra que nunca deveria ter sido incluída no arquivo do caso, muito menos vazada para o mundo todo: o pai dela, quando finalmente teve permissão para se aproximar, fotografado quando caía de joelhos, uma das mãos sobre o caixão da irmã, a outra pairando sobre as petúnias nos cabelos da filha.

Tem uma foto da mãe de Aimée chorando enquanto arranca todos os amarantos do jardim sobre o telhado da varanda da casa. São fotos fortes, carregadas de emoção, o tipo de imagem expressiva, única, que qualquer fotógrafo se considera sortudo quando consegue fazer, como a fotografia em que apareço esticando a mão e o corpo para trás, em direção à minha irmã, enquanto um paramédico me leva da cena.

Essas fotos são divulgadas em todos os lugares, porque nossa cultura é fascinada pelo crime, porque achamos que a dor de uma família é para consumo público.

A morte de Kiersten foi o primeiro caso em que o FBI trabalhou. De acordo com os artigos que li, um dos oficiais era amigo do irmão de Mandy Perkins e mencionou as semelhanças entre os casos para seu capitão. Mandy Perkins foi a vítima de número cinco – cinco anos e cinco assassinatos antes de Kiersten –, a que gostava de construir povoados encantados nos jardins. Mercedes ainda estava no último ano de faculdade e nem havia entrado na academia quando Kiersten foi assassinada, mas tem uma foto de Eddison e Vic do lado de fora da igreja, falando com uma policial uniformizada. Vic parece calmo, competente, no controle de todos à sua volta.

Eddison parece furioso.

Quando chegamos em casa, tem uma guirlanda de trevos na porta, arame rígido sustentando a forma e fios pendurados no suporte onde a câmera deveria estar.

Minha mãe e eu ficamos ali por alguns minutos, olhando para os dois pontos.

Trevos eram para Rachel Ortiz, que foi morta na Feira Renascentista quando fazia parte do elenco. "Trevo" era o nome de sua personagem, uma camponesa ingênua que dançava em todos os lugares e carregava uma cesta de flores de trevo brancas e cor-de-rosa para dar às crianças. No corpete do vestido, ela usava um broche de estanho com a palavra "debutante", para as pessoas entenderem que era menor de idade e, portanto, não devia ser assediada.

Ela foi estuprada e o corpete com o broche estava a seu lado quando foi encontrada na pequena capela de madeira que a Feira usava para os casamentos.

Minha mãe se oferece para telefonar para Finney e Eddison, e eu subo a escada para vestir o pijama de novo. Archer vai chegar em poucos minutos, ela avisa, porque mora na região. Sterling e Finney virão de Denver e trarão uma câmera nova. Vimos Archer passando na frente de casa hoje de manhã, antes de ir para Denver. A patrulha diária pode fazer Finney e Vic se sentirem melhor, mas não faz porcaria nenhuma por minha paz de espírito.

Não desço. Não tem nada que eu possa dar a eles. Finney me cumprimenta do pé da escada ao chegar, mas não respondo, e um momento depois escuto a voz baixa de minha mãe. Sei que ele quer falar comigo, ver como estou para poder dizer ao Trio de Quantico que viu com seus próprios olhos que estou bem.

Em vez disso, abro meu closet e pego a caixa de sapatos onde eu guardava as fitas de premiação de quando participava de concursos de fotografias. Há algum tempo mudei as fitas para outra caixa, teoricamente em uma tentativa de organização. Para ser honesta, mantive as fitas ali por tanto tempo que aquela se tornou só a caixa das premiações, de forma que minha mãe nunca pensou em procurar um estoque de Oreos nela.

Minhas mãos estão tremendo, o que aumenta o barulho da embalagem. Derrubo o primeiro Oreo duas vezes antes de conseguir segurá-lo direito, e migalhas escuras se desprendem entre meus dedos por causa da força com que o aperto.

Tem gosto de cinza.

Mas engulo e enfio outro na boca, mastigando só o indispensável antes de engolir esse também.

Eu não devia ter pesquisado os outros casos. Disse a mim mesma que era necessário, que devia a Aimée guardar o nome delas em meu coração, mas eu não devia ter feito isso, porque consigo *ver* todas elas com clareza, porque sei o que amigos e familiares falaram delas, porque tenho a sensação de que as conheço.

Porque agora não vejo só Chavi quando fecho os olhos, os crisântemos amarelos espalhados em torno dela, as pontas das pétalas mergulhadas em sangue. É Aimée, suas mãos unidas segurando um ramo de amarantos junto do peito plano de bailarina, o corpo todo cercado pelas flores. É Darla Jean Carmichael, a primeira menina, com a garganta destruída em meio a uma torrente de junquilhos brancos e amarelos. É Leigh Clark, estuprada com tanta violência que o médico legista duvidou que ela teria sobrevivido, mesmo que não tivesse a garganta cortada. É Natalie Root, a cabeça apoiada sobre um travesseiro de grossos caules de jacintos de todos os tons de rosa, roxo e branco, como uma colcha de retalhos.

Os Oreos pesam no meu estômago já cheio com uma refeição mais farta que de costume, mas não consigo parar, porque vejo a expressão aturdida no rosto de meu pai quando ele encontra minha mãe e eu no hospital, o choque que nunca mais deixou seus olhos. Ainda ouço o choro de Frank tentando me tirar de perto de Chavi; ainda sinto o sangue pegajoso e frio em minhas mãos, meu rosto, meu peito, minhas roupas encharcadas dele enquanto as de Chavi estavam protegidas, afastadas dali, porque minha irmã estava nua no chão da igreja.

Vejo a foto de Inara, a força da raiva e do instinto de proteção estampada em seu rosto enquanto ela tenta defender uma criança de mais um ataque absurdo.

Meu estômago revira, protesta, mas quando termino de comer o primeiro pacote abro outro, empurro a porcaria dos biscoitos além da náusea que contorce minha barriga. Esta é uma dor que faz sentido, esta é uma dor que vai parar assim que eu parar, e não posso parar, porque nada disso faz sentido.

Nada disso faz sentido, e não consigo imaginar como eles escolheram isso, meu Trio de Quantico e o agente Finnegan, e Sterling e Archer, não consigo entender como eles conseguem enfrentar isso todo dia, ainda que aconteça com desconhecidos.

Kiersten Knowles, Julie McCarthy, Mandy Perkins, todas eram desconhecidas para mim.

Mas consigo vê-las, petúnias, dálias e frésias, pele ensanguentada e pisos de igreja, e isso não...

— Priya! Não, minha querida, não.

Fecho as mãos em torno do pacote de Oreos antes que minha mãe consiga tomá-lo. Ela pega a caixa de fitas, vê mais dois pacotes lá dentro e sai do quarto para jogar tudo escada abaixo. Depois, ela se ajoelha diante de mim, cobrindo minhas mãos com as dela, seus polegares fechando o pacote para que eu não consiga pegar mais nada.

— Priya, não.

Ela está chorando.

Minha mãe está chorando.

Mas ela é a forte, a que está bem mesmo quando não está, e especialmente quando não está. Como pode estar chorando? Isso me choca de um jeito que solto o pacote, e ela o joga para trás, sem se incomodar com as migalhas que se espalham pelo carpete cinza. Seus braços me envolvem como uma prensa.

O fundo de minha garganta queima, e, agora que não estou mais enfiando Oreos na boca, sinto a náusea mais forte.

— Venha, meu amor. Levante.

Ela me leva para fora do quarto, sempre mais forte do que aparenta ser, e juntas cambaleamos pelo corredor a caminho do banheiro dela, porque ainda não consigo olhar para o meu banheiro sem ver todas as coisas de Chavi espalhadas por lá. Mas o da minha mãe é arrumado e limpo, tudo enfileirado ou organizado em pequenas caixas ou em potes, ou guardado atrás do espelho lateral. Enquanto ela procura alguma coisa no armário, caio no tapete macio e grosso entre o vaso e a banheira. Sua cor dourada suave, pálida e cintilante lembra a luz de uma vela.

O suor brota em minha testa e escorre junto da raiz dos cabelos, descendo pelas laterais do rosto. Sinto os tremores se espalhando das minhas mãos para o resto do corpo.

— Dois copos — diz minha mãe, que agora está abaixada ao meu lado. Ela me entrega o primeiro copo de água salgada. É horrível e difícil de beber, e mais engasgo do que consigo engolir, mas ela me entrega o segundo copo assim que termino o primeiro. Vomitar é sempre doloroso e nojento, provocar o vômito deliberadamente é ainda pior, mas se eu conseguir vomitar agora, antes que a náusea aumente, não vai ser tão ruim.

Mas ainda é muito ruim.

Minha mãe segura meu cabelo e o prende em um coque bagunçado, usando uma de suas fitas felpudas para afastar as mechas mais curtas da minha testa suada. A vasilha que ela usa para manicure está ao lado de seu joelho, e tem uma toalhinha dobrada dentro da água fria.

Há meses não fazemos isso – juro por Deus que eu estava melhorando –, mas ainda é uma rotina coreografada.

Com uma contração muito forte, começo a vomitar no vaso sanitário. Entre uma contração e outra, minha mãe torce a toalhinha para limpar suor e vômito do meu rosto. Mesmo quando o vômito provavelmente já acabou, aquela sensação horrível persiste, a hesitação, o vai não vai que me faz relutar em sair do banheiro.

Vomitar é doloroso, e o ácido parece rasgar minha garganta. Começo a chorar, o que só piora a situação. Meu peito dói com a força das contrações, com o esforço que é necessário só para tentar respirar.

Minha mãe me abraça, afaga meu cabelo, massageia as laterais do meu pescoço, os dedos frios e úmidos de lavar e torcer a toalhinha.

— Tudo isso tem uma explicação — ela sussurra em meu ouvido. — Nós vamos superar.

— Só quero que pare — choro —, mas nós...

— O quê?

— Nós dissemos para ele onde estávamos. Dissemos para onde íamos e o desafiamos a vir atrás.

— Desafiamos? Não. Imploramos — minha mãe fala com firmeza. — Mas se está em dúvida, mesmo que seja uma dúvida muito pequena, paramos agora.

Parecia simples quando minha mãe propôs a ideia em Birmingham. Se o assassino estava mesmo nos observando, se ter estado em San Diego e matado Aimée não foi uma coincidência, era quase certo que ele veria a entrevista na *Economist*. Contar para ele onde estaríamos, minha mãe disse, o faria estar lá. Seria a melhor chance para pegá-lo.

O que seria ótimo, não fosse por ainda não conseguirmos encontrar o desgraçado.

Não podíamos adivinhar que o escritório do FBI em Denver teria a chefe de seção do inferno. *Devíamos* ter antecipado que ele ia burlar as câmeras; ele não poderia ter cometido tantos crimes e continuar impune por tanto tempo se fosse descuidado. Mas pareceu um plano brilhante quando minha mãe falou sobre ele, mesmo que tivéssemos motivos muito diferentes para gostar da ideia. Ela quer encontrá-lo e matá-lo.

Eu quero entregar o traseiro do cara para nossos agentes.

Queria.

Agora quero... Não sei. É difícil pensar com esta dor contorcendo minha barriga e a sensação de estar isolada. Sei que não fui abandonada, longe disso, mas a lógica não tem muita utilidade contra o *medo* de perceber que o FBI está restringindo os próprios agentes, que vamos sofrer as consequências disso.

— Não vamos desistir — murmuro.

— Meu bem...

— Ele vai matar até ser obrigado a parar. Não é isso que sempre dizem? Que se existe impunidade não há razão para parar?

— Priya...

— Outras mães vão perder as filhas.

— Outras irmãs — ela suspira. — Sabe, estou muito perto de mandar você de férias para algum lugar por um mês. Posso mandá-la para Paris, você vai na frente e começa a decorar a casa.

— Ele vai continuar matando.

— Fazer esse homem parar não justifica acabar com você.

Eu a vejo se levantar e se afastar, mas sei que não vai muito longe. Até meu quarto, talvez, para limpar os biscoitos antes que atraiam insetos. Ouço o ruído do aspirador e um minuto depois ela volta com minha escova de dente.

Minha boca é uma nojeira que não sei se uma escova de dente deve tocar, mas escovo, enxáguo e cuspo obediente, e depois ela me ajuda a lavar o rosto. Ainda é cedo, especialmente para nós, mas deitamos juntas na cama dela, que ficou grande demais depois que meu pai morreu. Ela liga a TV e vai mudando os canais até encontrar um documentário sobre a natureza, narrado por um homem com uma voz profunda e um relaxante sotaque britânico.

Minha mãe diz que a BBC é a única coisa de Londres de que ela sente saudade.

Não sei se uma de nós dorme de verdade; cochilamos de exaustão, de torpor mental e emocional. Quando o despertador toca, ela o joga do outro lado do quarto.

Ele continua tocando.

Enfio o rosto em seu ombro.

— Não tem como desligar.

— Eu sei.

— Ele não vai parar se você não desligar.

— Shh.

Mais cinco minutos passam antes que uma de nós se sinta capaz de fazer o esforço, e, mesmo assim, só levamos o edredom para baixo e deitamos juntas no sofá. Ela está com o celular na mão, e escuto o barulho da unha na tela enquanto o polegar voa digitando uma mensagem. Imagino que seja para seu chefe.

Mas também pode ser para Eddison.

Eu devia contar para ele que tive um episódio com os Oreos, mas não quero. Não porque ele vai ficar decepcionado, pois sei que ele entende, mas porque vai ficar preocupado.

Mais preocupado.

Merda.

Depois de um tempo, o estômago de minha mãe começa a roncar, e ela tem que abandonar nosso ninho de calor. Estou com fome, mas pensar em comer alguma coisa me faz sentir enjoo. Ela traz uma tigela de mingau de aveia e bananas para si mesma, e me oferece um *smoothie*. É uma boa alternativa para a nutrição que ainda é necessária ao meu corpo, mas sem ser pesado. E é uma bebida. Não sei por que isso faz alguma diferença, poder beber em vez de morder e mastigar, mas faz, e pode ser só coisa da minha cabeça.

— Jogar xadrez vai fazer você se sentir melhor?

O companheirismo não é a única coisa que aproxima aqueles veteranos. Ver o reflexo de seus demônios em outra pessoa cria um lugar seguro onde é possível simplesmente estar machucado. De certa forma, é como uma permissão para não estar bem. Você fica com seu grupo, e essas pessoas não só zelam por você quando está claro que não consegue se cuidar sozinha, como nunca lhe dizem para ser nada além do que é, mesmo que naquele dia específico você seja um ser humano em ruínas.

— Talvez — respondo.

— Então vá tomar um banho e se vestir. Eu vou com você.

— Tomar banho e me vestir?

Ela me empurra do sofá.

Quando desço novamente, ainda passando batom vermelho, ela está em pé ao lado da escada, pronta para sair. Enquanto tranco a porta, ela verifica se a câmera nova está ligada e posicionada.

Considerando a tranquilidade com que ele desabilitou e desinstalou a última, duvido que essa outra vá servir para alguma coisa.

Mas é como trancar a porta, a sensação de segurança vem mais do fato de ela estar ali, e espero até minha mãe concluir a verificação antes de começar a andar pela calçada. No fim da rua, ela para, olha para trás, para a casa, e balança a cabeça.

Quando subimos a ilha de grama, que vai ganhando mais cor aos poucos com a aproximação da primavera, metade dos veteranos se levanta ao ver minha mãe.

Feliz e Corgi assobiam baixinho.

Minha mãe olha para eles e sorri um de seus sorrisos encantadores e firmes.

Eles engolem em seco, e Pierce começa a rir.

— A Menina Azul teve a quem puxar — ele fala ofegante, levando uma das mãos ao peito.

Depois de se acomodar confortavelmente na frente de Gunny, que está cochilando, minha mãe olha para mim.

— Menina Azul?

— Falando nisso, precisamos comprar tinta. Daqui a pouco minha raiz vai ter idade para votar.

O estranho em minha mãe estar ali no pavilhão do xadrez, ou, na verdade, uma das muitas coisas estranhas, considerando que é dia de semana, é o fato de ela odiar xadrez. Odeia jogar, odeia assistir ao jogo, odeia até ouvir falar nisso. Uma vez ela cancelou a assinatura da TV a cabo por uma semana para meu pai não poder mais tentar obrigá-la a ver documentários sobre jogos ou jogadores famosos. Então, o fato de ela estar sentada na ponta da mesa, assistindo a todos os jogos com um humor que mal consegue disfarçar, não tem a ver com xadrez. Tem a ver comigo.

Porque minha mãe não é pegajosa, não é onipresente, mas às vezes a gente precisa da afirmação visceral de que as pessoas que amamos estão bem, de que estão bem ali na sua frente. Perto o bastante para poder tocar nelas.

Algum tempo depois de Gunny ter acordado e se apresentado, uma viatura de polícia se aproxima da ilha de grama e para. Todos os veteranos ficam atentos, e os que estão de costas para o estacionamento se viram para tentar ver o que acontece. Dois policiais descem da viatura, ambos de jaqueta preta e calça azul-escura com faixas laterais amarelo-mostarda.

Alguns homens relaxam ao reconhecer os oficiais.

— Pierce, Jorge — cumprimenta o mais velho da dupla, um homem de cabelo inteiramente branco e prata, ainda abundante. — Como estão?

— Bem e sem frio, Lou — responde Jorge. — O que estão fazendo aqui?

Lou tira um caderninho do bolso de trás da calça.

— Alguns vizinhos informaram que Landon Burnside vem jogar com vocês de vez em quando.

Burnside?

Minha mãe cutuca minha coxa com força.

Corgi coça o nariz bulboso.

— Conhecemos um Landon que vem jogar, sim, mas não sei qual é o sobrenome dele. Um tipo comum.

Uma coisinha de nada de homem.

O parceiro de Lou mostra uma foto e, sim, é Landon, não que alguém esperasse outra coisa.

Corgi assente junto com alguns outros.

— É ele. O que ele fez? — Corgi não olha para mim quando faz a pergunta, mas Ganido, sim, e Steven também.

— Foi encontrado morto ontem à noite em seu quarto.

Luzes brancas cintilam em meu campo de visão, mas não desaparecem quando pisco. Ficam ali brilhando, me ofuscando, até minha mãe me cutucar entre as costelas com força suficiente para me fazer engasgar. Pontos luminosos dançam, e o mundo vai se tornando visível novamente.

— Como ele morreu? — A voz de minha mãe é calma. — Sabe dizer?

Os policiais se olham e dão de ombros.

— É difícil dizer. Está morto há algum tempo. O legista está tentando determinar o que fizeram com ele.

— Fizeram com ele — minha mãe repete. — Então existe uma suspeita de agressão?

— Sim, senhora.

Ela bate de leve em minha mão para atrair meu olhar e acena com a cabeça em direção ao estacionamento.

— Eu conto para eles. Você liga.

— Senhora? Tem alguma informação sobre o sr. Burnside?

— Posso dizer que o FBI o considera uma pessoa de interesse em uma investigação em andamento — ela diz, e sua voz é suave e forte como quando está trabalhando.

Eu me afasto da mesa, tomando cuidado para permanecer ao alcance dos olhos dos policiais, e dou alguns passos pela grama. Minhas mãos tremem e o celular quase cai duas vezes antes que eu consiga segurá-lo firmemente.

— Oi, Priya. — A voz rouca de Eddison entra em meu ouvido um minuto depois. — Tudo bem?

— O sobrenome do Landon é Burnside.

— Um sobrenome? Excelente, isso vai... Priya, como descobriu o sobrenome dele?

Engasgo com uma risada atordoada.

— Ele foi assassinado há algum tempo. Foi encontrado ontem.

— Polícia local?

— Quem mais?

— Pode passar o telefone para eles?

Os dois oficiais olham para mim, embora Lou esteja ouvindo o relato de minha mãe. Volto e ofereço o celular.

— É o agente especial Brandon Eddison. Ele quer falar com vocês.

O parceiro de Lou me encara por um instante, depois pega o celular com gentileza de minha mão, como se temesse tocar em mim e me estilhaçar, e se dirige ao outro lado da ilha antes de começar a falar. Deve ter se apresentado, mas não consigo ouvir nada. Antes de eu me sentar de novo, minha mãe me dá o telefone dela.

— Agente Finnegan. Só para garantir.

Concordo balançando a cabeça, me afasto de novo e pego o número que o agente Finnegan deu para nós. Eu normalmente me comunico com ele por e-mail, embora recentemente tenha adquirido o hábito de mandar mensagem sempre que acontece uma nova entrega de flores. Conto os toques até ele atender.

— Agente Finnegan — ele se identifica com um tom duro, quase grosseiro.

— Senhor, aqui é Priya Sravasti. Landon, o esquisito, foi encontrado morto ontem.

Ele resmunga alguns palavrões em japonês.

— Vou fazer uma pergunta, e sei que pode ser uma pergunta rude...

— Eles não sabem quando ele foi morto, por isso não posso tentar dizer onde estávamos.

— Já informou Hanoverian?

— Eddison está ao telefone com um dos policiais neste momento.

— Muito bem, vou pedir as informações de contato para ele, assim podemos solicitar uma visita ao corpo e à cena. Você está segura?

— Minha mãe e eu estamos no parque do xadrez. — O que, pensando bem, não é exatamente uma resposta. Mas é a única que tenho.

— Assim que os policiais as liberarem, vão para casa e fiquem lá. Se não se sentirem seguras em casa, venham para Denver e se hospedem em um hotel, mas me avisem qual.

— Sim, senhor.

— Priya?

— Senhor?

— Estamos com vocês nisso. — A voz dele é firme e calorosa, e em outras circunstâncias provavelmente teria me acalmado, talvez até confortado.

Mas ele está de mãos atadas.

Sento-me de novo e entrego o telefone para minha mãe. O *smoothie* pesa no meu estômago, e eu engulo frequentemente para controlar a vontade de vomitar.

— Esse homem perseguia você? — pergunta o oficial mais velho.

— Talvez — resmungo. — Ele era focado em mim o suficiente para que eu me sentisse desconfortável em sua presença. — Olho para minha mãe, que assente. Eles vão saber disso de qualquer jeito. — Tenho recebido flores que correspondem a uma série de assassinatos não esclarecidos. Considerando a atenção de Landon em mim, os agentes pensaram que ele podia ter alguma relação com o caso. Queriam falar com ele, mas Landon parou de vir jogar xadrez, e eles não acharam nenhum rastro, nenhuma documentação, nada.

— Ele não tinha documentos. Foi o zelador quem falou o nome dele para nós.

O parceiro dele volta à mesa e me devolve o celular.

— Pelo jeito, você tem a sorte de Murphy, srta. Priya.

— Não entendi.

— Ah, é que eu integrava a força policial em Boston quando sua irmã morreu — ele explica com um forte sotaque do Texas. Agora entendo por que olhava para mim com tanta intensidade. Ele me reconheceu. — Minha esposa e eu mudamos para cá quando o pai dela ficou doente, mas não esqueci sua família. Que tragédia. E preciso dizer, você ficou tão bonita quanto sua irmã.

Fico olhando para ele de boca aberta, pois não acredito que seja capaz de ter outra reação além dessa.

Minha mãe se levanta, dá a volta na mesa e se posiciona de maneira a me bloquear quase completamente.

— Se é assim que considera apropriado se dirigir a minha filha, não vai mais falar com ela — diz em tom gelado. — Seu parceiro pode cuidar do assunto aqui conosco, e você fica bem longe.

Enquanto o policial tenta se desculpar, Corgi se inclina e dá um tapinha no meu joelho.

— Continue aprendendo com sua mãe, Menina Azul — ele sussurra. — Juntas, vocês duas podem meter medo no mundo e obrigar as pessoas a se comportarem direito.

Afago a mão dele, porque não consigo nem tentar sorrir.

— Vá chamar o capitão — Lou diz ao parceiro, e espera ele se afastar. — Peço desculpas, senhora, senhorita. Vou conversar com ele sobre isso.

— O nome dele, por favor. — O tom de voz de minha mãe sugere mais uma ordem que uma pergunta.

— Oficial Michael Clare. Eu sou o Oficial Lou Hamilton, e lamento que tenhamos que fazer tudo isso. Sei que é um momento difícil, mas preciso fazer algumas novas perguntas após tomar conhecimento dessa nova informação. Prometo que só eu vou perguntar. — Ele aponta a Kroger. — Talvez fiquem mais à vontade em um lugar fechado. Cavalheiros — acrescenta, dirigindo-se aos veteranos preocupados —, Clare vai fazer algumas perguntas sobre o sr. Burnside a vocês também, se não se importam.

Gunny assente, sério.

— Vamos esperar por ele. Cuide-se, srta. Priya.

Dentro do café, Lou nos acomoda em uma das mesas e vai buscar as bebidas. Vejo Joshua a algumas mesas da nossa, compenetrado em um livro, e a barista-pardal atrás do balcão atende o oficial com uma alegre familiaridade.

Não me lembro do Oficial Clare. Para ser honesta, não me lembro de nenhum policial uniformizado que vi na noite do assassinato de Chavi, ou nos dias seguintes. Sério, os primeiros desconhecidos que causaram alguma impressão foram os agentes do Trio de Quantico. Cinco anos depois, porém, o Oficial Clare se lembra de mim.

Embora eu nunca tenha pensado que Landon estivesse por trás das entregas, há alguma coisa apavorante em ter certeza de que não era ele.

Se não era ele, quem é?

— Tudo bem, Finney, você está escavando há uma semana. Conte alguma coisa boa para nós.

A risada impotente no viva-voz do aparelho em cima da mesa de reuniões não é muito tranquilizadora.

— Queria, Vic, mas perdemos a única pessoa que chegava perto do nosso radar.

— Agora que sabemos mais sobre ele, acha que pode haver alguma relação entre esse homem e os assassinatos anteriores? — Vic está esparramado em uma das cadeiras de rodinhas e encosto alto. Ele apoia um cotovelo sobre o braço de plástico para erguer o corpo, e usa dois dedos para pressionar a têmpora e amenizar o que parece ser uma tremenda dor de cabeça. A caneta de Ramirez bate na mesa numa velocidade frenética, o que deve piorar a situação.

É principalmente por essa razão que Eddison toma o cuidado de andar de um lado para o outro *atrás* de Vic.

— Landon Burnside vivia sem registros. Não tinha documento de identidade emitido pelo estado, nem carro, nem cartões de crédito, nem contas no banco, nem propriedades. Fazia bicos para viver, alugava um quartinho na casa de um amigo e pagava em dinheiro.

— Mas?...

— O amigo era um primo, e o nome do nosso homem era, na verdade, Landon Cooper. Cumpriu dois anos e meio de uma sentença de sete anos por estupro de vulnerável e tinha vários processos. Devemos ter o registro de quando deixou a prisão, mas ele saiu do estado e apareceu no Colorado. Recebemos o resultado do exame de DNA hoje de manhã e a identificação foi confirmada.

— Alguma chance de ele ter feito um desvio por San Diego dois anos atrás?

— Não. Ainda estava preso. Saiu há catorze meses. Só cumpriu pena uma vez, mas foi a julgamento outras duas, e tinha denúncias que nunca chegaram a esse ponto. Era do tipo pervertido de jardim... — Os três agentes praticamente se encolhem. — O tipo que gosta mais de meninas adolescentes do que as adolescentes gostam dele. Estava preso em Michigan quando Aimée Browder foi assassinada.

— E se ele foi morto para Priya ser protegida?

Ramirez e Vic se viram na cadeira para olhar para Eddison, e até Finney fica em silêncio do outro lado da linha.

Eddison dá de ombros.

— É sério. E se o filho da mãe matou Landon porque ele estava atrás de Priya?

Ramirez continua olhando para ele com uma cara meio enjoada, mas Vic parece já ter pensado a mesma coisa.

— Continue — ele sugere.

— Eu até acreditaria que as flores são só uma provocação, se outra pessoa as recebesse. Qualquer outro membro da família, qualquer outra vítima. Mas é Priya. As entregas têm a ver com ela, não com os assassinatos. Se olharmos as flores como presentes...

— Ele estava dando em cima dela, e quando Priya se mudou de San Diego, ele matou Aimée, porque foi o máximo que conseguiu se aproximar de Priya — diz Ramirez.

— Seja qual for sua motivação para matar, não é sexo. Só metade das vítimas foi estuprada, e pareceu ter mais a ver com punição do que com sexo. Ele vê outra coisa nelas, e, seja o que for, ele vê Priya como alguém melhor que isso. Ele quer Priya para alguma coisa que não incluía as outras. Ela é importante o suficiente para ele ter procurado a menina não uma, mas duas vezes. E a encontrou.

— E começou a dar em cima dela de novo — Ramirez deduz, reconhecendo o fluxo de mil outras conversas, quando as brincadeiras dão lugar ao trabalho, e eles estão muito próximos de alcançar a mesma frequência em um caso. — Flores, cartões.

Mas aí aparece o Landon. Se ele está vigiando Priya, sabe que Landon a incomoda.

— Como? — Finney pergunta.

— Porque ele também está vigiando. Sabe quando as Sravasti saem de casa, sabe quando pode fazer as entregas ou mandar alguém levar as flores. O horário de Deshani é mais ou menos fixo, mas o de Priya muda de acordo com a disposição dela. E conhecemos o efeito psicológico desse tipo de presente: ele quer ver a reação que as flores provocam.

— Ele vê Landon porque já está seguindo Priya.

— E é aí que Landon atravessa a linha que esse cara traçou como limite. Ele pensa em Priya como algo que lhe pertence, e Landon está invadindo sua propriedade.

— O resultado oficial da autópsia vai demorar alguns dias — Finney avisa pelo viva-voz —, mas o legista de Huntington se sente bem à vontade para mapear os eventos de uma maneira geral. Landon morreu umas três semanas antes de ser encontrado, provavelmente logo depois da visita de Eddison. Ele não tinha aquecimento e o frio retardou a decomposição. Depois de um tempo o cheiro começou a se espalhar pelo resto da casa, o que fez com que o primo fosse investigar. Primeiro foram alguns golpes para derrubar o cara. Há evidências de algum tipo de contenção. Corda, talvez. Depois de amarrado, ele foi castrado.

Eddison sabe disso, o tenente local já havia contado para ele, mas o relato ainda causa desconforto.

— E o sujeito não foi muito preciso — Finney continua. — Ele queria causar dor. Bateu muito na vítima depois da castração, só para deixar tudo bem claro, e depois atacou a garganta de Landon. Foi forte, confuso, cheio de raiva. Esse cara estava furioso.

— Mesma faca?

— Não dá para saber. Vão tirar moldes, mas a decomposição vai dificultar uma conclusão definitiva. É semelhante, no mínimo.

— E ele não deixou nada, nenhuma evidência.

— Só o Landon. Levou até a corda.

— E por que ele não tentou entrar na casa de Priya? — Ramirez pergunta. — É óbvio que ele sabe como dar um jeito nas câmeras, mas não há nenhum sinal de que ele tentou entrar, nem quando Priya estava sozinha em casa. Por que não?

Eddison esfrega o rosto e engole um grunhido. Depois, aponta com o queixo para a pilha de pastas coloridas do caso.

— A resposta está ali em algum lugar. Alguma coisa que não relacionamos, porque ele está vendo algo que nós não vemos.

— Finney? — Vic chama o agente. — Você tem o olhar mais recente em relação a esses casos. Alguma coisa chama sua atenção?

Dá para ouvir o tilintar de chaves e o farfalhar de papéis. Finney está olhando suas cópias dos relatórios do caso e as anotações que fez.

— Talvez.

Os agentes de Quantico esperam, mas ele não continua imediatamente. Quando o silêncio se torna desconfortável, Ramirez joga a caneta no alto-falante.

— E aí?

— O que faz o cara decidir se estupra ou não?

— Nunca soubemos — Eddison responde automaticamente.

— Olhem para Leigh Clark — diz Vic. Nenhum dos parceiros pega a pasta do caso; eles não precisam ver aquelas fotos. — O ataque contra ela foi o mais violento. Se tivesse sobrevivido, ela provavelmente teria lesões permanentes só em razão do estupro. O que havia nela que o fez perder o controle desse jeito?

— Os pais sonegaram informação nos depoimentos. Não quiseram contar nada de ruim sobre a filha, mas quase todos os outros interrogados disseram que Leigh era uma garota incontrolável. Sexo, cigarro, drogas... A violência extra foi uma punição, então?

— Zoraida Bourret foi tratada com gentileza. Teve a garganta cortada enquanto estava inconsciente, e ela não desmaiou por causa de uma pancada na cabeça, mas por asfixia parcial. — Vic batuca na mesa com os dedos grossos. — Todos os depoimentos naquela pasta afirmam que ela era uma boa menina, alguém que punha a família em primeiro lugar, nunca saía com ninguém porque era necessária em casa.

— Mas Natalie Root não era virgem — Eddison aponta. — Ela havia tomado um susto poucos meses antes. Teve medo de estar grávida. Mas não foi molestada.

— E Rachel Ortiz — acrescenta Ramirez. — Foi estuprada, mas o legista disse que ela era virgem antes do ataque, sem sombra de dúvida.

— Mas estamos analisando fatos. Ele decide com base na percepção que tem delas.

— Estou começando a entender por que nenhum dos chefes quis separar vocês três — Finney comenta em tom seco. — Mas vamos pensar: se ele vigiava as meninas para fazer um julgamento, já observava Priya cinco anos atrás. Ela e a irmã eram muito próximas. Para poder fazer alguma avaliação significativa de Chavi, ele deve ter visto muita coisa de Priya também.

— E se apaixonou por ela.

— Não acha que isso é um salto muito grande? Principalmente se já decidimos que não tem a ver com sexo?

Ramirez balança a cabeça.

— Eu falei amor, não desejo. Amor romântico. Tem que ser casto, puro. E pense nisso: Priya não namora. Não tem amizade com meninos. Faz as lições de casa, joga xadrez com um bando de veteranos, fica em casa com a mãe. Se é demonstração de pureza que interessa a ele, não dá para encontrar nada melhor que Priya.

— Nesse caso, ele não a teria atacado depois que estive lá? — Eddison sente a dor no peito.

— Você não passou a noite lá.

— Não, mas ficamos sozinhos na casa por algumas horas antes de Deshani chegar. E, na manhã seguinte, fomos e voltamos juntos do jogo de xadrez.

Todos absorvem a informação em silêncio, depois Finney pigarreia.

— Você estava protegendo a menina. Quando começou a investigar Landon, estava protegendo Priya. Ele deve ter visto você como um aliado.

Ramirez olha para Eddison, e um canto de sua boca se eleva.

— E qualquer pessoa que tenha visto você e Priya juntos certamente pensaria que você é alguém da família.

Ele mostra o dedo do meio em vez de responder, mas reconhece que a parceira não está errada.

— Então, quando ele atualizar as entregas de flores, o que acontece? — Finney pergunta. — Acha que ele vai fazer alguma coisa? Atacar Priya?

— Ela vai embora em um mês.

— A namorada de Chavi, Josephine — diz Ramirez, virando páginas na pasta amarela. — Ela mencionou um homem desconhecido no festival de primavera do bairro, duas semanas antes do assassinato. Disse que ele não era esquisito, só atencioso, principalmente com Chavi e Priya.

— Com as duas?

— Ela disse que o homem comentou que tinha uma irmã. Parece que se encantou com a amizade entre as duas. — Ramirez fecha a pasta e bate com o polegar nela sem nenhum ritmo discernível. — Chavi e Josephine não tinham assumido o namoro, exceto para as mães e Priya. Deshani comentou que o marido teria ficado maluco, mas as meninas eram melhores amigas desde que os Sravasti se mudaram para Boston e, por isso, ninguém nunca desconfiou do namoro.

— Então, até onde ele sabia, Chavi era uma boa amiga e uma ótima irmã.

— Josephine está... — Depois de um tilintar frenético de chaves, Finney deixa escapar um som abafado de triunfo. — Ela está em Nova York. Direito na Columbia.

— Eu posso ir até lá de trem — Eddison se oferece. — Levo as fotos que Priya deu para nós, vejo se alguém parece familiar. São cinco anos, mas alguma coisa pode ter ficado na memória dela.

— Traga mais canecas da sua amiga — Vic fala para ele. — Inara disse que as delas estão acabando.

— Em uma semana e meia? A caixa tinha mais de trinta canecas!

Ramirez bate com a testa na mesa e se desmancha em risadas baixinhas, quase incontroláveis.

— Priya telefonou hoje à tarde — Finney comenta, depois que todos se recompõem. — Ela encontrou crisântemos amarelos na porta quando voltou de um passeio. O veterano mais velho e a neta dele a levaram para ver as janelas da igreja que eles frequentam. Primeiras flores em pouco mais que uma semana.

Chavi tinha uma coroa de crisântemos amarelos em torno da cabeça, alguns botões salpicados no cabelo escuro.

— E Priya... — Mas Eddison não sabia como fazer essa pergunta, não para Finney. Não na frente de Ramirez e Vic.

— Ela me pediu o número do telefone de Ward, disse que era para a mãe — ele conta. — Falando nisso...

— Não fale — Vic resmunga.

— Ward rejeitou a solicitação de serviço de proteção para a casa e depois me deu uma bronca por desperdiçar recursos do FBI com um assunto que não tem ligação com nenhum caso ativo.

Eddison reage indignado.

— Não tem ligação?

Mas Vic suspira resignado.

— Vamos ver se adivinho: não pode ser o nosso assassino porque o perfil diz que ele não mata homens; não pode ser o perseguidor porque ele não deu sinais de ser violento. Pura coincidência.

— Mais ou menos isso, e o chefe dela apoia a decisão. A polícia de Huntington está reagindo com uma cortesia impressionante ao fato de não termos informado sobre a investigação de perseguição, e acho que podemos agradecer a Deshani por isso, porque ela esfolou o capitão pelo comportamento do Oficial Clare, e eles prometeram me manter informado sobre o progresso da investigação.

— Ward já está fazendo pressão contra Sterling e Archer?

— Por enquanto ela está focada em mim, e estou tentando manter as coisas desse jeito. Se ela me puser contra a parede terei que ser honesto, Vic. Estou fazendo o melhor que posso, mas...

— Já entendi. Vou encontrar um dos diretores-assistentes amanhã, temos uma reunião. Ele não gosta de Ward, mas também não gosta de interferir nos casos de outros agentes. Vamos ver como vai ser.

— As Sravasti mapearam seus movimentos nos dias próximos à data estimada da morte de Landon — Finney continua depois de um minuto. — Não há brechas que permitam acusações. Já é alguma coisa.

— Ah, é? — A voz de Vic é branda demais para a expressão complicada. — Pensei que estávamos todos ignorando o fato de Deshani ser completamente capaz de matar um homem que ameace a filha dela.

— Ela não teria sido tão descuidada — Eddison e Ramirez falam ao mesmo tempo.

Finney geme.

— Que mulher assustadora. Quando tiver alguma coisa de Josephine, me avise.

É Ramirez quem estende a mão para encerrar a ligação e desligar o viva-voz.

— Priya e Deshani são cuidadosas — ela sussurra. — São inteligentes, observadoras e atentas. Quando a intuição avisa que alguma coisa está errada, elas prestam atenção. Como vamos encontrar alguém que elas não notam?

Nenhum dos dois homens tenta responder.

Nenhum dos dois lembra que só restam quatro flores para serem entregues.

O quarto megaestrondo da manhã faz minha mãe xingar com um sotaque que ela tinha deixado em Londres, com alguns palavrões em híndi para garantir. Basta olhar lá para fora para ver o contêiner de novo no meio da entrada da garagem, não à direita, onde deveria estar para que minha mãe pudesse tirar o carro dela. Chego a sentir pena do entregador. Ela começou o dia aborrecida por ter que faltar ao trabalho para assinar o formulário da transportadora, porque minha assinatura não era válida por eu ser menor de idade. Mas quatro vezes? Sério?

E por ela estar de mau humor, e por termos acordado e encontrado jacintos na porta, estou no meu quarto com um dos diários de Chavi, tentando ficar fora do caminho.

Não li todos os diários, são muitos para ler tudo tão depressa, mas vou pegando os cadernos aleatoriamente e folheando, dando uma olhada por cima. Os meus têm fotografias entre as páginas como marcadores bizarros, e os dela são cheios de desenhos, alguns nas próprias páginas, como se ela tivesse perdido de vista o que queria dizer ou não conseguisse escolher as palavras para se expressar. Mesmo depois que ela morreu, nunca senti que era certo ler os diários. Ainda eram privados.

A Chavi de cinco primaveras atrás estava animada e com medo na mesma medida. Ela estava muito feliz com Josephine, quase eufórica por estar namorando a melhor amiga, mas tinha medo da reação do nosso pai quando ele eventualmente descobrisse. Não só por ela e Josephine, mas por mim também – meu pai insistiria em interromper o contato entre nós quando ela fosse para a faculdade? E pela escola também. Ela havia sido aceita pela Sarah Lawrence, e Josephine iria para a NYU. Elas estariam na mesma área metropolitana, mas era faculdade, algo novo, e por mais que estivesse ansiosa por isso, ela também estava preocupada.

Leio com desconforto o registro do dia em que ela e minha mãe me deram o bindi, principalmente porque depois houve uma conversa sobre tampões, absorventes e outras coisas relacionadas à menstruação, e no segundo dia do meu primeiro período menstrual, eu ainda me sentia um pouco incomodada com tudo aquilo. Conhecia a teoria, e vivendo com Chavi e minha mãe presenciara muitos períodos menstruais das duas, mas mesmo assim... Eu não tinha nem doze anos. Uma aula sobre tampões nessa idade só pode ser constrangedora.

Perto do fim do caderno, tem desenhos encaixados entre as lembranças do festival de primavera. Fazíamos muitas festas no bairro e festivais na antiga igreja, às vezes para angariar dinheiro para reparos e aumentar o salário de Frank sem ele saber, às vezes para poder fazer caridade. Também o fazíamos somente por diversão. Chavi tinha passado dois dias pintando rostos e desenhando caricaturas, e eu havia ajudado as crianças a fazer coroas de flores e correr por um labirinto feito com lençóis velhos.

Foi isso que me deu a ideia para a festa de aniversário, ver todos aqueles pequenos correndo com flores e fitas.

Deixei o caderno aberto em cima da cama e fui abrir a gaveta do meio da minha cômoda. Devia ser para meias, ou alguma coisa assim, mas eu a forrei com veludo para guardar as coroas de flores do meu aniversário. A de Chavi era de crisântemos de seda, como uma tiara com franjas, e a de minha mãe era uma densa coroa de alfazemas, cheia de ângulos, que a deixava parecida com uma Deméter de pele marrom. A minha era de rosas brancas, grandes, abertas e pesadas, com fitas em cinco tons diferentes de azul que se entrelaçavam nas flores e desciam pelas costas.

Ela ainda é pesada, mas agora é pequena demais.

Quando fizemos um intervalo durante o festival, Chavi correu atrás de mim pelo labirinto. Nós duas ríamos muito e, quando cheguei à saída, Josephine me pegou e me girou em círculos largos, até Chavi se jogar sobre nós. Não conseguíamos nem nos levantar, de tanto que ríamos, ofegantes e cheias de vida.

Eu não queria perder contato com Josephine, mas acho que nós duas sabíamos que isso ia acontecer. Por mais que eu a amasse como outra irmã, havia entre nós um espaço com a forma de Chavi, e as beiradas desse espaço eram dolorosas.

Com a coroa de rosas pequena demais ainda na cabeça, equilibrada de um jeito precário, voltei para a cama e retomei a leitura.

Ela falava sobre o segundo dia, quando meu pai atormentou tanto minha mãe por comer um hambúrguer que ela comprou dois cachorros-quentes enormes só por vingança, e o tom muda. Lembro que ficamos meio afastadas de todo mundo, deitadas sobre um cobertor com Josephine à sombra das mesas de piquenique, ou nos pavilhões. Chavi e eu sempre fazíamos questão de devorar nosso hambúrguer primeiro para meu pai não ver.

Ele não era mais religioso ou observador das regras que minha mãe, mas se sentia mais culpado por isso.

Ou só culpado, imagino. Minha mãe parecia abraçar o franco agnosticismo com uma sensação de alívio.

Lendo as palavras de Chavi, consigo me lembrar do homem que se aproximou de nós, porque ele perguntou se éramos irmãs. Eu estava sentada no colo de Chavi, e mesmo então, quando eu era uma magricela de quase doze anos esperando ganhar peso com o estirão de crescimento, aquela pergunta era idiota. Sim, Chavi era mais morena que eu, mas eu ainda era mais marrom que qualquer um dos nossos vizinhos, todos muito brancos.

Ele parecia triste. Não consegui identificar por que pensei isso, nem mesmo quando Chavi me perguntou mais tarde, mas lembro que pensei. Ele parecia triste, embora sorrisse para nós.

Chavi voltou a falar dele uma semana depois, após nosso café da manhã mensal do Dia da Irmã na lanchonete. Fomos ao cinema depois disso, porque nas manhãs de sábado eram exibidos clássicos em preto e branco nas telonas, e ela foi comprar doces enquanto eu estava no banheiro. Parecia agitada, mas quando perguntei o que tinha acontecido, ela disse que um babaca de uma de suas aulas tinha pedido o número de seu telefone.

Mas não foi isso que ela escreveu no caderno. Ela notou algo que eu não percebi. Alguém tinha nos seguido quando saímos da lanchonete. Quando eu estava no banheiro, ela o enfrentou, e o chamou de pervertido, disse que ia chamar o gerente e a polícia se não nos deixasse em paz.

Ele agradeceu.

No caderno, ela diz que ficou muito confusa com isso, mas ele agradeceu a ela por ser uma boa irmã e depois saiu do cinema.

Chavi não voltou a falar nele.

Uma semana depois, ela estava morta.

Droga. Não consigo lembrar mais nada sobre ele. Só que era triste e tinha uma irmã. Sei que não escrevi sobre ele; durante um tempo depois da morte de Chavi, eu li compulsivamente minhas últimas semanas com ela. Ainda releio esse diário mais que qualquer outro.

— Priya! — Minha mãe grita lá embaixo. — Archer chegou!

Ele devia ter acabado de chegar a Denver quando mandamos a mensagem para Finney, e teve que fazer todo o caminho de volta.

Quando desço, ele está na porta ao lado do ramalhete de jacintos embrulhado em papel de seda. O agente olha para mim e sorri.

— Sterling pediu para você falar com ela se eu a deixasse desconfortável. Ela disse que vai me fazer sentir muita dor na próxima vez que lutarmos na academia.

— Gosto de Sterling.

— Peço desculpas por ter criado a necessidade desse tipo de proteção.

— Por que criou?

Ele não responde imediatamente, continua abaixado tirando fotos das flores intocadas.

— O FBI usa casos que não foram solucionados para ensinar aos alunos na academia que nem todos os casos podem ser resolvidos — ele fala finalmente. — É para ser uma lição de pragmatismo.

— Mas que tipo de lição foi para você?

— Bom, eu achava que só existiam casos sem solução porque os investigadores tinham preguiça. — Ele transfere as flores para uma bolsa de evidências, depois a sela e assina. Quando fica em pé, se apoia na parede como se estivesse preparado para conversar. — Eu era idiota, arrogante. Gostava de me exibir com os amigos da academia. Dizíamos sempre que teríamos um registro impecável de casos.

— Então você aprendeu que a vida é complicada?

— Sou negro, cresci em uma cidadezinha da Carolina do Sul onde o mascote do ensino médio era um general Confederado. Pensei que soubesse tudo sobre as complicações da vida. Agora as pessoas olham para mim de terno e com um distintivo e acham que este não é meu lugar.

— E você quer provar que elas estão erradas.

— Quero. Mas... não posso usar outras pessoas para isso. E vendo a tensão que está enfrentando... Fui muito idiota quando sugeri que devia servir de isca. Fui ignorante, inconveniente, e me desculpo sinceramente.

— Pedido de desculpas aceito.

Ele olha para mim surpreso.

— Se quer mesmo ouvir um sermão, posso chamar minha mãe. Ela é muito melhor nesse tipo de coisa.

Rindo, Archer tira as luvas de neoprene e as guarda no bolso.

— Você é incrível.

Ele vai embora, e mando uma mensagem para Sterling. *Não precisa acabar com o colega. Ele até pediu desculpas.*

Que bom, ela responde, *mas vou tentar do mesmo jeito. É bom para fixar a lição.*

Quando o contêiner da transportadora finalmente está no lugar, minha mãe vai para Denver a fim de resolver algumas coisas no escritório. Vamos mudar em menos de três semanas, e eles a estão enchendo de trabalho para ter certeza de que está preparada. Para ter certeza de que *eu* estou pronta para a mudança, sento com a lição que era complicada demais para fazer hoje de manhã.

Por volta das quatro horas, alguém bate na porta.

Congelo, fico olhando para a porta do outro lado do hall como se, com muito esforço, pudesse enxergar através dela. Quase pergunto "quem é", mas me contenho.

Levanto do sofá e pego o bastão de softball que era de Chavi, e que agora me acompanha por todos os cantos da casa em que eu estiver. Tivemos que encaixotar as facas. O bastão é pesado e sólido, e o cabo é confortavelmente áspero na minha mão.

— Srta. Priya? — É uma voz masculina. — Srta. Priya, está em casa?

É o... Oficial Clare?

Mudo a tela para as imagens da câmera, e sim, é o Oficial Clare parado na varanda, com o quepe na mão. Ele tem um inconfundível sotaque texano. Sem nenhuma intenção de abrir a porta, eu o estudo com calma. Deve ter uns quarenta anos. Seu rosto é envelhecido, embora não tenha outros sinais que o diferenciem. Tento compará-lo às lembranças reconhecidamente falhas dos policiais que cuidaram do assassinato de Chavi.

Ele parece vagamente familiar, mas não de um jeito significativo. Não é comum a ponto de ser incômodo, como Landon é, ou era. Só não provoca um reconhecimento específico.

— Se estiver em casa, srta. Priya — ele fala do outro lado —, só passei para pedir desculpas pelo outro dia. Eu volto outra hora.

Parece que hoje é o dia das desculpas.

Minha mãe tem o número de contato do Oficial Hamilton. Mando uma mensagem para ela contando sobre a visita de Clare, porque sei que ela vai avisar Hamilton.

Por que Clare iria sem o parceiro à casa onde ele sabe que vai encontrar uma menor de idade sozinha? É diferente quando Eddison faz isso. Ele é da família, e demorou anos para que ficasse comigo sem outra pessoa por perto. Talvez eu esteja paranoica, levando em consideração tudo que está acontecendo, mas não gosto de Clare ter vindo aqui.

Minha mãe responde com três fileiras de emojis de fogo.

O nome dela é Chavi Sravasti, e ela é extraordinária.

Está pintando rostos em um festival da primavera quando você a vê pela primeira vez, e a raiva o invade. Faz anos, mas você ainda se lembra da falsidade de Leigh Clark, de como ela era má. Como a filha do pastor parecia doce e recatada nas mesmas tarefas, mas aquilo era só uma máscara para esconder seu verdadeiro comportamento.

Mas tem alguma coisa diferente em Chavi. Ela ri e brinca com as crianças, convidando os adultos a pintar o rosto também. Ela é talentosa. Vai além dos símbolos do festival da escola e cria máscaras e obras detalhadas. Como a maioria das meninas, e muitos dos garotos, ela usa uma coroa de fitas com pequenas rosas de tecido sobre o cabelo escuro.

Você não sabe o que pensar dela. É simpática sem flertar, mesmo quando os garotos mais velhos e os homens mais jovens se esforçam para ter mais de sua atenção. Seu comportamento sugere uma boa menina, mas a aparência... Mechas vermelhas colorem os cabelos, a maquiagem é pesada, branca e dourada com delineador preto nos olhos, os lábios são vermelhos. Ouro e cristal cintilam em seu nariz e entre os olhos.

Então a irmã dela aparece, uma criança magra demais, com um sorriso radiante e uma risada ainda mais brilhante. Apesar da idade, ela também tem mechas nos cabelos, mechas azuis, e usa uma maquiagem mais leve, com os lábios pintados de um delicado tom de rosa. Apropriado para alguém da idade que parece ter. Curioso, você olha em volta procurando os pais delas. Não é difícil encontrá-los. A pele marrom os destaca nesta vizinhança. O cabelo da mãe não tem enfeites, mas mesmo de longe é possível ver os lábios vermelhos, o anel de ouro no centro do lábio inferior e o brilho do cristal no nariz e entre os olhos.

Tradição de família, pelo visto.

Um menino substitui Chavi com as tintas, e as meninas se afastam correndo de mãos dadas, rindo e dançando sem nunca errar o passo, nunca tropeçar. Você as segue de longe, encantado com a imagem. Mesmo quando o intervalo acaba e elas voltam aos seus postos, estão sempre atentas uma à outra, sempre trocando olhares e sorrisos.

Chavi é uma boa irmã. Você as observa por duas semanas, o jeito como Priya – finalmente você descobriu o nome da irmã mais nova – tira fotos de tudo, o jeito como Chavi está sempre desenhando. Cada uma tem o próprio círculo de amigos, mas você nunca viu irmãs que gostassem tanto de estar juntas como essas duas gostam.

Priya nunca percebe sua presença, mas Chavi...

Chavi percebe, e você não sabe o que fazer. Está acostumado a não ser notado, mas ela o encara séria cada vez que percebe sua atenção sobre ela ou a irmã. E isso é extraordinário. Chavi tem realmente alma de artista, é capaz de ver o que outros não enxergam.

Então, você adquire o hábito de se deixar ver por ela no pequeno prédio de pedras onde antes era a igreja, ou vai ser de novo. Uma igreja no limbo: tem alguma coisa bem interessante nisso, não tem?

Você está lá para a festa de aniversário que inclui a maior parte dos vizinhos. É uma repetição menos formal do festival de primavera que aconteceu há menos de duas semanas. Tem flores por todos os lados, flores verdadeiras desabrochando em torno da igrejinha cinza e em canteiros bem cuidados, versões de plástico e seda na cabeça da maioria dos convidados. Você vê as meninas Sravasti de vestidos de verão e suéteres abertos, correndo descalças pela grama de primavera.

A doce Priya, com rosas brancas no cabelo escuro.

A forte Chavi, com crisântemos amarelos quase tão brilhantes quanto seu sorriso.

A festa acontece no sábado, mas você também as observa no domingo, quando a família comemora. Elas saem e voltam, e Priya toca o piercing novo no nariz. Normalmente você nunca aprovaria, mas a família foi com ela. Isso tem algum significado para elas, o que muda a situação.

Na segunda-feira, quando você as segue até a escola, ouve Chavi avisar a irmã que tem um grupo de estudo e não vai voltar com ela para casa. E você está lá, seguindo a menina de longe, cuidando para que Priya chegue em casa em segurança. Elas moram em uma área segura, um bairro rico onde as pessoas se conhecem e cuidam umas das outras, mas é melhor prevenir. Você sabe melhor do que ninguém como o mal se esconde à vista de todos. Priya vai direto para casa depois da reunião de seu clube, parando aqui e ali para conversar com vizinhos, mas sem nunca se desviar do caminho.

Você se orgulha dela. A menina é uma boa filha.

E uma boa irmã mais nova.

Chavi vai à igreja naquela noite, cheia de fogo, fúria e amor, muito amor pela irmã. Você quase não quer matá-la. Não quer tirar isso de Priya. Mas Chavi vai para a faculdade no outono, e você tem visto o que isso pode fazer com as pessoas, como pode devorar boas meninas e deixar apenas cascas vazias.

Você, no entanto, acredita em anjos e guardiões, e sabe que é melhor assim. Chavi será sempre boa, e estará sempre ali para cuidar da irmã.

E Priya vai ouvir, porque Priya é uma boa menina.

Quando você põe os crisântemos no cabelo dela, eles parecem sóis no espaço, e isso é bem adequado, você pensa. Chavi tem um brilho radiante.

— Coma.

Assustado pelo som inesperado, Eddison se agarra à mesa num reflexo, único motivo que o mantém na cadeira em vez de cair no chão.

— Caramba, Ramirez, use um sino.

— Você também pode treinar para se manter um pouco mais focado na situação. — Ela empurra um grande saco de papel branco na direção dele e senta-se algumas cadeiras adiante, onde pode vê-lo sem estar do outro lado da mesa de reunião. — Agora coma.

Resmungando, Eddison abre o saco e pega uma embalagem quente de carne com brócolis.

— Que horas são?

— Quase três.

— Jesus. O que você ainda está fazendo aqui?

— Trazendo comida para você do único restaurante chinês em Quantico que fica aberto depois da meia-noite.

Ele sempre esquece como Ramirez é, ao mesmo tempo, mais branda e mais firme depois do horário de trabalho, em relação à persona que cumpre expediente. Mais branda porque os terninhos, sapatos de salto e maquiagem desafiadora são trocados por jeans, suéter bem grande e rabo de cavalo, o que a torna muito mais acessível. Mas a firmeza ainda está lá, ou talvez seja até mais presente, porque, quando a maquiagem desaparece, nada esconde as cicatrizes, as linhas longas que descem do olho esquerdo pela face até embaixo do queixo. Essas cicatrizes são uma lembrança de que ela é uma sobrevivente, alguém que usa distintivo e porta uma arma, que se dispõe a qualquer coisa para salvar uma criança.

Ele não poderia pedir por mais do que isso em uma parceira.

— Então, não vai nem fingir surpresa por eu estar aqui?

Ela balança a mão num gesto de desdém.

— Priya recebeu camélias ontem e amarantos hoje. Só falta uma flor. Considerando que não há nada de produtivo que você possa fazer lá, onde mais estaria, senão aqui?

— Eu te odeio um pouco.

— Continue repetindo isso para você mesmo, *mi hijo*, um dia vai acreditar. O que está olhando?

— Registros postais — ele responde com a boca cheia de comida. — Se ele observa suas vítimas, é improvável que esteja só de passagem, então decidi pesquisar endereços que ele pode ter deixado como referência para receber sua correspondência.

Ela ameaça assentir, depois franze a testa.

— Eu vejo pelo menos dois problemas nisso.

— E se ele não deixou nenhum endereço para as remessas?

— Tudo bem, três.

Ele ri e dá de ombros.

— Quais são os outros dois?

— E se ele não mora em cidades? Se prefere povoados próximos e vai de carro até...

— Povoados percebem a presença de novos moradores que ficam por um período curto; as pessoas se conhecem, seria arriscado para ele. Além do mais, estou procurando estados, não cidades.

— É muita coisa para analisar.

— Yvonne me ensinou a deixar o computador fazer a maior parte do trabalho.

— Ah, é?

Ele aponta para o quadro branco, que está quase todo coberto por instruções que ensinam detalhadamente como estabelecer e refinar padrões de buscas na intranet do FBI. Como analista técnica preferida da equipe, Yvonne tem conhecimento dos pontos fortes e fracos de cada agente em relação aos computadores.

Ligue o computador é levar a coisa longe demais, na opinião dele, mas, para ser justo, ele a pegou a caminho da saída.

— E o segundo problema? — Eddison pergunta.

— E se ele não vai diretamente do ponto A ao ponto B? Priya e Deshani estavam em Birmingham havia só quatro meses. Passaram menos de três em Chicago. Elas não são as únicas pessoas que vivem desse jeito.

Eddison deixa a embalagem de comida em cima da mesa com um barulho meio molhado.

— Como encontramos o cara, então? Como, se ele é uma porra de um fantasma?

— Se eu soubesse, acha que ainda estaríamos aqui sentados?

A fúria se manifesta dentro dele, contraindo os músculos e fazendo cócegas. Fúria e medo. Deshani telefonou para Vic hoje à tarde para perguntar se Priya devia fazer alguma coisa caso fosse abordada pelo filho da mãe. Sem saber o que dizer, Vic sugeriu que ela ficasse calma, tentasse manter o homem falando e tentasse pedir ajuda. Eles sabem que esse desgraçado quer Priya, mas para quê?

Ele havia matado para mantê-la segura. No entanto, ele é a maior ameaça para a vida dela.

— Vamos. — Ramirez se levanta de repente.

— Eu tenho que...

— Não precisa ficar olhando para o computador enquanto ele trabalha. Eu deixo você voltar, prometo, mas venha comigo. — Eddison não reage com a velocidade necessária para satisfazê-la, e ela segura a cadeira e o empurra para a porta. Eddison se levanta bem a tempo de evitar a colisão com o batente.

— Já estou indo. Pode parar? — ele pede.

Ramirez segura seu braço e o puxa para o elevador.

Eles vão até uma das academias de boxe. Tapetes grossos cobrem o chão em volta dos ringues elevados. Uma das paredes tem filas de sacos de pancada e *punching balls*. Ramirez aponta para elas.

— Vai.

— Ramirez.

— Eddison. — Ela cruza os braços. — Você está exausto. Está com tanta raiva, com tanto medo e tão confuso que não consegue mais pensar. Está deixando de enxergar o óbvio, e afundar mais nisso não vai ajudar em nada. Do jeito que está agora, não vai conseguir. Descarregue no saco.

— Ramirez.

— Vá socar o saco!

Resmungar sobre mulheres autoritárias e invasivas só a torna ainda mais obstinada, por isso, ele cede e se aproxima do saco. Arregaça as mangas, afasta os pés... e fica olhando para a frente.

— Fala sério, Eddison, soca esse saco!

E ele bate. Ao primeiro contato, a mola encolhida em suas entranhas se desprende. Ele ataca o saco com violência, sem se importar com postura ou eficiência, um ataque confuso, forte e implacável em sua ira. Os músculos protestam contra a repentina atividade, mas ele ignora a dor, concentrado apenas no movimento do saco pendurado e onde o punho tem que estar para acertá-lo.

Depois de um tempo ele diminui o ritmo até parar, ofegante, apoiando-se no saco de pancada. O braço lateja, e ele tem um pouco de medo de examinar as mãos desprotegidas. Mas está se sentindo mais centrado.

Ramirez pega sua mão esquerda com delicadeza e inspeciona os dedos.

— Não parece ter nada quebrado — fala em voz baixa —, mas vai ter uns hematomas e um inchaço lindos. E acho que deixou boa parte da pele no equipamento.

— Por que não falou para eu enfaixar as mãos?

Ela pega a outra, olhando para ele com a cabeça um pouco abaixada. Não é um gesto intencional de sedução, mas algo que acontece quando ela não sabe se as emoções estão estampadas no rosto. — Você parecia estar precisando da dor.

Ele não tem uma resposta para isso.

— Venha. Tem que limpar as mãos e fazer um curativo. Tem tudo em casa para trocar as bandagens amanhã?

— A maioria das coisas. Vou ter que parar para comprar... — E para de falar, cansado demais para perseguir um fragmento de ideia. Ramirez só espera e o observa, atenta. — Quantos lugares a uma distância razoável de Huntington você acha que vendem dálias?

— Como é que é?

— Dálias. Não são flores fáceis de encontrar. Quando Julie McCarthy foi assassinada no ano passado, demoramos mais de uma semana para descobrir de onde tinham saído as dálias deixadas com ela. Encontramos a loja, o que não costuma acontecer. Poucos floristas têm um estoque de dálias.

— Certo...

— Estamos tentando brincar de pega-pega esse tempo todo. Por que não experimentamos tomar a frente? Se ele quer terminar a lista, vai ter que encontrar dálias em algum lugar. Se conseguirmos avisar os floristas...

— Do estado inteiro? Eddison, isso é...

— Muita gente, eu sei, por isso vamos criar uma lista principal e acionar técnicos, agentes ou, sei lá, alunos da academia. Vamos colocar todo mundo no telefone. As flores sempre chegam frescas, então, mesmo que ele já as tenha comprado, não pode ter sido há mais que um ou dois dias. A venda de uma flor incomum não passa despercebida. Talvez possamos conseguir até uma foto ou um retrato falado com quem vendeu, ou vai vender, as dálias para ele.

— Essa ideia... não é ruim — ela admite. — Mas vai ter que ser Yvonne.

— Como assim?

— Mesmo com as instruções dela, não sabemos fazer esse tipo de busca. Não nessa escala.

— Tudo bem, então nós...

— Nós não vamos ligar para ela às quatro da manhã — ela o interrompe com firmeza. — Vamos cuidar das suas mãos. Depois vamos subir e anotar tudo isso, de forma que, em um horário razoável, possamos informar Vic e pedir autorização para acionar Yvonne. Só então vamos ligar para ela. Sabe o que vai fazer entre as anotações e o telefonema para Vic?

— O que você mandar, ou vou me arrepender?

— Está vendo, *mi hijo*? — Ela enrosca o braço no dele e o puxa para a porta. — Você já está até raciocinando melhor.

O nome dela é Aimée Browder, e talvez ela seja um presente de Deus.

Você anda preocupado com Priya. Já saiu de Boston – você nunca passa mais de seis meses no mesmo lugar –, mas quando voltou para uma visita, Priya não estava lá. Demorou muito até que você conseguisse encontrá-la. Finalmente, você viu o nome dela e a cidade em uma revista, porque ela foi finalista em um concurso de fotografias. Mudou-se imediatamente para San Diego. Você precisava ter certeza de que ela estava bem.

E ela não está, você percebe. Ainda é a boa menina de que se lembra, mas seu brilho e seu calor desapareceram. Ela está frágil e muito sozinha.

E então, ela encontra Aimée.

Você observa, encantado, como Aimée atrai pacientemente Priya para longe de sua dor, conversando em francês e dançando em volta dela enquanto andam pela rua. Às vezes literalmente. Aimée é muito graciosa e passa muito tempo em aulas e ensaios de balé. Mesmo quando sai do estúdio tarde da noite, aparentemente muito cansada, ela parece tão apaixonada pela dança que é praticamente impossível desviar o olhar. E você vê que

Priya começa a desabrochar, sorrir, às vezes até rir, e falar sobre cinema francês e casas de ópera e balé.

É Aimée quem apresenta Priya ao menino para quem ela dá aulas, e você vê imediatamente que o menino está se apaixonando por Priya. Não o culpa, mas observa com atenção, caso tenha que interferir. Mas você nunca interfere. Priya sabe de seu valor, sabe o que significa ser boa, e nunca incentiva o menino, nunca se senta mais perto dele do que é necessário, nunca aceita seus convites para sair.

A mãe de Aimée cozinha com o amaranto cultivado sobre o telhado da varanda de casa. Você nunca pensou nisso, que as flores podem ter outro propósito além de serem bonitas, alimentarem as abelhas ou o que quer que façam. Você ouve os Browder brincando entre as plantas na cozinha e vê as flores no coque de Aimée, as mulheres falando em uma mistura preguiçosa de francês e espanhol, o pai no ocasional alemão retumbante que ninguém mais entende, mas que sempre faz as mulheres rirem.

Eles tratam Priya quase tão bem quanto Aimée a trata, e você é grato por isso, grato por ela ter pessoas que podem ajudá-la a recuperar aquele brilho.

Você manda flores para Priya, tentando demonstrar apreciação por sua bondade, seu amor por ela, e seu coração se aquece quando a vê rindo sobre o buquê de mosquitinhos, arrumando alguns ramos no cabelo da amiga como se fossem uma coroa de fada para se usar em cena.

Então, um dia, Priya foi embora. Você passou alguns dias fora, procurando as flores de que precisava em cidades próximas, para ninguém relacionar os buquês uns aos outros ou a você. Não fez isso durante tantos anos sem ser cuidadoso. Foram somente alguns dias, mas o suficiente para que você perdesse o caminhão de mudança, as despedidas e a partida. Desta vez demorou muito para encontrá-la, e agora...

Aimée também sente falta de Priya, você percebe antes de ela tocar no assunto com a mãe. Vê no jeito como ela torce um ramo de amaranto na mão, olhando para ele com um sorrisinho triste antes de colocá-lo no cabelo.

Então, você colhe os amarantos, colhe tantos quanto pode sem esvaziar completamente o jardim da mãe dela, e você espera, porque a esperou por tempo suficiente para saber que, quando não consegue dormir, ela não incomoda os pais, nem o irmão e a irmã. Ela sai de casa e vai à igreja, com a porta sempre aberta, a três ruas dali, e dança. Ela costumava ir na direção contrária primeiro, a duas ruas de sua casa, para ver se Priya também queria ir. Elas passavam as horas escuras em uma igreja, Aimée dançando, Priya fotografando vitrais e a graça do luar.

Você faz tudo ser indolor para Aimée, tanto quanto pode. Faz isso por ela e por Priya. Ela foi realmente uma boa menina, uma boa amiga quando Priya mais precisava de uma. Você a cercou com os ramalhetes de amaranto rosa-escuro, e a deixou sentada por um tempo, olhando para as janelas, pensando em Priya.

Ela foi uma boa irmã mais nova, muito digna de proteção. Não é como Darla Jean; ela vai continuar boa. Vai agradecer quando souber o quanto você a ama.

Você vai encontrá-la de novo, e dessa vez não vai parar enquanto ela não souber de seus sentimentos. Mal pode esperar para ouvi-la dizer que ama você.

As dálias chegam na terça-feira, três botões grandes como minha mão, roxas, um tom de roxo tão escuro que é quase preto. Faz menos de um ano que Julie McCarthy, então com catorze anos, foi encontrada estuprada e morta em uma igreja em Charlotte, Carolina do Norte, com três dálias enfileiradas sobre a boca, o peito e a vagina, como um mapa bizarro dos chacras.

Meu primeiro telefonema não é para Eddison, nem para minha mãe ou Finney. É para Hannah Randolph, neta de Gunny. Desde que soubemos sobre o assassinato de Landon, ou melhor, desde que os homens souberam sobre todas as circunstâncias em torno de seu assassinato, os veteranos pediram, de um jeito bem enfático, que eu não andasse mais sozinha para ir e voltar do pavilhão do xadrez. Hannah se ofereceu para me dar carona, considerando que ela geralmente passa a maior parte de seu tempo esperando no carro. Com todos os outros veteranos ali para cuidar de Gunny, ela pode percorrer sem nenhum problema os quase três quilômetros até minha casa.

Era evidente que eles estavam preparados para discutir comigo sobre isso. Pude perceber a reação de choque do grupo quando aceitei a oferta e agradeci. Faz sentido, e sou grata por isso. Mais ou menos na hora em que eu normalmente sairia para ir jogar xadrez, ligo para Hannah para avisar que estou indo.

Ou, como hoje de manhã, para avisar que não vou.

— Você se incomoda se eu for ficar com você? — ela pergunta imediatamente. — Até os agentes chegarem, pelo menos? Não gosto de pensar que está aí sozinha agora.

— O Gunny...

— Ele vai ficar bem com Pierce. Se acontecer alguma coisa, estou a menos de cinco minutos.

— Eu me sentiria melhor — reconheço. — Obrigada.

— Estou indo. Ligue para os agentes.

Mando uma mensagem para Eddison, depois faço chocolate quente enquanto telefono para Finney. Quando chega, Hannah passa pelas flores sem tocá-las, tomando cuidado para não tirar nada do lugar. Ela aceita a caneca que ofereço com um sorriso, acenando com a cabeça para o celular que seguro junto da orelha. Quando abro as imagens da câmera, ela se senta na poltrona com o tricô.

Eu devia aprender a tricotar. Parece ser bem relaxante.

— O que as imagens mostram? — Finney pergunta, tenso.

— O registro desaparece às nove e trinta e oito — respondo. — Depois disso, não tem nada.

— Estática?

— Nada. É como se não tivesse sinal, mas a rede está funcionando.

— E a câmera da porta dos fundos?

— Registrando os movimentos do esquilo mais rápido que eu já vi.

— Acha que vai ficar segura até eu chegar aí? Posso pedir para a polícia local mandar alguém.

Penso no Oficial Clare e sinto um arrepio.

— Hannah está aqui comigo.

— Tudo bem. Vamos chegar o mais depressa que conseguirmos.

Hannah e eu ficamos em silêncio por uns dez minutos, um silêncio tão confortável quanto é possível, levando em conta as circunstâncias. As agulhas de tricô estalam baixinho, e há uma qualidade relaxante, quase meditativa, nesse som.

Então, alguém bate na porta.

Não podem ser os agentes, não tão depressa. Nem dirigindo como eles dirigem.

Ai, meu Deus, deve ser...

— Srta. Priya? Os rapazes disseram que teve um problema?

Oficial Clare. Segundo me diz, ele agora passa pelo pavilhão do xadrez sem a parceira para ver se estou bem. Já foi advertido para não fazer isso, por Lou e por seu capitão, mas nem por isso parou. Ele diz apenas que está a caminho da loja, ou que vai almoçar, e que nos encontramos por acaso.

— Srta. Priya, eu sei que está em casa. Estou vendo o carro da srta. Randolph. Só quero ter certeza de que vai ficar bem até os federais chegarem.

Hannah deixa o tricô de lado.

— Quer que eu o mande embora?

— Por favor — cochicho.

Ela atravessa o corredor até a porta e abre só uma fresta, o suficiente para ser vista, usando seu corpo como bloqueio para que ele não possa me ver.

— Estamos bem, Oficial — Hannah avisa com educação. — Será que pode se afastar da evidência?

— Posso ficar com vocês...

— Muito obrigada, mas não é necessário.

— Eu estava lá, sabe? Quando ela perdeu a irmã. Pobre menina. Quando penso em minha irmã... irmãs mais novas precisam de proteção.

— Oficial Clare, não precisamos de sua ajuda desta vez. Por favor, vá embora.

Ele ergue a voz.

— Ei, srta. Priya...

Abro o histórico de ligações no meu celular, localizo o número do capitão e deixo tocar duas vezes. O homem atende dizendo o próprio nome, sem nenhum cumprimento.

— Capitão, aqui é Priya Sravasti, e...

— Por favor, não me diz que Clare foi incomodá-la de novo.

— Ele está na porta da minha casa e se recusa a ir embora.

— Peço desculpas, srta. Sravasti, vou cuidar disso. — Quando ele desliga, escuto alguma coisa como "vou demitir esse idiota" e me pergunto se isso de fato irá acontecer.

Hannah consegue fechar a porta na cara de Clare e gira as duas trancas. Depois de um momento, ela também passa a corrente, por medida de precaução.

— Esse homem não é muito certo — diz, e pega o tricô de volta. — Não tem motivo nenhum para ele estar tão focado em você.

— Aparentemente, é alguma coisa relacionada a esse tipo de caso — suspiro. — Mercedes explicou a psicologia disso tudo uma vez. Às vezes, o agente que atende a uma emergência fica meio fixado em um caso que o incomoda, especialmente se tem mais alguma coisa acontecendo na vida dele. Alguns ficam obcecados pela solução do crime, outros insistem em verificar a família.

— Ele fez isso em Boston?

— Não que eu lembre. Mas, se estava lá, ele pode ter sido mais sutil.

— Se? — Hannah repete.

— Não seria o jeito mais estranho de um fã forçar entrada no caso, de acordo com Mercedes. Ela está fazendo uma verificação completa do histórico dele.

Hannah balança a cabeça.

— Sei que os humanos são criaturas complicadas, mas esse parece meio exagerado.

Finney e Sterling chegam pouco depois. Finney parece meio enjoado quando desce do carro. Do lado do motorista, Sterling é uma mistura de orgulho e constrangimento.

— Estava se divertindo com as luzes e a sirene? — pergunto em tom seco.

Sterling sorri para mim, mas esconde o sorriso por trás de uma expressão mais profissional.

— Nos atrasamos por causa de um acidente na estrada. Não queria fazer você esperar.

Finney revira os olhos, vira-se para Hannah e estende a mão.

— Obrigado por ter ficado com ela, srta. Randolph.

Ela balança a cabeça.

— Querem que eu fique? Para quando forem embora?...

— Na verdade... — Ele olha para mim. — Sua mãe pediu para levarmos você para Denver, se não se incomodar. Acho que ela vai se sentir melhor se puder ficar de olho em você.

— Tudo bem. Muito obrigada, Hannah.

— Disponha — ela responde, dando-me um abraço rápido. — Cuide-se, Priya. — É a mesma coisa que o avô dela me diz, em vez de se despedir. A única diferença é que ele me chama de srta. Priya, e o Oficial Clare não estragou isso.

Falando nele... Conto a Finney sobre o Oficial Clare, depois subo para trocar de roupa e jogar algumas coisas em uma bolsa para levar para Denver. Não sei se o escritório da minha mãe tem wi-fi aberta, então, fazer a lição de casa pode não ser uma possibilidade.

— Ele tirou a câmera de segurança do ar e cortou os fios de novo — Sterling anuncia quando desço.

— E agora?

— Agora vamos levar você até sua mãe — responde Finney. — Depois discutimos os detalhes da sua proteção.

Detalhes da minha proteção, neste caso, significa que Archer vai ficar comigo durante o dia, Sterling vai ficar em casa à noite, e todo mundo vai rezar para a Chefe de Seção Ward não descobrir nada. Tecnicamente, não é oficial, é um favor pessoal. E isso torna tudo mais complicado. Se acontecer alguma coisa, os agentes podem sofrer consequências sérias por isso. Vamos nos mudar em pouco mais de uma semana, mas parece uma eternidade, especialmente com esse movimento todo em casa. Minha mãe marca um horário para encontrar Sterling, porque o escritório dela provavelmente é um lugar seguro para nós, e os agentes vão embora.

Eu me acomodo em um canto do escritório dela com meu laptop. Devia fazer a lição de casa – ela me deu a senha da rede –, mas, em vez disso, abro as fotos de Gunny e Hannah na igreja deles. Foi uma tarde deliciosa com eles, e as janelas com certeza foram um bônus interessante. As cenas eram pintadas em painéis translúcidos, não eram mosaicos de vidro colorido, e mesmo com a tinta semitransparente elas mudavam de acordo com a luz.

Embaixo de um retrato das mulheres e da tumba vazia, Gunny desliza os dedos retorcidos por cima de uma placa de metal com o nome da esposa dele.

A secretária da igreja era ainda mais velha que Gunny, e ela conhecia a história de cada janela e de quem a patrocinou. Quando mencionei meu amor por vitrais, ela me deu um cartão com informações de uma capela a cerca de uma hora de lá.

— Algumas pessoas dizem que Deus nos deu a capacidade de criar arte só para podermos glorificá-Lo — ela disse sorrindo. — As janelas da capela Shiloh nos convencem disso.

Duvido muito que eu vá descobrir.

Fecho o laptop com um suspiro frustrado. Tinha esperança de que olhar as fotos fosse me animar, mas só fiquei mais deprimida. Abro a bolsa, pego o envelope que estava na nossa caixa de correspondência e olho para a caligrafia bonita de Inara.

Querida Priya,

Desmond MacIntosh está morto. Morreu há quase um mês, e ainda não sei como me sinto em relação a isso. Todo mundo espera que eu fique triste, porque éramos "amantes desventurados", ou alguma outra bobagem dessas repetidas pelas pessoas que não têm compreensão do que realmente significa ser desventurado. Ou acham que eu devia estar feliz, porque, ah, olha só, um dos meus carrascos se matou, como se o fato de ter visto suicídios acontecerem entre as meninas devesse me deixar contente por ver o mesmo acontecer com ele.

Porém, o que mais sinto é alívio, e que diabo de reação é essa?

Estou aliviada por não ter que ver Desmond no tribunal, por não ter que sentir os olhos dele em mim enquanto deponho contra ele e o pai. Estou aliviada porque não vou ter que passar horas e horas vendo sua cara de cachorro chutado. Estou aliviada porque o destino dele está resolvido, e não tenho mais que ficar estressada com isso.

Eu sempre soube que eu era uma pessoa terrível, mas isso me faz ver essa realidade de um jeito que eu não esperava.

Principalmente quando penso que ficaria muito agradecida se o Jardineiro acabasse logo com essa merda e morresse em consequência dos ferimentos ou alguma coisa assim. Não sinto necessidade de matá-lo, ou de que ele se mate. Só quero que ele morra.

O julgamento provavelmente não vai começar antes do outono, e embora eu não seja pessimista o bastante para pensar que ele vai ser considerado inocente, ainda existem muitos desfechos que seriam pouco favoráveis. Não quero que ele seja mandado para um hospital psiquiátrico ou para uma casa de repouso. Quero que ele seja preso, que seja destituído de tudo, como nós fomos, e transformado à força em alguma coisa terrivelmente frágil.

Mas, ainda mais que isso, quero que ele morra. A prisão é uma ideia interessante, mas ele ainda tem dinheiro suficiente para torná-la confortável, ou tão confortável quanto pode ser, levando em conta seus ferimentos. Não quero que ele tenha conforto.

Quero que ele morra, mas as pessoas insistem em olhar para mim como se eu devesse ser melhor que isso, como se devesse ser superior, e, droga, não quero ser superior. Ele não fez por merecer esse tipo de concessão.

Se algum dia tiver a chance, Priya, mate-o, se puder. Legítima defesa, pronto.

Bem.

Agora estou bem mais animada, obrigada, Inara.

E já que vou afundar de vez, é melhor que eu faça isso direito. Abro o computador novamente. Todas as vítimas do meu filho da mãe têm uma página memorial no Facebook, inclusive as que não tinham Facebook quando estavam vivas. As páginas ficam mais ativas na primavera, quando as pessoas postam lembranças ou orações em função dos aniversários de morte, embora também apareçam mensagens de aniversário. Os moderadores removem rapidamente as mensagens deixadas por idiotas.

Começo pela página de Julie McCarthy e vou voltando no tempo, lendo as novas histórias. Também tem fotos novas postadas por amigos e parentes, além de lembranças de colegas de turma. Pulo a página de Chavi.

Nunca olhei a página de Chavi depois que ela morreu. Não tenho ressentimentos contra as pessoas que postam nela, sei que muitas eram amigas dela de verdade. Josephine modera a página, por isso sei que é tudo respeitoso. Se isso ajuda as pessoas a viverem e superarem o luto, que bom. Só não quero deixar as lembranças que outras pessoas têm de Chavi interferirem nas minhas.

Quando chego à página de Darla Jean, a primeira vítima, vejo uma postagem da mãe dela, Eudora Carmichael, na data do aniversário de morte de Darla este ano. Eudora fala sobre sentir saudade da luz e do riso da filha, de como Darla Jean era toda a alegria da família. Ela fala sobre sentir saudades do filho, que nunca superou a morte da irmã. Depois de uma prece por justiça, ela conclui com uma foto, um retrato da família tirado naquela última Páscoa.

Darla Jean aparece loira e linda em renda branca, e ao lado dela está Eudora, gorda e simpática com os mesmos olhos bondosos que a filha herdou. O filho está atrás delas, e, puta merda, dezessete anos depois eu conheço aquele rosto.

Eu *conheço* aquele rosto.

— Mãe! — eu grito.

Ela desvia os olhos do computador com um movimento assustado.

— Priya? Que foi?

— Vem ver.

— Priya?

— Mãe, por favor. Vem ver isto aqui.

Ela se levanta devagar e atravessa a sala, sentando-se ao meu lado em um sofá duro como pedra. Olha para mim, depois para a tela.

— Sua cara diz que é importante, mas não estou entendendo.

Abro uma das pastas com as fotos que tirei nesta primavera, clicando em todas até encontrar a que eu quero. Corto a janela para poder colocá-la ao lado da foto dos Carmichael.

Ela olha para a foto por um momento, e vejo um músculo pulando em sua mandíbula. É ele, ela também sabe disso. Esse é o homem que matou Chavi, e é quase certo que esse é o homem que deixa os presentes para mim.

Minha mãe engole em seco, pisca para remover o véu de lágrimas contidas, depois olha para mim.

— Ainda não pegou seu telefone. Está em choque ou hesitando?

Minha mãe me conhece muito bem.

— Hesitando.

— Por quê? — Não é uma acusação, é só curiosidade. Ela também não pegou o celular para fazer a denúncia.

Entrego a ela a carta de Inara e vejo seus olhos correndo pela página.

— Acho que vou gostar de Inara — ela comenta quando termina a leitura.

— Acho que você acabou de descrever o inferno pessoal de Eddison.

— Mas esse é o ponto de vista de Inara. E o seu?

Respiro fundo, dando um tempo para que eu possa pensar nisso de verdade. Há momentos em que percebo quanto o relacionamento com minha mãe não é convencional. Momentos em que tenho que admitir que ela deve ter tendências sociopatas, e simplesmente escolhe não usar seus poderes para causar um mal excessivo.

E eu sou filha dela.

— Quantas provas acha que existem? — pergunto finalmente.

— Dezessete anos sem nunca ter sido pego, é evidente que ele não é nenhum idiota. Fornecemos o nome dele ao FBI. O que acha que vão encontrar que não seja circunstancial? Se tivesse algum interesse em confessar, ele teria feito isso há anos.

— Está pensando que, mesmo que haja o suficiente para levá-lo a julgamento, não vai ser o bastante para garantir a condenação.

— Se for julgado e inocentado, acabou. A mesma pessoa não pode ser julgada duas vezes pelos mesmos crimes. Não vai ter justiça para as meninas, de Darla Jean a Julie McCarthy. Não vai ter justiça para Chavi.

— Landon — ela murmura, pensativa.

— Landon era um pedófilo. Não me interessa justiça para Landon.

Ela sorri, orgulhosa.

— O que o impede de ir atrás de nós até a França? — pergunto.

— O que você quer? Criar uma armadilha para forçar uma confissão dos crimes cometidos, para você poder gravar? Tornar uma condenação mais provável?

— Não.

Demora um pouco para ela entender. Eu nunca fui a cruel.

— Está falando sério — minha mãe deduz.

— É o que eu quero — confirmo em voz baixa, quase um sussurro. — Não quero passar o resto da vida olhando para trás ou me perguntando quem mais ele matou. Não quero ir embora com isso pairando sobre nós. Só quero que isso tudo acabe.

Minha mãe respira fundo e junta as mãos sobre as pernas. Os dedos ficam pálidos com a força com que ela os aperta.

— E como vamos fazer?

O laptop escorrega para o chão com um baque surdo quando abraço minha mãe.

— Eu te amo.

— Mas?

— Mas essa parte tem que ser eu, não nós.

Ela levanta uma sobrancelha, o que sugere perigo.

— Vai ter que se explicar.

— Se for eu, é legítima defesa. Se for você, é proteção. Talvez seja absolvida por solidariedade, mas vai perder o emprego e acabar com todas as suas chances de voltar ao mercado. Se você estiver presente, o Trio de Quantico nunca vai acreditar que foi acidental.

— Acha que eles vão acreditar em você?

— Se eu estiver completamente sozinha? Não, vai ficar claro que foi uma armadilha. — Pego o cartão com as informações da capela Shiloh. — Mas se o agente Archer estiver comigo e me deixar sozinha?

— Então, no final das contas, vai deixar o policial te usar como isca.

— Sim.

— Confia nele, acha que não vai contar para os outros?

— Merda, não, é por isso que não vou contar para ele. — Apesar de tudo, sorrio quando ela dá risada. — O pedido de desculpas dele foi sincero. Isso significa que se sente culpado.

— E quando um homem bom se sente culpado, ele quer compensar, não só se desculpar.

— Vou pedir ao Archer para me levar até a capela. Se você ainda estiver resolvendo tudo que deixou atrasar nos dias que tirou para ficar comigo, não pode me levar de carro. E sábado é meu aniversário. Esse filho da mãe já mandou todas as flores, o que significa que o que ele planejou para mim é a próxima etapa. Só falta uma oportunidade. Podemos dar isso a ele.

— Meu Deus, eu te ensinei bem, não foi?

— Você fica aqui, bem longe de qualquer suspeita. Se ele estiver me observando, como achamos que está, ele irá me seguir.

— E nosso jovem e entusiasmado Archer vai ver uma chance de pegar um assassino em série em flagrante, resolver o caso e provar que é competente. Ele vai deixar você sozinha, mas não vai se afastar muito.

— O que me dá garantias, se eu perder a coragem ou alguma coisa der errado. Minimiza o risco.

Ficamos em silêncio digerindo as possibilidades.

— Se acontecer alguma coisa com você, Brandon vai ficar arrasado.

Olho para ela incrédula.

— Você nunca o chama de Brandon. Ninguém chama ele de Brandon.

— Isso o destruiria. Sabe disso, não sabe?

— Sei. Por isso acho que Archer é uma boa ideia.

Isso não destruiria minha mãe, mas nenhuma de nós fala nada. Ela ficaria arrasada, talvez até dilacerada, mas os pedaços se colariam mais afiados e mais fortes, feitos do aço mais puro, porque se tem uma coisa que Deshani Sravasti jamais será é derrotada. Aconteça o que acontecer, ela nunca vai permitir que o mundo a destrua permanentemente.

Brandon Eddison, porém, tem algo que minha mãe não tem: uma ferida aberta chamada Faith. Ele pode procurá-la no rosto de cada loira de quase trinta anos que encontra, mas ainda pensa nela como uma menininha de tranças e sorriso banguela, a adorável *geek* miniatura que nunca viu diferença entre princesas e super-heróis. Até que a encontrassem, a menos que a encontrassem, essa ferida nunca cicatrizaria.

É nesse lugar que eu vivo, acho. Todos os meus pedaços envolvem esse coração terrivelmente frágil. Protejo o resto de Eddison dessa úlcera, mas também a faço sangrar, embora não o bastante. Se eu for atingida por um golpe suficientemente forte, o que resta de Faith será destruído.

Eu não magoaria Eddison por nada, mas não posso viver a vida que Inara está me mostrando. Preciso de justiça, não de esperança, mas, mais que isso, preciso que tudo isso seja finalmente encerrado.

— Então, você fala com Archer de manhã?

Respondo que sim balançando a cabeça.

— Precisa ter certeza disso, Priya, meu amor — minha mãe avisa em tom grave. — Se em algum momento você se sentir insegura, desista. Ainda podemos entregá-lo para o FBI.

— Eu sei.

No dia seguinte, no fim da manhã, quando desço depois de tirar o dever de casa do meu caminho, Archer está sentado no sofá com as peças de uma das câmeras espalhadas sobre a mesinha de café.

— Bom dia, dorminhoca — ele me cumprimenta.

— Não estava dormindo, estava fazendo lição. — Vou até a cozinha preparar um *smoothie* para o café da manhã.

Ele me segue.

— Tem planos para hoje?

Finjo pensar a respeito.

— Tudo bem se eu for jogar xadrez?

— Desde que não saia sem mim...

Despejo o *smoothie* em duas canecas para viagem, entrego uma para ele e nós brindamos.

— Vou buscar minha bolsa.

Os olhos dele se movem constantemente enquanto caminhamos. O carro de Archer está na entrada de casa, mas sinto falta das caminhadas. Ele cede. O tempo extra para organizar os pensamentos vai me ajudar. É interessante ver Archer perceber e catalogar tudo à nossa volta.

— Quanta liberdade é permitida nessa coisa de proteção? — pergunto quando passamos pelo posto de gasolina. — Tipo, se você ou Sterling estiverem comigo, posso fazer alguns passeios?

Ele me olha de lado, e sua curiosidade me dá confiança.

— Tem alguma ideia específica?

Tiro o cartão da capela Shiloh da bolsa e mostro para ele.

— Tenho um lance com janelas. Ou, mais precisamente, minha irmã tinha um lance com janelas, e eu tenho um lance com Chavi tendo um lance por janelas.

— Quanta volta.

— Ah. Bom, sábado é meu aniversário, e eu ia até lá com minha mãe.

— Ia?

— É. Ela vai ter que trabalhar. A diretora da filial de Paris está ficando nervosa agora que a transição vai ocorrer realmente. Quero muito tirar fotos dessa capela antes de ir embora, e em circunstâncias normais eu simplesmente daria carona para minha mãe até o trabalho e iria de carro sozinha.

— É, não vai rolar.

— Por isso eu disse em circunstâncias normais. Preste atenção, Archer.

Ele ri, e seus ombros relaxam um pouco.

— Quer que eu leve você de carro a um lugar que fica a uma hora daqui para fotografar janelas.

Enfio a mão na bolsa de novo e pego minha arma secreta: minhas fotos favoritas que ficam na caixa embaixo da cama, a série chamada simplesmente de *Chavi na igreja*. No topo da pilha está a foto que amo mais que tudo. Foi tirada em uma das maiores igrejas católicas de Boston. O teto elevado dá a impressão de falta de gravidade, como se tudo lá dentro flutuasse na vastidão do espaço. Chavi já estava sentada havia umas duas horas no corredor principal, desenhando atentamente, e eu tinha tirado dezenas de fotos dela, do interior e de quase todos os ângulos das janelas.

Então subi ao mezanino do coro, me inclinei sobre a borda do relevo frontal, onde deve ficar o regente, e a fotografei em silhueta contra uma janela iluminada, com partículas de poeira cintilando em torno dela como uma auréola. Se a foto do último ano do colégio era a personalidade de Chavi, essa era a sua alma, radiante e cheia de encantos.

— Chavi estava sempre tentando capturar essas coisas no papel — falei em voz baixa, um pouco incomodada por usar a memória dela como um artifício de manipulação. Força, Priya. — Essa noção de cor, sabe, a saturação e o jeito como a luz atravessa o vidro. Às vezes tenho a sensação de que, se eu continuar tirando fotos de janelas incríveis, ela também vai vê-las.

Ele olha o restante das fotos com uma expressão bem complicada. Complicada é bom. Complicada significa que ele está pensando exatamente o que quero que pense. Já dá para ver o pavilhão do xadrez quando ele responde:

— Podemos ir, é claro. É seu aniversário.

— Sério?

— Bom, foi o que você acabou de me dizer — justifica, e ri quando bato em seu braço. — É por sua irmã.

— Muito, muito obrigada. — Pego as fotos de volta e as guardo no compartimento externo da bolsa. — Se quiser esperar no café, prometo que não saio do pavilhão. — Levanto uma sobrancelha quando percebo sua hesitação. — Seja quem for o filho da mãe, ele não vai me atacar no meio de um grupo.

— Tudo bem, mas pede para um deles levar você até onde eu estiver quando acabar de jogar.

— Combinado.

Ele vai se meter em uma tremenda encrenca quando me deixar sozinha na capela. Espero que aprenda com isso, que a experiência faça dele um agente melhor. Talvez assim eu não me sinta tão culpada.

Gunny está acordado quando chego ao pavilhão, e ele sorri para mim por cima do tabuleiro que divide com Jorge. Sorrio de volta, um sorriso suave e caloroso só para Gunny, e não sinto em mim a dureza habitual.

Se tem uma coisa que aprendi nos eventos de trabalho aos quais minha mãe me leva de vez em quando é como procurar transições em conversas, e então levá-las suavemente na direção de meu interesse. Minha mãe é brilhante nisso. Enquanto jogo com Ganido, deixando que ele demore quanto tempo quiser antes de decidir cada movimento, porque seus fantasmas o fazem duvidar de si mesmo, escuto as conversas sobre consultas médicas, filmes e idiotas que não sabem dirigir. Pierce menciona que a irmã quer que ele vá para casa comemorar o May Day com a família.

— Um dos netos dela faz essas queimas de fogos estúpidas com aquelas coisas barulhentas, mas sem muita luz. Mesmo quando estou esperando por isso, eu... — Ele para de falar, olhando diretamente para o tabuleiro que divide com Corgi.

— Leve este aqui com você — sugere Feliz, cutucando Corgi com o cotovelo. O líquido balança dentro de seu copo térmico feito de isopor, e penso que todos nós fingimos não saber que lá dentro tem tanto uísque quanto café. — Essa caneca horrorosa vai te fazer ter mais pesadelos que o barulho.

— Pior é você, seu filho da mãe estúpido, tão feio que não consegue deixar um espelho inteiro — Corgi responde, contente.

A amizade entre homens é bem estranha.

— Mais alguém tem planos para o fim de semana? — pergunto, afastando minha torre do perigo imediato.

Ganido vai encontrar as filhas. Ele as vê uma vez por mês, porque o acordo de custódia foi feito em um período muito difícil, e ele ainda não se sente seguro para mudá-lo. Seu rosto fica mais suave quando fala sobre elas, e o tremor na mão diminui um pouco. Elas poderiam ajudá-lo muito, eu acho, mas ele nunca vai colocar sobre elas o fardo de ver seus dias ruins.

Steven tem um encontro, e a maior parte do grupo começa a fazer piada com isso. Ele aceita tudo com um sorriso bobo.

— Ela é viúva de um fuzileiro — explica. — Sabe como é.

Gunny vai para Denver para ver o recital de balé do bisneto, com Hannah, como sempre.

— Espero conseguir ficar acordado — ele suspira. — É cada vez mais difícil.

— É só pedir para Hannah acordar você antes da apresentação do garoto — Phillip sugere. — Pode dormir o tempo todo, desde que veja o menino no palco.

Gunny assente, pega a rainha de Jorge com um peão e olha para mim.

— E você, srta. Priya? Tem planos?

— Minha mãe tem que trabalhar no sábado, cuidar de algumas coisas. — Ganido pega um dos meus bispos. Ele vai acabar comigo em alguns movimentos. — O agente Archer vai me levar a Rosemont.

— O que tem em Rosemont? — pergunta Jorge.

— Uma capelinha linda com janelas incríveis. Foi a secretária da igreja de Gunny que me falou sobre ela, e quero ir visitar porque gosto de fotografar vitrais.

— É quase uma hora de viagem — Steven comenta. — Por causa de janelas?

— Era minha irmã quem amava as janelas — respondo em voz baixa. Todos os homens se ajeitam e se acomodam, como aves em cima de um fio de energia elétrica. — Talvez seja um jeito de me despedir, antes de irmos embora.

— Paris tem muitos vitrais lindos, pelo que ouvi dizer. — Corgi coça o nariz, e pontinhos vermelhos surgem em volta de um vaso rompido por causa da pressão. — É lá que fica Notre-Dame, não é?

Seguro a vontade de rir de como ele pronuncia a palavra: nou-tri.

— Isso — respondo. — É difícil explicar. Acho que é mais tipo... Bom, Chavi viu aquelas janelas. Fomos a Paris algumas vezes quando éramos mais novas, quando ainda morávamos em Londres.

— Vocês moraram em Londres?

— Moramos lá até eu fazer cinco anos. Nasci lá. — Dou de ombros diante dos olhares de espanto. — Minha mãe recebeu uma excelente proposta de trabalho em Boston. — E ela queria muito colocar um oceano entre nós e as duas famílias, mas não posso dizer isso para homens que sentem mais falta da família que de qualquer outra coisa, porque estão destruídos demais para estar com elas. Não todos, mas muitos deles.

— Você não tem sotaque.

— Nunca me ouviu depois de uma maratona de BBC. — E lá se vai minha torre. — Perdi grande parte do meu sotaque durante o ensino fundamental. As crianças riam de mim, e então minha mãe me ajudou a suavizar o resto. Ele aparece mais quando estou cansada.

— Minha nora é assim com Minnesota — Jorge conta rindo. — Ela também fica vermelha por causa disso.

Feliz conduz a conversa para um sermão sobre serviços de atendimento ao cliente, e eu não resisto. É um lindo dia, claro e com uma brisa quase morna; é tentador passar a tarde toda ali, mas Archer está esperando, e eu realmente me sinto mais segura em casa. Vejo o Oficial Clare do outro lado do estacionamento, perto da lanchonete, vestido à paisana. Observando. Não tenho dúvida de que ele vai vir até aqui fazer perguntas sobre mim.

Hannah me acompanha até o supermercado e fica comigo até Archer levantar os olhos do tablet e nos ver. Depois, ela me dá um beijo no rosto e sai.

— O que vai querer? — pergunto ao agente. — Eu pago.

— Café preto triplo. Obrigado.

— Quer ficar acordado até a semana que vem, é? — Dou um passo para trás para poder me virar e entrar na fila, e tropeço em alguém. Minha bolsa cai no chão, espalhando o cartão, as fotos e minha carteira.— Ah, bolsa, não. — Abaixo para recolher tudo, mas outro par de mãos é mais rápido.

Levanto a cabeça e vejo Joshua ajoelhado na minha frente, me oferecendo as fotos e o cartão. Seu chá e um livro de capa dura estão no chão, ao lado de seu joelho. Os óculos de leitura estão pendurados na gola do suéter, que é mais leve do que aqueles que ele usou durante o inverno.

— Obrigada. Desculpa por ter atropelado você.

— Tudo bem. Fico feliz por não ter arruinado as fotos. — Ele acena com a cabeça para Archer, um cumprimento vago a que o agente responde.

Deixo as fotos e o cartão em cima da mesa.

— Acho que assim é mais seguro. Ah, e Archer... Já que vai me dar carona, eu pago o café no sábado também. Quero chegar em Rosemont antes do sol nascer.

O palavrão assustado me acompanha até a fila.

Quando volto com o chocolate quente para mim e a bomba de cafeína para ele, Archer está sozinho na mesa.

— Antes do amanhecer? — ele pergunta, azedo.

— Ou o mais perto possível disso. Já viu o nascer do sol através de vitrais, agente Archer?

— Não — ele responde apático. — E não ligo se isso não mudar.

— Mas é meu aniversário.

Ele suspira e bebe o café.

— Agente Hanoverian? Encomenda para o senhor.

Eddison desvia os olhos dos papéis e olha para a porta da sala de reuniões. Vic e Ramirez parecem igualmente surpresos, considerando o tempo que Vic demora para se levantar.

Depois, ele começa a rir.

— Minha mãe mandou nosso jantar.

— Deus abençoe sua mãe — Ramirez suspira.

Eddison empurra as anotações para o lado e aceita o pote com ensopado de carne ainda quente e os pacotinhos de papel alumínio com pão e manteiga.

— Ela é um anjo — concorda.

Todos passam algum tempo se concentrando apenas na comida. Faz muito tempo que eles almoçaram. Assim que Vic distribui as fatias de torta de nozes, eles retomam a tarefa.

— Essas meninas se tornaram importantes para ele — diz Vic. — Só ele pode dizer se estava preservando a pureza que via nelas ou castigando sua maldade.

— E o que aconteceu com Darla Jean? — Ramirez começa a dobrar o papel alumínio em forma de leque. — Ela não foi só a primeira assassinada. Ela deu forma ao motivo.

— Todos os depoimentos dizem que ela era uma boa menina. O namorado contou que eles tinham se beijado pela primeira vez pouco antes de ela morrer. Todo mundo na cidade a conhecia, todo mundo na cidade a amava.

— Mas ela foi estuprada — Ramirez responde. — A patologia do assassino sugere que ele viu alguma coisa que considerou pecaminosa. Pode ter sido até mesmo esse beijo.

Vic pega a pasta de Darla Jean e dá uma olhada rápida nos depoimentos colhidos.

— O namorado não notou a presença de outra pessoa até o padre sair de seu escritório. Depois que o menino foi para casa, o padre não viu ninguém além de Darla Jean. Ele foi a pé até a cidade. Até onde ele sabe, Darla Jean estava sozinha.

— Ela não tentou fugir — Eddison comenta. — Não tentou lutar até ser tarde demais. Essa pessoa não era só conhecida, era alguém em quem ela confiava.

— Mesmo levando em conta o estupro, nossa primeira presunção seria, normalmente, alguém da família — diz Ramirez. — Pai, irmão, primo, *alguém* vê o beijo e decide que seu comportamento pecaminoso a torna indigna de fazer parte da família.

— O pai morreu de infarto dois anos antes de Darla Jean, e todos os primos ou eram jovens demais, ou estavam fora da cidade. Mas havia um irmão mais velho. — Vic vira algumas páginas na pasta. — Jameson Carmichael, na época com vinte e um anos. Formado aos vinte na Universidade do Texas, em web design. Arrumou um emprego em uma pequena empresa de marketing na cidade e continuou morando na casa da família em Holyrood.

— Ele está na nossa lista?

Eddison balança a cabeça, mas revê as informações mesmo assim. Digita o nome em seu tablet e começa a avaliar as ocorrências da busca.

— Parece que não esteve na lista de ninguém recentemente. Ele se demitiu do emprego e saiu da área de Holyrood e San Antonio alguns meses depois da morte da irmã. É citado em alguns memoriais e artigos, mas não aparece mais nada.

— Isso é estranho.

Eddison pega o telefone, digita um número e transfere a ligação para o viva-voz, usando o alto-falante no meio da mesa.

— Precisa de alguma coisa? — Yvonne pergunta, sem perder tempo com amenidades.

— Sim, da sua sabedoria e orientação — ele responde. — Ou, pelo menos, das suas habilidades com um computador. Tem alguma chance de vir até aqui hoje à noite?

— Estou sozinha com o bebê, mas trouxe comigo um laptop seguro e tenho acesso a todos os meus sistemas aqui mesmo, em casa. Alguém me ama?

— Nós — Ramirez ri. — Estamos procurando Jameson Carmichael. Ele é irmão de Darla Jean.

— E você consegue abrir para nós a planilha mais recente dos telefonemas para floristas?

— Você tem ideia de quantos analistas odeiam você neste momento? — Já dá para ouvir o ruído de teclas do outro lado e os balbucios de um bebê satisfeito.

— Sei que é um tédio, mas telefonar para floristas é mesmo a pior coisa que podemos pedir a todo mundo?

— Sei mais ou menos quantas floriculturas existem no estado do Colorado. Acha que essa é uma informação que eu sempre quis saber?

— Tenho certeza de que muitos maridos no Colorado ficariam gratos por essa planilha.

— Fofo, mas o nome disso é Google. E Carmichael, seu homem... Alguma chance de ele ter morrido como indigente em algum lugar? Porque simplesmente desapareceu quando saiu de casa. Fechou a conta no banco, mas não parece ter aberto outra. A carteira de motorista do Texas venceu e não foi renovada. Ele também não tentou tirar uma nova em outro lugar. Não tem contas, nem passagens, nem contratos de aluguel, títulos de propriedade, passaporte, nem atendimento hospitalar no nome dele. Também não está preso, a menos que seja indigente ou tenha adotado outra identidade muito convincente. Seu garoto deve estar morto, sofrendo de amnésia ou construiu uma vida com um nome novo.

— E o carro que era registrado no nome dele? Você pode rastrear o veículo e descobrir se foi transferido ou registrado em outro lugar, não? — pergunta Vic.

— Poderia, senhor, mas não aconteceu nada disso. O carro sofreu perda total poucas semanas depois da morte da irmã dele. Polícia e seguradora informam que ele atropelou dois cervos.

— E isso deu perda total?

— Acontece o tempo todo — responde Yvonne. — Bambi e a namorada podem destruir a frente do seu carro. Carmichael recebeu o dinheiro do seguro cerca de duas semanas antes de fechar a conta.

Eddison balança a cabeça.

— Consegue levantar tudo isso em segundos, mas leva uma eternidade para descobrir se alguém vendeu dálias recentemente.

— Bem, desta vez você me deu um nome, amor, não centenas de empresas e proprietários que nem sempre atendem o telefone ou ligam de volta.

— Eu mereci essa — ele reconhece.

— Sim, sim, mereceu.

— Desculpe, Yvonne.

— Ei, eu sei que esse caso é importante — ela fala em tom manso. — Se eu pudesse gritar um palavrão, chutar o mundo e fazer ele girar dez vezes mais depressa, eu faria tudo isso.

— Eu sei.

— Carmichael deve ter as digitais registradas depois da investigação. Pode dar uma olhada para ver se aparecem em algum outro lugar?

Ramirez olha para Vic, e alguns cachos caem do arranjo feito com o lápis.

— Não temos as digitais do assassino em nenhuma cena de crime.

— Não, mas ele pode aparecer com outro nome. Nomes mudam, digitais, não.

— Nada, senhor.

— Eu tinha que tentar — ele suspira. — Obrigado, Yvonne, e por favor, mande a planilha atualizada.

— Vou mandar, agentes. Por favor, tentem dormir um pouco. — Ela encerra a ligação, e Eddison desliga o viva-voz.

— Ela tem razão. Vão para casa, vocês dois.

— Vic...

— Estamos todos exaustos — lembra o agente sênior enquanto se levanta. — Vão para casa e durmam. Espero vocês amanhã de manhã na minha casa. Minha mãe vai adorar a chance de alimentar vocês, e podemos ver se Finney tem novidades.

Eddison hesita, olhando para as pilhas de papéis e pastas em cima de sua mesa. Ele escuta Vic e Ramirez cochichando, depois o som da porta sendo fechada. E sente a mão em seu ombro.

— Vic...

— Brandon.

Ele levanta a cabeça.

Vic só usa seu primeiro nome quando quer ter certeza absoluta de sua atenção.

— Amanhã é aniversário de Priya — Vic fala em voz baixa. — Você sabe que vai ser um dia duro. Ela vai precisar da sua melhor versão.

— E se minha melhor versão não for suficiente?

Em vez de responder, Vic aperta seu ombro e vai embora.

MAIO

Agitada demais para ficar quieta, minha mãe sai um pouco depois das cinco para ir ao escritório dela em Denver. Antes de partir, ela me abraça com tanta força que é provável que eu tenha hematomas.

— Seja firme — ela repete —, seja esperta e se cuide. — De maneira geral, não é a melhor bênção que se pode dar a uma filha antes de ela sair para matar alguém.

Fico jogada na cama, não inteiramente acordada, mas com certeza não estou dormindo. Não dormi a noite passada. Meu cérebro não desligou o suficiente para me deixar descansar.

Fiquei pensando em Chavi correndo atrás de mim no labirinto de lençóis, dançando comigo, rindo, sangrando no chão de pedra cinzenta.

Pensei em meu pai, destruído, entorpecido e envergonhado no hospital, enforcado no corrimão quando voltei para casa depois da aula.

Também fiquei pensando em todas aquelas outras meninas, cujos nomes agora eram tão familiares para mim quanto o meu.

Darla Jean, Zoraida, Leigh, Sasha.

Mandy, Libba, Emily, Carrie.

Laini, Kiersten, Rachel, Chavi.

Natalie, Meaghan, Aimée, Julie.

Eu poderia viver até os cento e dez anos, e acho que esqueceria meu próprio nome antes de esquecer o delas.

Quase posso sentir o peso de Chavi atrás de mim quando fecho os olhos, todas aquelas noites acordadas até tarde escrevendo em nossos diários, uma ao lado da outra, dormindo juntas. As manhãs preguiçosas embaixo das cobertas até minha mãe pular em cima de nós. Literalmente pular e começar a fazer cócegas, e ríamos até ficarmos todas sem ar. Lembro a sensação da mão de minha irmã em meu cabelo, afastando-o do meu rosto ou separando mechas para ajudar minha mãe a retocar a raiz. Lembro-me de seu hálito morno em minha orelha, o jeito como os dedos traçavam desenhos em meu quadril antes mesmo de ela estar completamente acordada, o modo como ela nunca comia meu cabelo acidentalmente, mas vivia cuspindo o dela.

Depois de um tempo me levanto e tomo um banho, seco meu cabelo de raízes recém-pintadas com mais cuidado que de costume. Uma grande rosa branca, a maior que consegui encontrar na seção de flores do nosso supermercado, descansa sobre minha orelha. Usar a coroa do meu aniversário seria óbvio demais. Normalmente, não olho no espelho depois de ficar pronta. Prefiro usar o espelhinho de bolsa para olhar só aquilo em que estou trabalhando. Hoje, no entanto, faço a maquiagem diante de meu reflexo inteiro. Sou Chavi, porém mais suave, não tão radiante ou ousada, a estrutura óssea e os traços de minha irmã vistos por uma lente de cores diferentes. Ponho o vestido leve e branco, o suéter azul royal e leggings que usei ontem à noite. Uma frente fria bizarra que chegou ontem está trazendo neve, no dia primeiro de maio. Mesmo assim, o casaco deve me aquecer o suficiente.

Lá embaixo, ouço Sterling e Archer conversando. É a mudança da guarda. Quando desço com a câmera pendurada no ombro, Sterling já foi embora. Archer olha para mim com olhos meio raivosos. Arrependido? Mas ele sorri desanimado e abre a porta, então, acho que está tudo bem. Não sei o que Sterling teria pensado se soubesse dos nossos planos para hoje.

Ainda posso recuar. É só contar para ele ou para um dos outros sobre o irmão de Darla Jean e deixar que o encontrem e o prendam.

Mas penso em esperar nem sei quanto tempo até um tribunal me informar que a justiça foi feita, quando justiça não vai trazer ninguém de volta. "Seja firme", minha mãe disse.

Eu sou firme. Tenho certeza.

Paramos no Starbucks para comprar bebidas para a viagem e depois partimos.

O trajeto até Rosemont é longo e quieto, nós vamos sorvendo goles das nossas bebidas até elas acabarem. O rádio toca baixinho, e é difícil ouvir a música com o barulho do aquecedor. Na metade do caminho, começa a nevar, flocos grandes e molhados que caem sobre o para-brisa e derretem ao tocar o vidro morno. De vez em quando, o GPS anuncia uma mudança de direção.

Minhas mãos não param de tremer. Mantenho as luvas, embora elas estejam começando a suar. *Nesse momento*, penso, *seria bom ter uma religião*. Seria bom ter alguma coisa ou alguém para quem rezar com a relativa certeza de ser ouvida. Por outro lado, se eu fosse uma pessoa realmente religiosa, provavelmente não estaria fazendo isso, então... sabe como é.

A nevasca vai ficando mais forte. Quando atravessamos a cidadezinha de Rosemont, um batalhão de homens e mulheres de casaco cor-de-laranja circula com pás e baldes de sal. Três escavadeiras aguardam em um estacionamento ao lado da sede dos bombeiros, prontas para garantir a volta dos cidadãos para suas casas. Poucas pessoas moram ali na cidade. De acordo com os artigos que li sobre a capela, Rosemont existe principalmente para que os moradores da região tenham um lugar onde fazer compras, receber e enviar correspondências e educar seus filhos.

Archer fica intrigado com a franca curiosidade que despertamos na rua principal.

— É tão estranho assim um forasteiro por aqui?

— A cidade é pequena.

A capela Shiloh fica alguns quilômetros afastada da cidade. Rosemont é pequena, mas consegue ter quatro igrejas. A capela foi deixada por uma rica família de mineradores que era dona da maioria das terras da área. Ainda é popular para casamentos, apesar da denominação. Archer para o carro atrás da capela, e fico tão encantada com a vista que, por um momento, esqueço por que estou ali.

É como estar no interior de um globo de neve. O branco cobre o telhado inclinado, mais que uma camada fina, mas ainda não o suficiente para esconder as lajotas de cerâmica avermelhada. As paredes também são brancas, gesso, argamassa ou algum outro material que produz grossos redemoinhos de textura, como em uma pintura a óleo. As rosetas de cada lado da porta vermelho-sangue são pequeninas e azuis, e tem alguma coisa de perfeição nisso.

O sol não vai ser suficiente para capturar as outras janelas em toda a sua glória, mas também há magia nisso.

Verifico a câmera, penduro a alça no ombro e saio do carro, segurando a câmera propriamente dita entre as mãos. Uso o quadril para fechar a porta e encosto na frente do carro. O calor que o veículo emana penetra pelo meu casaco, apesar da umidade da neve derretida, e, por algum tempo, só aprecio a paisagem.

Enquadrar a imagem fica para depois. Não dá para capturar o contexto pela lente da câmera.

Archer ainda está no carro quando levanto a câmera e começo a fotografar, a pequena capela quase se misturando à neve, exceto por seus trechos coloridos. Vou andando em torno da estrutura, encontrando os ângulos interessantes. As paredes leste e oeste são, como na capela metodista em Huntington, reduzidas ao necessário para sustentar as janelas e o teto. O vitral é glorioso, mesmo sem os raios de luz e sem ter como seguir as colunas de luz na neve recente. A parede ocidental mostra Jesus andando sobres as águas na tempestade, os discípulos encolhidos em um barco rústico em um canto.

Josephine era episcopaliana. Fomos com ela à igreja algumas vezes por curiosidade, e depois Chavi escolhia histórias da Bíblia e as desenhava em janelas como essas. Eu não pensava nessas histórias há anos.

A parede norte é completamente sólida, exceto por um trio de rosetas em tons quentes de amarelo, âmbar e marrom. É uma ideia muito inteligente, se você acredita na Trindade, com cada roseta de uma cor predominante, mas contendo as três, uma se fundindo à outra nos contornos. Talvez seja ainda mais inteligente se você não acredita.

Dou mais uma volta no prédio, e desta vez me aproximo mais para fazer alguns closes. Um rastro de pegadas verdes mostra onde estive, embora a neve fresca salpique rapidamente a grama.

A parede leste é seu próprio nascer do sol, e queria poder vê-la com todo seu calor, as cores incendiadas pela luz. Há cores que eu nunca pensaria em acrescentar a uma alvorada, azuis radiantes e verdes suaves que se fundem em índigo e lilás, mas funciona de um jeito que Chavi poderia entender, embora provavelmente não soubesse explicar.

Quando volto à frente da igreja, Archer ainda está dentro do carro.

— Não vai entrar? — pergunto pela janela fechada.

Ele balança a cabeça.

— Está muito frio. Mas não tenha pressa.

Certo.

Não tem cadeiras na capela, nem genuflexórios, só espaço, desprovido até daquela vibração de eletricidade. Tiro minhas fotos, mais fascinada do que poderia imaginar com a simplicidade das rosetas do lado norte, cujas cores são quentes e relaxantes como luz de velas. Tem uma quietude no ar, o momento que precede uma inspiração. Não é só silencioso, é abafado.

Solidão, imagino, quando ela é natural, em vez de uma escolha.

Guardo a câmera e deixo a bolsa em um canto, depois tiro as luvas, o cachecol e o casaco. Não está quente o bastante para isso, mas sei que aparência tenho neste vestido, porque sei como Chavi ficava quando o usava. Sempre foi um de seus favoritos, e embora ela fosse uns dois ou três centímetros mais alta do que sou agora, com dois ou três centímetros a menos no busto, ele me serve bem. É doce e inocente, os babados brancos só um pouco festivos demais. Não tenho como ficar parecida com a menina magrela que eu era aos doze anos, mas posso ser um reflexo pálido de Chavi.

A rosa pesa sobre minha orelha, lutando contra os grampos que a mantêm no lugar. Ela parece mais pesada do que deveria ser, e não consigo decidir se sou eu ou meu corpo insistindo em sentir o peso que a mente quer dar a ela.

Com o celular na mão, deixo o casaco cair no chão e sento-me sobre ele. Mesmo com a lã pesada das leggings felpudas, ainda sinto o frio penetrando minhas roupas. Chavi costumava se sentar desse jeito, cativada pelo que tentava desenhar.

Ouço o barulho de um carro dando meia-volta e se afastando. É claro. Ninguém virá se Archer estiver lá. Ele vai se esconder um pouco mais longe, vai observar. Esperar. Abro a lista de contatos no celular, escolho um e toco o ícone do telefone, depois o do viva-voz, e fico ouvindo os toques ecoando na capelinha.

— Acordou cedo para um sábado, aniversariante.

Alguma coisa tensa e terrível se solta em meu peito quando escuto a voz de Eddison. Dá para ouvir o caos atrás dele, Vic sendo duramente repreendido pela mãe.

— Está nevando — eu falo, e ele ri.

— Maldito Colorado. Mas você sempre espera eu ligar no seu aniversário. Está tudo bem?

Porque, por mais que seja meu amigo, ele também é um agente, às vezes mais agente que amigo; sempre vai procurar padrões e como os quebramos. É reconfortante. Confiável.

— Cheguei à idade de Chavi.

— Merda, Priya.

— No próximo ano vou fazer dezoito e, racionalmente, eu sabia que isso ia acontecer, mas acho que não estou preparada para ser mais velha que minha irmã mais velha.

Não estou preparada para muitas cosias, mas sigo em direção a elas do mesmo jeito.

— Já levou um beliscão da sua mãe por estar toda sentimental no seu aniversário?

Isso me surpreende e me faz rir.

— Ela vai trabalhar até mais tarde. Além disso, sempre tenho meia hora para ser sentimental. É uma regra.

Porque meu pai se matou no meu aniversário, e por mais que minha mãe se recuse a chorar por ele, nunca me critica por, de vez em quando, querer chorar essa morte. Minha mãe não é de expressar muitos sentimentos, mas nunca me pediu para ser como ela.

— Já contei que minha mãe supervisionou o que teria sido a formatura da Faith? — ele pergunta. É uma espécie de oferecimento, uma coisa privada e dolorosa, porque ele raramente fala sobre a irmã.

— Deve ter sido difícil.

— Ela ficou arrasada durante semanas, mas melhorou um pouco depois disso. Serviu para ajudá-la a aceitar que, mesmo que tivéssemos Faith de volta, nunca mais teríamos aqueles anos e aqueles acontecimentos.

— Está dizendo que devo fazer uma festa enorme para comemorar meus dezoito anos e beber até cair para me recuperar disso?

— Não se atreva. — Ele ri baixinho, depois ouço a voz de Mercedes bem perto do fone.

— Feliz aniversário, Priya! — ela cantarola.

— Obrigada, Mercedes.

— Onde você está? — ela pergunta. — Tem um eco na ligação.

— Capela Shiloh — respondo. — Em Rosemont, o que complica. Mas as janelas são lindas.

— Se sua mãe foi trabalhar, está aí sozinha? — Eddison pergunta, sério.

— Não, Archer me trouxe.

— Posso falar com ele? — De repente, a voz do outro lado fica agradável demais, o que é um sinal de que as coisas não seriam muito boas para Archer.

— Ele ficou lá fora. Disse que está muito frio.

— Ramirez...

— Ligando — ela diz. — Falo com você depois, Priya.

— Tudo bem.

— Onde ele estava com a cabeça? — Eddison se irrita.

— Eu pedi, é meu aniversário.

— Uma igreja, Priya. Não tinha outro lugar?

— Achei que estaria segura se não viesse sozinha.

— Se ele ficou lá fora, você está sozinha, e isso é inaceitável. Ramirez está ligando para ele.

— Com quem está falando, Priya?

E essa voz definitivamente não é de Archer.

Olho para a porta. Mesmo sabendo o que vou encontrar, meu coração pula no peito. Sinto um medo repentino e pesado, sólido.

— Joshua? O que está fazendo aqui?

— Priya! — Eddison está furioso, ou em pânico. Os dois. — Quem está aí?

— Joshua — respondo atordoada. — Aquele do café, que uma vez jogou uma bebida em Landon.

— Ele não devia ter incomodado você — diz Joshua, e sua voz é simpática e amistosa como sempre. Está usando mais um de seus suéteres, verde e lindo como seus olhos, os olhos tristes de que quase consigo me lembrar de Boston. A seus pés...

Por favor, que este não seja o maior erro da minha vida.

A seus pés vejo uma enorme cesta de vime quase transbordando de rosas brancas.

— Você matou Landon?

— Ele não devia ter incomodado você — Joshua repete em tom manso.

— Onde está o agente Archer? O que fez com ele?

Ele ri, e sinto o terror subir por minhas costas em forma de arrepio.

— Não precisei fazer nada. Passei por ele na cidade depois que você ficou aqui.

Na cidade? Eu sabia que ele se afastaria da capela e que a ideia de me usar como isca era tentadora demais, mas esperava que voltasse por uma estrada secundária, ou pelo bosque. Que diabo ele foi fazer na cidade?

Uma parte muito grande do meu plano dependia de Archer estar perto o suficiente para me resgatar.

Estou muito fodida.

— Por que trouxe essas rosas? — pergunto, minha voz tremendo mais de medo que de frio. Pelo telefone, ouço a voz abafada de Eddison resmungando palavrões, como se ele cobrisse o fone com a mão. A única coisa que consigo ouvir claramente é o grito dele chamando Vic.

— Ah, Priya. — Joshua se ajoelha, ainda vários metros distante, e sorri. — São presentes, é claro. Meu pai me ensinou que sempre se deve dar flores para uma garota. É cortesia. Você é diferente das outras. Você merece mais.

Devagar e com cuidado, para ele não entrar em pânico e pular em cima de mim, fico em pé com o telefone na mão.

— O que está fazendo aqui, Joshua?

— Vim proteger você. — Parece sincero. Quão fodida deve ser sua cabeça para que ele realmente acredite nisso? — Você é uma boa menina, Priya. Eu soube disso em Boston. E Chavi foi uma irmã maravilhosa. Você foi muito amada, e foi muito boa.

— Então, por que a matou? — Lágrimas fazem meus olhos arder e formam um nó em minha garganta. — Por que a tirou de mim?

— Você não sabe o que este mundo faz com boas meninas. — Ele se levanta, e aperto o telefone com mais força. Mas um telefone não é uma arma. Ele estende uma das mãos e seus dedos se movem no ar, a centímetros de distância do piercing no meu nariz, meu bindi. — Chavi também era uma boa menina, mas não teria sido sempre assim. Ela ia para a faculdade. Teria sido corrompida pelo mundo, e teria corrompido você. Tive que proteger as duas. E protegi. Você se manteve boa. Fiquei preocupado depois que Chavi morreu, achei que você poderia se perder, mas não aconteceu. Aimée era exatamente aquilo de que você precisava.

— Eu precisava de uma amiga — respondi —, e você a matou!

— Ela ficou muito triste depois que você se mudou. Eu não queria que ela ficasse triste.

Os dedos tocam meu rosto, e eu recuo.

— Não me toque!

— Prometo que não vai doer — ele fala, para me acalmar. — Não vai nem sentir. E depois...

Dou um passo para trás, tento me afastar e bato na parede. Ai, Deus, este lugar é realmente pequeno, muito menor do que percebi antes da chegada do assassino. O assassino em série que é muito mais alto e muito mais forte que eu.

Ai, porra.

Ainda sorrindo, Joshua tira o telefone da minha mão. Na sua outra mão vejo o brilho de uma faca de caça.

— E então, Priya, você vai ser boa para sempre. Eu sempre vou proteger você. — Ele encerra a chamada e joga o telefone contra a parede do outro lado

— Por favor, não faça isso — sussurro.

O sorriso dele se alarga.

— Eu tenho que fazer; é para o seu bem. Agora vai ter que ficar bem quieta, ou vai sentir dor. — Ele ajeita a faca na mão, mas ainda a mantém abaixada, junto do corpo.

Respiro fundo, tão profundamente quanto consigo, e me jogo em cima dele, uma de minhas mãos buscando seu pulso, a outra no seu cabelo, meu joelho levantado entre suas pernas. Enquanto ele tenta se soltar, chuto, soco e arranho, tentando manter aquela faca longe do meu pescoço.

E grito, grito mais alto do que gritei por Chavi.

Grito, torcendo para Archer estar por perto.

Grito, e talvez nunca pare de gritar.

O coração de Eddison para quando a ligação é cortada. Apesar do treinamento, apesar da adrenalina correndo nas veias, tudo que ele consegue fazer é olhar para o telefone.

— Archer está quase chegando à capela — Ramirez informa, o celular de serviço preso entre o ombro e a orelha. O polegar voa sobre a tela do celular pessoal. — Ele foi à cidade buscar reforços; o babaca usou a menina como isca. — E ignora o grito de protesto do outro lado da linha. — Estou com Sterling. Finney está acionando a delegacia. Rosemont não tem efetivo policial, por isso vão mandar duas viaturas da sede no condado. Archer está com dois veteranos do exército de Rosemont. Para de falar e dirige, imbecil! — ela grita ao telefone.

Vic também usa dois aparelhos, um para providenciar um voo para o Colorado, o outro para mandar uma mensagem para Yvonne. Eles estavam analisando os resultados da pesquisa de floristas quando Priya telefonou; Marlene reclamou por Vic trabalhar à mesa do café.

— Sim, estou ouvindo. Preciso de três passagens para Denver, e temos que chegar lá o mais depressa possível.

Eddison se recupera, pega o celular e tira o aparelho fornecido pelo FBI do suporte no cinto. Ele sempre achou patético ter seis celulares para três agentes, mas agora é grato por isso. Ele liga para Priya, mas a ligação cai direto na caixa postal. Com o outro telefone, manda uma mensagem para Finney.

Ramirez tira o telefone da orelha e olha para ele.

— Eles chegaram à capela, ouviram Priya gritando, e o imbecil desligou!

— Acha melhor ele segurar o celular ou a arma? — Eddison resmunga.

— Ele devia ter deixado o celular no bolso para ouvirmos tudo. Imbecil.

Eddison não sabe se ela xingou a Archer ou a ele mesmo, e não tem a intenção de perguntar.

— Temos que ir para o aeroporto — Vic diz a eles. — Deixaram as bolsas de emergência no escritório?

— Temos outras no carro — responde Ramirez.

— Ótimo, então vamos.

Marlene os vê sair e comprime os lábios em sinal de preocupação.

Por algum tipo de feitiçaria ou por experiência, Vic os coloca dentro de um avião em pouco mais de uma hora. Eles recebem notícias de Finney pouco antes do embarque: Priya e Joshua estão sendo transportados para o hospital mais próximo e serão levados de avião a Denver antes que o tempo impeça. Finney vai encontrá-los no hospital.

Sterling manda uma mensagem para Ramirez: a nevasca está virando uma tempestade. Talvez tenham que ir para outro hospital.

Eddison torce para que a tempestade ocorra bem longe de Denver, a oeste. Por favor, pelo amor de um Deus com o qual ele tem diferenças desde que Faith desapareceu, que essa tempestade não prejudique os voos.

Eles desligam os celulares durante o voo, e Eddison tem certeza de que o tempo nunca passou tão devagar. Não pela primeira vez, e provavelmente não pela última, ele deseja que o FBI tivesse pelo menos a metade dos recursos mostrados em séries e filmes. Se fosse assim, estariam em um jatinho particular de onde poderiam manter contato com o pessoal no solo, não em uma relíquia voadora que não tem nem wi-fi.

Também não haveria uma criança gritando o tempo todo e chutando o encosto de sua poltrona durante *quatro horas inteiras*.

O tempo entre o pouso e o desembarque é interminável, e ele pula assustado ao sentir a mão sobre seu joelho. É a mão de Vic. Eddison fica vermelho ao ler a expressão no rosto do parceiro. Porém, em vez de um sermão ou um comentário ferino, e ele provavelmente mereceria os dois por sua impaciência, Vic apenas tira uma foto da valise de viagem e a entrega a Eddison.

— É por isso que você vai se acalmar assim que puder fazer mais alguma coisa.

Isso... era uma foto que ele nem sabia que existia. Foi tirada de trás, meio de longe, enquanto Eddison e Priya olhavam para a estátua no Lincoln Memorial. Eles estão lado a lado, o braço dele sobre os ombros dela. Ou quase isso. Ele aparece curvado sobre um de seus ombros, o braço está dobrado de modo que sua mão descanse sobre os cabelos dela, cabeças inclinadas, uma para a outra, seu rosto apoiado no dorso da própria mão. O braço dela envolve a parte inferior de suas costas, os dedos enganchados no passante do cinto, perto da arma.

Ele respira fundo e para de balançar o joelho.

Vic está certo. Quando o assunto é gente, ele normalmente está.

Assim que houver alguma coisa que ele possa fazer, ele fará.

Mas, que inferno, este avião pode taxiar mais depressa?

Depois da permissão para desembarque, ele pega a valise e sai do avião antes que a maioria dos passageiros consiga se levantar. Ramirez e Vic estão bem atrás dele. Perto da esteira de bagagem, tem uma mulher jovem segurando uma folha de papel com a palavra *QUANTICO* escrita em letras pretas rabiscadas sem cuidado. Ela endireita os ombros quando vê o trio andando em sua direção.

— Agente especial Hanoverian? — a jovem pergunta.

Vic confirma balançando a cabeça.

— Agente Sterling — ela se apresenta. — Priya está viva e vai ficar bem. Teve alguns ferimentos, não sei dizer se são graves. Ela foi levada para um hospital aqui em Denver e vou conduzi-los até lá. O agressor foi levado para o mesmo hospital e está em cirurgia. Os médicos nos deram uma amostra de sangue, que foi mandada para o laboratório com uma solicitação para prioridade nos testes. As digitais confirmaram a identificação. É Jameson Carmichael. O agente Finnegan está no hospital com Priya.

Vic balança a cabeça de novo, desta vez mais devagar, de um jeito aprovador.

— Vamos para o hospital, então. Temos que encontrar as Sravasti e Finney.

— Sim, senhor. — Ela anda depressa, talvez pela própria determinação, talvez pela ansiedade que irradia dos três. Um carro azul-escuro enviado pelo FBI os espera fora do aeroporto, parado sobre uma faixa onde é proibido estacionar. Um segurança do aeroporto olha feio para eles.

Eddison retribui o olhar. O dele é mais impressionante.

Vic balança a cabeça e resmunga alguma coisa sobre mijar em placas que regulam estacionamento.

O sentimento de alívio por Priya estar viva é incrível.

A agente Sterling não usa as sirenes, mas também não demonstra muito respeito pelas leis de trânsito. Eddison aprova sua atitude sem ressalvas. Ela para na entrada do pronto-socorro e mantém o carro ligado enquanto espera que eles saiam.

— Os policiais de Huntington estão no apartamento de Carmichael. Vou ficar na garagem. Liguem para mim quando saírem.

— Obrigado — Vic fala distraído. Sua atenção já está na ambulância que sobe a rampa em direção à entrada, com a sirene ligada, e os três agentes de Quantico se apressam para Sterling poder sair com o carro.

Ramirez se arrepia.

— Ela quase bateu no carro da funerária.

Eddison revira os olhos.

— O carro está vazio.

— Como você sabe?

— Não tem cortejo.

Vic os ignora. É o que ele costuma fazer quando, como diz, os dois se comportam mais como crianças do que como parceiros de trabalho. Uma recepcionista que parece apressada os encaminha ao segundo andar. Felizmente, não precisam perguntar o número do quarto. Dá para ver um homem de cada lado da porta do quarto mais próximo da base das enfermeiras. Um dos homens usa o uniforme preto da polícia de Denver, e o outro veste um terno amassado e uma gravata torta.

O de terno ergue os ombros ao vê-los.

— Oi, Quantico.

— Finney. — Vic estende a mão, e os dois homens se cumprimentam. Ele acena com a cabeça para Ramirez e Eddison.

— Ela sofreu alguns ferimentos. Hematomas. Talvez tenha fraturado a costela e o pulso esquerdo. Sofreu um corte no pescoço que exigiu alguns pontos, mas não é profundo. Ela já tinha dito, mas uma enfermeira confirmou que não houve estupro.

Vic exala lentamente.

— Essa é a avaliação física. E como ela está se sentindo?

— É difícil dizer. — Finney franze a testa e tenta endireitar a gravata, mas só consegue deixar a parte de trás mais comprida que a da frente. — Exceto pelos tremores, ela está bem estável, mas os olhos parecem transtornados. Ela se acalmou um pouco depois que a mãe chegou.

— Deshani está com ela agora?

O oficial espirra. Eddison tem quase certeza de que foi uma risada.

— Sim, senhor. Fez dois estagiários e um residente chorar, depois exigiu que alguém fosse buscar uma enfermeira para que a filha fosse tratada por alguém que soubesse o que estava fazendo. Nunca imaginei que médicos pudessem se comportar como gatos escaldados.

— Deshani tem esse efeito — Ramirez e Vic respondem juntos, e os dois sorriem diante da surpresa do oficial.

— Podemos entrar? — Eddison pergunta. Ele alterna o peso de um pé para o outro, resistindo ao impulso de enfiar as mãos nos bolsos. Nunca entendeu como Vic consegue ficar quieto quando está nervoso.

— Sim, entrem. Depois pensamos em um plano de ação. Fiquem tranquilos.

Ele não menciona que estão próximos demais dessa vítima, que não mantinham a distância que deveria existir. Ele já sabe que essa distância não existe e, por lealdade a Vic ou por compreender como as coisas podem acontecer, ele não falou nada sobre isso.

Eddison bate na porta.

— Trouxe Oreos — anuncia.

— Então entre logo — Priya responde. — Estou morrendo de fome!

Vic e Ramirez começam a rir. Eddison só apoia a testa na porta e respira fundo. A mão dele ainda treme. Quando os dedos de Vic apertam seu ombro, ele sente vontade de rosnar. Sabe que poderia, e que seu parceiro entenderia a reação, a necessidade de extravasar, e é isso, mais que tudo, que o impede de reagir como quer. Quando raiva e alívio diminuem um pouco, ele abre a porta e entra.

Deshani Sravasti descansa apoiada ao pé da cama. Veio direto do escritório. O terninho cinza-escuro é elegante, mas tem um corte severo, suavizado apenas pela blusa de seda cor-de-rosa e pela echarpe fina e leve com estampas de rosa em torno do pescoço. Os sapatos de salto estão perto da bolsa, no chão, junto da parede mais distante da porta, e ela parece quase ridícula com as meias finas de náilon terminando nas meias coloridas antiderrapantes fornecidas pelo hospital, mas Eddison não é corajoso o bastante para dizer isso a ela. O respeito que demonstra por Deshani é o mesmo que tem pela arma em sua cintura, e ele não saberia dizer qual das duas é mais perigosa.

Priya está sentada na cama de pernas cruzadas, com um travesseiro no colo e um curativo envolvendo o pescoço. O coração dele quase para ao ver a quantidade de sangue nas roupas embaladas ao lado dela. Vê-la vestida com a camisola do hospital não é algo que ele vai esquecer tão cedo. Priya força um sorriso fraco, quase todo escondido pela mão fechada que ela mantém diante da boca, o polegar batendo rápido no cristal azul no nariz. As faces e a região em torno dos olhos têm manchas de maquiagem, lágrimas, suor e, ele deduz, sangue e uma limpeza rápida.

Ela é parecida com a irmã. Cristo, ele sente outro soco no estômago ao perceber quanto as fotos da cena do crime teriam ficado parecidas se ela não tivesse tido sorte.

— Azul — ela fala, e o sorriso desaparece. A mão dela cai sobre o travesseiro, palma e dedos envoltos por gaze e esparadrapo, e as de Inara também estavam assim quando ele a conheceu... Para.

Ele respira fundo.

— O quê?

— As mechas, as joias. São azuis. Ainda são azuis. As dela eram vermelhas.

Ele ri baixinho e massageia o queixo, sentindo a barba que nem se deu ao trabalho de fazer naquela manhã, porque não tinha energia para isso.

— Obrigado. — Ajuda mais do que deveria, sim, mas não o suficiente. Ela estuda as próprias mãos, depois olha para ele, e Eddison se move antes mesmo de perceber, batendo as pernas na cama quando se aproxima para abraçá-la.

Priya se inclina para ele, as mãos envolvem seu braço, e quando ela deixa escapar um grande suspiro entrecortado, ele sente seus ombros abaixarem, os músculos de suas costas relaxarem. Ouve um clique que deve ser Ramirez tirando uma foto, e não consegue nem se incomodar. Priya está viva. Ela está aqui e está viva, e ele tem mais certeza do que teve nos últimos vinte anos de que, afinal, pode ser que realmente exista um Deus.

— E aí, você trouxe Oreos mesmo, ou foi só um truque para passar pela porta?

Ele enfia a mão no bolso externo do lado esquerdo do casaco e pega um pacote individual de Oreos, que joga em cima do travesseiro. Pegou os biscoitos no aeroporto, só por precaução, enquanto Vic discutia com o funcionário do portão de embarque para acelerar a partida.

Ela cobre o pacote com a mão, mas não tira a outra do braço do agente, nem se afasta dele.

— Chegaram depressa.

— Embarcamos no primeiro voo. Vic chutou três pessoas para a lista de espera e ficamos com as poltronas delas.

— Ele pode fazer isso?

— Não sei. Felizmente, ninguém mais sabia.

— Boa, Vic.

O agente sênior sorri e se aproxima de Deshani com a mão estendida. Ela a aperta e a segura por um momento, depois solta. Deshani não é do tipo de mulher que se permite muito conforto.

— Que bom que você está bem, Priya — Vic fala em tom afetuoso.

— Eu não estou sempre?

— Não. E não tem nada de mal nisso.

Ela sorri para o agente, um sorriso cansado e fraco, mas ainda assim um sorriso. Relutante, Eddison a solta para que ela possa se ajeitar melhor, mas não se afasta.

— E suas filhas? — ela pergunta a Vic.

— Holly está decidida a ter um dormitório digno de capa de revista na faculdade, e está planejando tudo e preparando a decoração com a mãe. Agora sei o que é um edredom. — O sorriso de lado confere uma juventude surpreendente ao rosto castigado. — Bom, sei que é alguma coisa feita de tecido para cobrir uma cama.

Ramirez ri e ajeita a alça da bolsa de viagem no ombro.

— Agora que já vi que você está bem, ou vai ficar bem, vou descobrir o que está acontecendo. Vejo vocês duas mais tarde.

— Não é o Eddison que costuma cuidar desse lance da cena?

— Tem uma agente novata no carro. Se eu deixar o Eddison ir coletar os dados da cena com ela, a moça provavelmente vai desistir do FBI.

— Sterling é mais durona do que parece. Capaz de convidá-lo para sair.

Se estivesse perto o bastante para isso, ele estaria empurrando Ramirez para a porta. Como não está, ela acena debochada com os dedos antes de sair.

Tem duas cadeiras no quarto, uma delas de vinil, estofada e monstruosa, a outra de plástico imitando madeira, tão evidentemente desconfortável que deve servir para limitar a permanência das visitas. Vic empurra a cadeira terrível para Eddison e puxa a poltrona de vinil para o outro lado, perto do pé da cama. Nenhum deles oferece a cadeira para Deshani. Os dois sabem que ela está no limite, que o pé da cama é o máximo que consegue aceitar para dar espaço à filha.

Eddison acabou de passar quatro horas com a possibilidade muito real de desembarcar e ser informado sobre a morte de Priya. No momento, espaço não está entre suas prioridades.

— Ninguém me diz nada sobre ele — Priya reclama em voz baixa.

— Ele está em cirurgia — responde Vic. — Isso é tudo que sabemos até agora.

Ela assente.

Eddison está fazendo uma relação dos ferimentos de Priya. O pulso esquerdo tem uma faixa elástica, material que já está começando a desfiar nas beiradas pelo atrito com as presilhas de metal. Dá para ver hematomas se formando nos braços, em volta do pescoço, no rosto, especialmente no queixo e na mandíbula. Tem um arranhão fundo e rosado e um vergão entre os olhos, e ele imagina se o bindi de cristal ficou no chão da capela ou se caiu na ambulância. Finney mencionou alguma coisa sobre as costelas, mas ele não tem coragem de perguntar. Ainda não.

Priya abre a embalagem de Oreos, pega um, separa um biscoito do recheio com um movimento habilidoso e entrega essa metade para a mãe. Migalhas caem sobre a gaze que cobre seus dedos. Depois de pensar por um momento, ela usa o polegar para remover o creme.

— Sério?

Ela olha de lado para Eddison.

— Não tem leite.

— Se eu chamar alguém para dar um jeito nisso, vai parar de comer como uma galinha?

Ela faz uma bolinha quase perfeita com o recheio e entrega para ele o biscoito sem creme.

— Temos coisas mais importantes em que pensar, não temos?

Ele pensa um pouco e depois enfia o biscoito na boca.

— Não.

— Crianças, comportem-se — Vic resmunga, aparentemente aborrecido.

Mas Priya assente sutilmente para Eddison, e ele relaxa na cadeira. Se *precisasse* dos Oreos, ela não teria problema nenhum para comê-los. Depois de enfiar a bolinha de creme na boca, ela limpa os dedos no tecido gasto da camisola do hospital e levanta os braços para afastar os cabelos do rosto. Um momento depois, eles caem para a frente de novo, uma onda pesada de preto com mechas azuis.

— Mãe?

— Acho que os curativos complicam um pouco — Deshani concorda. Ela contorna a cama, para ao lado da filha e de frente para Eddison, e junta o cabelo de Priya com as mãos. Apesar de todo o seu cuidado, a menina se encolhe uma ou duas vezes. — Tem sangue seco aqui — a mãe comenta, e sua voz entrecortada destoa da praticidade da escolha de palavras. — Vamos lavar quando chegarmos em casa.

Batidas na porta precedem a aparição da cabeça de Finney na fresta.

— Ainda estão operando, mas mandaram uma residente com informações, se quiserem ouvir.

Eddison devia se levantar para sair, mas é Vic quem se levanta da monstruosidade de vinil.

— Deshani, trouxe roupas para Priya?

Ela balança a cabeça.

— Vim direto do escritório.

— Vou aproveitar para ver se tem alguma coisa na loja de presentes, depois vamos levar suas roupas para o laboratório. — Ele se aproxima da cama para pegar a bolsa selada e toca o ombro de Eddison, sem apertar, sem massagear, apenas um toque rápido. Um presente.

Há momentos em que Eddison sabe que tem muita sorte por Vic ser seu parceiro.

Mas não se lembra de ter tido essa sensação tão intensa antes.

— Vou buscar café para nós — Deshani anuncia. — Eddison? Quer que eu peça um extraforte?

— Algumas pessoas são suficientemente fortes para tomar café como os deuses queriam que fosse — ele responde, e Deshani ri.

— Você é suficientemente amargo, assim como o café que costuma tomar. — Ela acena com a cabeça para Vic, que segura a porta aberta para Deshani sair.

No silêncio do quarto, Eddison vê Priya tirar o recheio dos outros biscoitos e devolvê-los à embalagem.

— O que aconteceu, Priya? — ele pergunta finalmente.

— Não pensei que conseguiria ir à capela antes da mudança — ela responde depois de um minuto. — Tinha acabado de ouvir falar nela, mas parecia... parecia uma coisa que Chavi teria adorado fazer. Sei que é idiota, mas não consigo me livrar da sensação de que sair do país é deixar minha irmã para trás. Vamos levar as cinzas dela conosco e tudo, mas...

— É uma grande mudança — ele comenta, com neutralidade. Esperando.

— Archer aceitou me levar. Quando entrei na capela, ele ficou no carro. Joshua disse que tinha visto Archer na cidade. — Ela respira fundo, uma inspiração trêmula, os olhos brilhantes com o choque. — Por que ele iria à cidade?

— Logo vamos saber tudo isso, mas ele foi buscar ajuda. Achou que o assassino podia seguir você e, por isso, a deixou lá como isca. Ele foi buscar reforço para voltar e proteger você.

— Como ele ia me proteger se estava na cidade?

Eddison balança a cabeça. Archer pode perder seu lugar no FBI, ou não, pois tecnicamente ele pegou o assassino. Mesmo assim, terá muitos problemas. Eddison vai cuidar pessoalmente para que seja assim.

— Você estava sozinha na capela, ligou para mim, e Joshua chegou.

— Tantas pessoas, e era o Joshua. Ele sempre foi educado. Gentil. Atencioso sem ser bizarro. Parecia seguro. Só pensei... — Ela funga e toca a depressão ensanguentada entre os olhos, piscando para segurar as lágrimas. — Pensei que, se um dia visse o assassino de minha irmã, ele teria a aparência de um assassino, sabe? Tipo, eu poderia *ver* todas as coisas erradas nele. Nunca imaginei alguém como Joshua. Alguém tão normal.

— O nome dele não é Joshua. É Jameson. Jameson Carmichael. A primeira menina que ele matou era a irmã dele, Darla Jean.

— Ele disse que Chavi era uma boa irmã.

— Eu sei.

— Ele disse que Aimée era uma boa amiga.

Os olhos dela brilhavam mais do que ele gostaria.

— O que aconteceu depois que a ligação caiu?

Ela morde o lábio. Seus dentes arrancam uma casquinha, e ele se esforça para não reagir às gotas de sangue que brotam. Os olhos dela estão bem abertos, cheios de lágrimas, e quando Eddison escorrega para a beirada da cadeira e estende a mão, ela a segura, apertando com tanta força que faz arder os esfolados de uma semana atrás.

— Ele disse que precisava me proteger do mundo, que tinha que garantir que eu continuaria sendo boa.

— E atacou você.

— Estava armado com uma faca. Bom, é óbvio. Ele gosta de esfaquear, esfaquear.

— Gosta mais de cortar, cortar.

— Amo você — ela fala, com uma risadinha abafada.

Eddison afaga a mão dela com cuidado.

— Acho que ele não esperava resistência. Talvez sua versão de boa menina não resistisse. Mas sou mais forte do que pareço, sabe?

— Sempre foi. — Ele balança a cabeça diante da cara de dúvida. — Doze anos, Priya, depois dos piores dias da sua vida, com raiva, com medo e de luto, você jogou um ursinho de pelúcia na minha cabeça e disse para eu não ser um porra de um covarde.

— Você estava com medo de falar comigo.

— É verdade. Mas você me desmascarou.

Agora ela usa as duas mãos para segurar a dele, tirando a pele solta em torno das unhas do agente. Ele não tenta impedir.

— Lutamos pela faca, mas ele é muito maior. Eu consegui, depois de um tempo. Peguei a faca e dei uma facada nele. — Sua voz cai para pouco mais que um sussurro denso e pesado de dor. — Não sei nem quantas vezes, estava com muito medo de ele se levantar e me atacar de novo. Ele não tinha um celular, e o meu não estava funcionando. Acho que quebrou quando ele o jogou na parede, e não devia ter quebrado, porque pagamos uma taxa extra pela capa de proteção.

— Priya.

— Esfaqueei ele — Priya repete. — E a faca... Um lado dela era liso, mas o outro tinha uma serrinha e fez um... um barulho de *rasgado* quando saiu, e eu nunca mais quero ouvir esse barulho em toda a minha vida. Eu nem devia ter conseguido ouvir, porque estávamos lutando, ofegando, e eu podia até estar gritando, não sei, mas era como se eu só conseguisse ouvir aquilo.

— O que aconteceu depois?

— Archer entrou correndo bem na hora que Joshua caiu. Ele estava com mais dois homens. Um deles me levou para fora e amarrou seu cachecol no meu pescoço para conter o sangramento. Disse que era médico no exército. Eddison, me desculpe. Eu sinto muito.

— Por quê?

— Por ter sido tão burra. — Apesar de piscar algumas vezes, ela não consegue conter as lágrimas, e ele sente o calor das gotas pingando do queixo de Priya em sua mão. — Não importa que eu não desconfiasse de Joshua, eu sabia que alguém estava atrás de mim. Não devia ter forçado Archer a me proteger sozinho. Devia ter esquecido a porcaria das janelas e ficado em casa.

Fodam-se a distância e o profissionalismo.

Ele se senta na cama, a abraça e embala com delicadeza, e sente quando ela desmorona. Os soluços são quase silenciosos, a respiração é forçada e o corpo treme. Ele não tenta acalmá-la ou dizer que está tudo bem. Não tenta dizer que agora ela está segura.

Segurança, Eddison descobriu, é uma coisa muito frágil, relativa.

Lentamente, a tempestade passa, e ele pega a caixa de lenços de papel ao lado da cama para ajudá-la a limpar o rosto. O que sobrou da maquiagem é um pouco assustador, mas ele limpa tanto quanto é possível sem piorar a situação. Depois toca o ferimento entre seus olhos e se inclina para beijar sua testa logo acima do arranhão.

— Obrigado por estar viva — murmura.

— Obrigada por ter me deixado melecar toda a sua roupa.

Essa é sua menina.

Vic e Deshani voltam juntos. Deshani carrega um triângulo de copos que equilibra pressionando um contra o outro, Vic segura o próprio copo de café e uma sacola de listras azuis e brancas com pegadas pequeninas e uma inscrição na qual se lê "É menino!!!". Ele parece tão acanhado e irritado segurando o pacote que Priya e Eddison se desmancham em risadas quase histéricas.

Vic suspira e entrega a sacola a Priya.

— Também tinha a de "Parabéns, é um tumor" — ele comenta, mas não consegue ficar sério.

Eddison se levanta da cama e continua rindo, enquanto Deshani fecha a cortina em volta da cama para ajudar Priya a trocar de roupa.

— Alguma notícia de Ramirez?

— Uma mensagem. Archer continua em Rosemont. Finney mandou uma equipe de agentes seniores para assumir o comando e levar o cara de volta. Sterling e Ramirez estão na casa de Carmichael. Ele guarda fotos.

— De Priya? — Eddison pergunta com um aperto no peito.

— De todas elas. As agentes estão recolhendo cartões, canetas, amostras de caligrafia. Fotos, é claro. Dá para ter certeza de que ele vai ser indiciado, se sobreviver.

— Qual é a probabilidade?

— Os médicos continuam trabalhando, mas não têm muita esperança. Os pulmões e as costelas estão bem destruídos, o coração foi atingido, alguns vasos importantes foram rompidos. — A voz dele é baixa, uma espécie de quase sussurro que é claro, mas não vai um centímetro além do que ele pretende. — Archer recuperou a faca na cena, eles vão tirar um molde e comparar com os assassinatos anteriores.

— Mas sem se dispor a fazer uma declaração por escrito ou jurar diante de um tribunal, você tem certeza absoluta de que é o nosso assassino que está agora na mesa de cirurgia.

— Se ele sobrevivesse o suficiente para confessar, seria lindo.

— Priya vai ter que ficar no hospital?

Vic balança a cabeça e cruza os braços.

— Assim que a farmácia liberar os medicamentos de que ela precisa, você pode levar as Sravasti para casa. Se elas precisarem parar no caminho para comprar alguma coisa, tudo bem, mas só o necessário. E quando chegarem em casa, fique lá com elas.

Mais um presente. Normalmente é trabalho de Vic falar com as famílias e monitorar quem vai visitar e o que as pessoas dizem. O Eddison da faculdade, da academia, estaria morrendo de rir, mas o homem que ele é agora, o agente que é agora, sabe ser grato pela amizade verdadeira onde ela pode ser encontrada.

— Finney mantém guardas do lado de fora da sala de cirurgia e na sala de assepsia, para garantir — Vic continua antes que Eddison consiga decidir se agradecer seria apropriado. — Vou esperar mais informações aqui com ele, e aproveito para coordenar tudo com Ramirez e a equipe em Rosemont.

A cortina desliza no cano de metal e Deshani a empurra de volta para junto da parede. Priya está acomodada na cama, vestida com uma calça de pijama amarela e felpuda e camiseta de mangas longas do FBI.

— A loja de presentes tem bastante coisa — ela diz em tom seco, segurando com cuidado a caneca de chocolate quente.

— Tem, não tem?

Menos de um segundo separa as batidas na porta da entrada de uma mulher de avental rosa. Ela pisca para Priya com ar cúmplice.

— Trouxe as drogas, cara — diz, fazendo uma péssima imitação de traficante de série de televisão. Balança três sacolas de papel azuis e brancas fechadas com grampos e com longas páginas azuis de instruções grampeadas em cada uma delas.

Deshani belisca a parte mais alta do nariz.

A enfermeira percebe e dá risada.

— Ah, por favor, me deixa brincar. Estou dobrando um plantão com um médico que não consegue controlar seus estagiários. Preciso extravasar.

— Entendo bem isso — diz Deshani. Depois inclina a cabeça para trás e se alonga até todos no quarto ouvirem um estalo.

— Muito bem, moças, é o seguinte. — Ela começa uma explicação rápida, porém completa, de cada medicamento e de como tratar os ferimentos, bem como o que observar e quando retornar. Fica claro que tem muita prática. Quando termina, ela põe as mãos na cintura e olha para as duas. — O importante, além de lembrar que sou enfermeira e, portanto, uma fonte de sabedoria, é se cuidar. Alguma pergunta?

Mãe e filha examinam as instruções escritas, depois balançam a cabeça ao mesmo tempo.

Os dois homens sorriem.

— Então, a menos que esses bons agentes precisem de você por aqui, está liberada. Quer que eu traga a documentação da alta?

Deshani olha para Vic, que balança a cabeça em uma resposta afirmativa.

— Por favor.

Quando minha mãe dirige de volta para casa, a tempestade que cobria Rosemont de neve está começando a se deslocar para Huntington, e apesar de ser um passageiro terrível, Eddison faz questão de que eu fique no banco da frente. Ele se esparrama e se agita no banco de trás. Quando paramos em uma farmácia para comprar material para os curativos, ele e eu ficamos no carro. No supermercado, porém, que não é a Kroger perto do pavilhão do jogo de xadrez, solto o cinto de segurança.

— Tem certeza? — minha mãe pergunta.

— Quero um doce. Alguma coisa que não seja Oreo.

— Venha, então.

Eddison acaba entrando conosco no supermercado e carregando a cesta pendurada no braço, e não consigo nem imaginar que impressão estamos dando. Bom, não é verdade, consigo, porque as pessoas olham para nós de um jeito bem estranho. Ele usa camiseta e moletom do FBI embaixo do casaco, eu estou de pijama e cheia de curativos, minha mãe usa um terninho, e nós duas estamos com as meias antiderrapantes do hospital no lugar de sapatos. Mas minha mãe olha para essas pessoas daquele jeito dela, desafiando-as a dizer alguma cosia, qualquer coisa.

Minha mãe é muito, muito boa nesse olhar em particular.

Não tem nada de relaxante naquela cara cruel.

Compramos comida congelada, porque a chance de prepararmos alguma coisa em casa hoje é ainda menor, e levamos lanches e coisas para o café da manhã, depois vamos ao corredor dos sorvetes para eu pegar *sherbet* de laranja, que vai incomodar menos minha garganta do que o sorvete que minha mãe e Eddison escolhem, um pote para cada um.

O caixa me encara enquanto registra nossas compras.

— O que aconteceu com você?

Eddison se irrita, mas eu sorrio para o garoto.

— Pistola de pregos possuída pelo demônio — respondo em tom calmo. — Desenhamos o diagrama na garagem, que era o lugar com mais espaço. Fizemos o ritual, mas não percebemos que o fio elétrico tinha caído dentro do círculo de invocação.

Tenho a impressão de que o rapaz vai protestar, mas minha mãe bate de leve em meu ombro.

— Da próxima vez, olhe tudo direito antes de começar o cântico. Pelo menos mandou a coisa de volta.

Eddison vai pegar as sacolas para que o garoto não veja que ele está rindo.

É uma partícula assustadora de normalidade em um dia que não é nada, *nada* normal.

O sofá está coberto de roupas de cama e banho, porque a tarefa de amanhã seria separar em pilhas o que vai ser mantido, doado ou descartado. Conhecendo minha mãe como conheço, acho que talvez a tarefa ainda esteja de pé. Podemos cuidar disso enquanto conversamos. Mas o que importa hoje é que até Eddison está sentado no chão conosco para comer, e ele consegue não parecer incomodado com isso. Estamos quase terminando de jantar quando ele pede licença e vai para a cozinha atender uma ligação de Vic.

Minha mãe decide que a ocasião é perfeita e, então, subimos para lavar meu cabelo. E, sabe como é, lavar o resto de mim, mas o cabelo é a parte problemática. Volto vestida com o pijama amarelo e a camiseta do FBI, em parte porque é uma combinação confortável, mas principalmente porque é reconfortante.

Tudo dói. Várias costelas estão trincadas – várias, o médico disse, recusando-se a me dar um número – e os músculos estão rígidos e contraídos. Não tenho falta de ar nem estou ofegante, mas tenho consciência de cada inspiração, o que normalmente não acontece. Não é comum prestar atenção a isso quando não temos problemas para respirar. Também não é só o peito, mas os hematomas e o inchaço na garganta.

Não dei o devido crédito à adrenalina quando estava tentando pensar no que fazer. À dele, sim, mas à minha também, que me fez ficar burra e desesperada. Essa é a única explicação que consigo encontrar para eu ter agarrado a lâmina e segurado-a com força. Não o cabo da faca, a lâmina. Meus dedos enfaixados estão duros e pulsam no compasso do meu coração, e vão ser inúteis por um bom tempo.

Se eu não for idiota, porém – mais idiota –, devo me recuperar completamente. Com algumas cicatrizes, talvez, mas, se respeitar meus limites e cuidar de mim como devo, os médicos disseram que não vou perder nenhuma função. Só um médico examinou minhas costelas, mas três olharam minhas mãos. Tenho antibióticos, analgésicos e remédios para dormir, e ouvi uma recomendação muito firme para procurar um psiquiatra e providenciar medicamentos de controle da ansiedade.

Eu devia estar tomando esses remédios há cinco anos, mas agora, pela primeira vez desde aquela noite horrível que passamos esperando por Chavi, acho que estou bem sem eles. Basicamente bem.

Vou ficar bem.

Isso pode ser mais perturbador que qualquer outra coisa, realmente.

Eddison voltou à sala de estar, está dobrando os lençóis que tínhamos desdobrado para a arrumação da mudança. Ele nem parece se incomodar quando minha mãe o adverte por isso.

— Sou velho demais para ficar sentado no chão — responde.

— Sou mais velha que você.

— Você devora almas para continuar jovem.

— Verdade. — Minha mãe tira dele a pilha de lençóis dobrados, desdobra todos de novo e os joga em uma caixa, com todo o resto que estava no sofá. — Victor tinha alguma notícia?

— A cirurgia ainda não acabou. O laboratório está trabalhando com a amostra de sangue e com tudo que Ramirez e Sterling tiraram do apartamento.

— Você vai contar às famílias se ele não sobreviver? — Minha mãe me empurra delicadamente para o sofá, senta-se no chão, encosta em minhas pernas e pega o controle do Xbox. É um jeito de manter as mãos ocupadas enquanto conversamos, porque é quando ela fica parada que as coisas dão errado. Enquanto ela estiver em movimento, nada pode dar errado.

Ou alguma coisa assim, mas é minha mãe, e ela foi desse jeito a vida inteira. Eddison a conhece bem o bastante para não estranhar essa atitude.

— Vai depender da contundência entre as provas coletadas e os outros assassinatos. O que ele disse, o que encontramos, tudo isso é muito incriminador, mas pode não ser suficiente para que os chefes se sintam confortáveis em declará-lo culpado. Vamos ver. — Eddison pega as bolsinhas azuis com meus remédios, lê as instruções e depois abre duas embalagens. Um comprimido grande, dois pequenos, os três brancos. Ele segura minha mão e transfere as pílulas para ela com cuidado. Depois se levanta, vai até a cozinha e volta com um copo de leite.

— Sei que comeu, mas o leite alivia o impacto dos medicamentos.

— Conhece bem esse tipo de receita, Eddison? — minha mãe pergunta.

Ele fica um pouco incomodado, mas tenta disfarçar.

— A gente leva alguns tiros e aprende uns truques.

Minha mãe pausa o jogo para poder olhar para trás, para ele. Não sei dizer o que ela vê na expressão do agente, mas não faz nenhum comentário e retoma o jogo.

Tomo os comprimidos. Bebo o leite.

Trovões retumbam lá fora, distantes e seguidos. A neve cai, flocos brancos que o vento carrega, formando espirais e rodamoinhos. É o tipo de noite para ficar segura dentro de casa, quentinha e aconchegada com as pessoas que você ama. Alcanço a mão de Eddison e o puxo para o meio do sofá.

Para poder me apoiar nele.

Ele envolve meus ombros com o braço e se apoia em mim também, e ficamos ali, em silêncio, vendo minha mãe jogar. Há perguntas que ele deveria estar fazendo, provavelmente.

E fará, assim que decidir como formular cada uma. O negócio é que Eddison me conhece.

Ele sabe que minha idiotice tem limites.

Acho – tenho quase certeza – que ele está esperando para perguntar só quando soubermos se Joshua vai ou não sobreviver. Isso muda as coisas, não muda?

Provavelmente não.

Legalmente não, de qualquer maneira.

— O que aconteceu com suas mãos? — murmuro, sem afastar o rosto de sua camisa.

— É uma longa história. Por favor, não peça para Ramirez contar a versão dela.

Mesmo cansada como estou, acabo rindo.

Depois de um tempo, todos nós acabamos sentindo os efeitos do dia. Tecnicamente, Eddison está aqui a serviço, como Sterling esteve, mas não é certo deixar gente da família no sofá e, por isso, o acomodamos no quarto de minha mãe. É menos esquisito que a ideia de ele dormir no meu quarto, e imagino que ele pense do mesmo jeito. Minha mãe me ajuda com o ritual antes de ir para a cama, e por um momento posso fechar os olhos e pensar que é o quadril de Chavi que bate no meu no banheiro estreito, escovando os dentes ao meu lado.

Deitamos juntas em minha cama, com a luminária projetando sombras sobre a moldura da foto de Chavi e a parede além dela. O ursinho de pelúcia que Mercedes me deu quando a conheci costuma ficar em cima da cômoda, mas agora ele ampara minha mandíbula dolorida. Mercedes tem um estoque aparentemente infinito de ursinhos para dar às vítimas e às irmãs delas quando vai a uma cena de crime ou à casa de uma família. Foi um conforto quando o ganhei, e é um conforto agora.

Também tem o fato de esse ser o mesmo urso que joguei na cabeça de Eddison quando o conheci.

— As coisas não aconteceram exatamente como planejamos — minha mãe cochicha depois de um tempo, e não consigo segurar uma risadinha. Depois não consigo parar, e isso provoca um ataque de riso nela, e ficamos ali deitadas rindo muito, porque, porra, o que ela disse não chega nem perto da realidade. A dor nas minhas costelas faz com que pareça que estão pegando fogo, mesmo depois de termos finalmente recuperado o fôlego.

— Eu sabia que Archer se afastaria — falo em tom mais sério. — Mas não pensei que ele iria mais longe do que precisava ir para se esconder. Achei que ficaria escondido, mas por ali, pronto para entrar em cena, especialmente se eu gritasse. Fiquei... — Expiro, inspiro, prendo o ar, expiro. — Fiquei apavorada.

— Eu estaria muito apavorada, se não tivesse ficado. — Ela se mexe, muda de posição, encosta o rosto no meu, e seu queixo pressiona meu ombro. — Trabalhar foi um inferno. Tive que fazer um esforço enorme para não ir atrás de você. Não vou conseguir fazer isso de novo.

— Não tenho mais monstros para matar — murmuro.

— Só um e pronto?

— Graças a Deus.

— O que você ia pensar se... — Ela fica em silêncio, o que é tão atípico que eu me viraria para olhar para ela, se minhas costelas não reclamassem. Em vez disso, encontro sua mão e entrelaço os dedos nos dela, apoiando as duas em minha barriga. — Por muito tempo, temos sido você e eu contra o mundo — minha mãe continua depois de um tempo —, mas temos nossos agentes, e você tem Inara, e seus veteranos... Talvez seja a hora de nos abrirmos um pouco.

— Vou tentar fazer amigos em Paris. Não só permitir que as amizades aconteçam, como foi com Aimée, mas procurar amigos de um jeito mais ativo.

— Que bom. E o que você ia pensar...

Qualquer que seja o restante dessa ideia, parece impossível de ser formulada.

— Alguns de seus primos frequentam universidades no continente, ou trabalham lá. Tem até alguns em Paris. Talvez possamos retomar contato com os que estão mais afastados, depois abrir caminho para os mais velhos.

— Abrir caminho?

— Sim, foi o que eu disse. — Ela beija minha orelha e respira no mesmo ritmo que eu. — Você podia ter morrido hoje, meu amor, e eu pensei: não quero ficar sozinha. Poderia, é claro, mas não quero. E percebi que, se acontecer alguma coisa comigo... Bem, sei que haveria alguém para cuidar de você. Vic te adotaria sem pensar duas vezes. Só pensei... Me ajude, Priya, meu amor, odeio essa coisa de expressar emoções.

Rindo baixinho, afago os dedos de minha mãe.

— Os primos parecem ser um ótimo ponto de partida.

Ela fica em silêncio por muito tempo, os dedos desenhando pequenos círculos na minha camiseta.

— Ele sentiu medo? — minha mãe pergunta, finalmente.

— Sim.

— Que bom.

Mesmo com a descarga de adrenalina, os remédios e o conforto da presença de minha mãe, fiquei um pouco surpresa com a facilidade com que peguei no sono. Não um sono profundo, mas um cochilo leve.

Até meu celular apitar.

Minha mãe se mexe para pegá-lo em cima do criado-mudo. É o número de Inara, mas a mensagem é endereçada a mim e a Eddison. Só uma foto sem legenda, mas consigo ver a imagem pela miniatura na tela travada. Minha mãe me dá o celular e eu destravo a tela para abrir a imagem.

É uma foto de Inara com outra garota mais ou menos da nossa idade, bem mais baixa que ela, com os luminosos da Times Square brilhando em volta delas. As duas seguram cartazes e exibem um sorriso perigoso. A menina mais baixa está à esquerda, segurando um cartaz com a inscrição *FODAM-SE* em glitter dourado. No cartaz de Inara está escrito *OS HOMENS MAUS* em prateado.

Um baque abafado vem do outro lado do corredor, seguido de um palavrão e da voz de Eddison.

— Cristo, maldição, Bliss!

Minha mãe e eu olhamos para a foto por mais um tempo, depois minha mãe ri baixinho.

— Estou impressionada — ela admite. — Andar pela Times Square com um cartaz que diz fodam-se. Coisa linda.

— Fodam-se, *homens maus* — eu acrescento, mirando o recato e acertando o deboche.

— Você fez o possível para levar o nosso para a porta do inferno. Vamos ver se deu certo.

Tiro o som do celular e o devolvo ao criado-mudo, mas quando cochilo de novo escuto as vibrações que indicam que Eddison e Inara estão trocando mensagens. O som é estranhamente acolhedor.

Jameson Carmichael, também conhecido como Joshua Gabriel, morreu na quinta-feira, dia cinco de maio, às oito e quarenta e sete da manhã.

Ele não chegou a acordar.

Eddison não consegue decidir se isso é bom ou ruim. Uma confissão ou até mesmo uma chance de interrogá-lo teria ajudado muito, mas, em parte, ele se sente feliz por não ter tido que ouvir o sujeito tentar justificar o que fez. Ainda há muita análise a ser feita antes que alguém seja designado para informar as outras famílias, mas há uma sensação de conclusão aqui.

Vic e Finney vão ao Texas para falar com a sra. Eudora Carmichael, e a expressão de tormento com que Vic volta provoca arrepios em Eddison. As filhas de Vic olham para o pai e praticamente o jogam no sofá, sentam em volta dele com lanchinhos e uma sequência quase infinita de filmes de animação pronta para ser exibida. É o que ele sempre fez quando as meninas tinham dias ruins; elas são inteligentes demais para não notar que funciona para os dois lados.

Assim que as meninas dormem, Vic se levanta, ajeita o cobertor sobre elas, arruma suas pernas sobre as almofadas para que não caiam do sofá e depois gesticula, chamando os parceiros para fora da sala. Eles o seguem, mas só depois de Eddison tirar uma foto para mandar para Priya.

Afinal, ela já fez parte daquela pilha de filhotes no passado.

Lá fora, eles caminham até um pequeno playground. Aqueles bancos já testemunharam várias reuniões improvisadas ou desabafos pós-casos. Cansado, parecendo mais velho do que é, Vic se senta, enquanto Ramirez se empoleira no encosto do banco e estende as pernas sobre o assento. Eles nem se incomodam em deixar espaço para Eddison; ele quase nunca se senta durante conversas sérias se tiver a opção de andar de um lado para o outro.

Vic põe a mão no bolso e pega um maço de cigarros e um isqueiro.

— Nem uma palavra para minha esposa ou minha mãe — ele avisa, e oferece os cigarros.

Eddison pega um imediatamente. Ramirez recusa, balançando a cabeça.

— Sua garota na Contraterrorismo não gosta do sabor? — Eddison pergunta.

— Ela tem nome, sabe?

— E que graça teria isso?

Ela pega um cigarro para Vic poder guardar o maço.

— A sra. Carmichael ficou arrasada — Vic conta aos parceiros enquanto solta uma coluna fina de fumaça. — A última vez que ela teve notícias do filho foi quando ele se afastou de casa por alguns meses, depois da morte da irmã. No começo ficou histérica, mas depois que se acalmou...

— Ela começou a reformular a imagem que tinha dele — Ramirez conclui pelo parceiro.

Vic assente.

— Ela contou que ele sempre foi muito protetor com Darla Jean. Um irmão mais velho muito atento. Ele não gostava quando os garotos se aproximavam dela, ou quando ela prestava atenção nos meninos. Não gostava quando ela vestia certas roupas, ou de certas coisas que ela dizia. A sra. Carmichael disse que, agora que pensava bem, achava que ele era mais carinhoso que a maioria dos irmãos, mas ela se sentia feliz por não ver os filhos brigando, e nunca deu muita importância a isso.

— E aí Darla Jean beijou um garoto na igreja — diz Ramirez. — Tinha uma flor no vestido, e o irmão viu. E se sentiu traído?

— Ele a estupra, mata e volta correndo para casa, antes que alguém encontre o corpo. Área rural do Texas, aposto que a maioria dos homens sabia caçar. Muitos tinham facas como a dele — Eddison continua.

— Ele não foge imediatamente, não até a investigação estagnar. Não até sua partida não levantar suspeitas. E é uma cidade pequena, ele é um rapaz inteligente, está chorando a morte da irmã, não é surpresa que não volte.

— E todo mundo fica com pena da sra. Carmichael, que perde os dois filhos em tão pouco tempo. — Eddison bate a cinza do cigarro em um trecho de terra sem plantas e pisa em cima dela para ter certeza de que está apagada. — Ninguém pensa muito em Jameson, e ele se transforma em Joshua.

— Vai para outro lugar, não consegue sossegar sem Darla Jean, muda-se de novo. Ele vê Zoraida. Tudo que uma irmã deveria ser.

— Então, ele se lembra de como Darla Jean era uma "boa" irmã, uma boa menina, até aquele garoto aparecer, e resolve proteger Zoraida do mesmo destino. Ele a mata para preservar sua inocência, mas trata a menina com gentileza.

— Mas ele se lembra de Darla Jean toda primavera, e quando encontra a combinação de uma menina bonita, igreja e flores, é como se essa mistura servisse de gatilho. Ele as segue para saber se são o que ele considera uma boa garota, ou não.

— Espero que vocês saibam que nenhum dos dois jamais será promovido enquanto continuarem com essa coisa de completar os pensamentos um do outro — Vic aponta. Ele apaga o resto do cigarro na sola do sapato, separa o papel do filtro e guarda as duas partes no maço.

Ramirez entrega seu cigarro para ele terminar.

— Ele toma conhecimento de que Priya está em San Diego por causa de um concurso de fotografias. Encontramos a revista no apartamento dele. Priya, quinze anos, San Diego. Decide ir atrás dela.

— Mas a encontra pouco antes de a menina ir embora, e tem que procurá-la de novo. Isso leva um tempo, e é nesse período que o perfil de Deshani é publicado pela *Economist*. Ela menciona que vai se mudar para Huntington com Priya. Ele decide chegar lá primeiro.

— E o resto é história.

Tem uma pergunta, talvez um pensamento ou possibilidade, que paira sobre eles. Eddison lembra que teve essa sensação pela primeira vez em Denver, uma impressão persistente de que alguma coisa estava fora do lugar nas reações das Sravasti. E ri baixinho.

— Não vamos falar, vamos?

— Não — Vic responde imediatamente. Firme.

— Deveríamos? — Ramirez questiona.

Não existe uma resposta fácil para isso, e todos sabem. Existe a lei, o juramento que fizeram ao FBI. Existe o território muito mais turvo que separa o certo do errado.

Mas também existe Priya, a menina risonha que ela costumava ser, e Deshani, forte demais para hesitar, mesmo que isso acabe com ela. Tem todas aquelas outras meninas.

Eddison nunca teve certeza sobre sua ideia de pós-vida, se existem almas perdidas esperando respostas para poderem seguir em frente, para a luz, para o paraíso, ou alguma coisa assim. Há muitas almas perdidas ainda vivas. Porém, por mais que queira negar, existe uma parte dele que sempre vai dizer aos mortos para descansarem em paz quando um assassinato é solucionado. Como se a solução pudesse dar a eles aquela satisfação nebulosa e permitir que sigam em frente.

De Darla Jean Carmichael a Julie McCarthy, será que agora essas meninas podem descansar?

E ele pensa em Faith. Sempre, para sempre, em Faith. Se algum dia encontrar o filho da mãe que a levou...

— Mais do que nunca, Priya se parece com a mãe — ele diz finalmente.

— Assim que recebermos a nova leva de relatórios do laboratório, Finney e eu vamos recomendar que o caso seja encerrado — Vic anuncia. — Priya Sravasti é uma vítima da inépcia do FBI. Um agente incauto encarregado de protegê-la a usou como isca, porque a chefe de seção estava mais preocupada com política do que com os fatos do caso. A Chefe de Seção Ward vai enfrentar uma investigação interna no que diz respeito às suas atitudes.

— E esse é o encerramento do caso? — Ramirez pergunta.

— Algum problema com isso?

Ela olha para as árvores no fundo do playground, para a faixa verde que separa a fileira de casas do lado de cá da outra fileira do lado de lá. Ramirez odeia bosques, e levou quase dois anos e uma noite de muita tequila para contar a eles por quê. Vic poderia ter descoberto antes, na verdade, se tivesse tido acesso ao histórico da agente, mas nunca teria mencionado essa história, mesmo que a conhecesse. A maioria de seus pesadelos haviam nascido no bosque, e talvez nunca a abandonassem.

Mas nem por isso ela deixaria de correr para o meio das árvores se houvesse uma chance em um milhão de uma criança procurada estar lá, viva.

— Não — ela responde depois de um tempo, prolongando a palavra. — Acho que está tudo bem.

Porque existe a lei e existe a justiça, e nem sempre as duas são a mesma coisa.

Uma noite antes de minha mãe e eu sairmos do país, a sala de estar dos Hanoverian se enche de risadas, conversas e barulho. A vitalidade que emana do barulho é impressionante. Vic está em minoria na casa onde vive com a mãe, a esposa e três filhas, e como Inara e Bliss estão na sala, Eddison se mantém do outro lado e nem tenta ajudar o parceiro. Mercedes ri dos dois homens.

É lar, é família, e todo tipo de coisas maravilhosas.

Mas, no fim, todo mundo vai para a cama, Marlene e Jenny distribuem beijos na testa e na bochecha. Elas beijam as bochechas de Eddison ao mesmo tempo, uma de cada lado, e não é que isso o deixa sem jeito?

A imagem é maravilhosa. Inara e Bliss pedem para eu mandar a foto para elas por mensagem. Vic e Mercedes também, quando Eddison não está olhando para eles.

Tenho a sensação de que Mercedes vai colocá-la em cima de sua mesa no escritório em algum momento, com a intenção única de atormentar o parceiro.

Minha mãe diz para eu subir, vamos dormir as duas no quarto de Brittany, mas ela permanece na sala com os adultos, e sei que vai demorar um pouco até que venha para a cama. Então, vou para o quarto de Holly com Inara e Bliss.

Elas chegaram de Nova York alguns dias antes, depois de passarem por Sharpsburg para visitar a mais jovem sobrevivente do Jardim. A melhor parte de encontrá-las pode ter sido ver Eddison tentando não surtar. Ele ficava na porta de qualquer cômodo onde estivéssemos, claramente dividido entre querer fugir e querer garantir que não iríamos dominar o mundo por acidente.

Tenho certeza de que, caso isso acontecesse, não seria acidentalmente.

Bliss é tão arisca quanto minha mãe e eu, mas um pouco mais agressiva. Normalmente, meus rosnados são só uma resposta. Os dela são um desafio. Não dá para dizer que a critico por isso. O que aconteceu com ela foi muito mais público do que o que foi feito comigo, mesmo quando os jornais mostraram Chavi e seu lugar na sequência de assassinatos sem solução.

Inara é mais quieta que Bliss. Não é tímida ou retraída, é só... mais paciente, acho. Para explorar uma situação, Bliss risca um fósforo e deixa tudo explodir. Inara observa primeiro, presta atenção. Espera para se manifestar só quando sabe o que quer dizer e tem uma ideia substancial de como os outros vão reagir a isso. É fácil entender por que os Hanoverian as acolheram.

— Fiquei sabendo que seus pais e irmãos estão em Paris — digo a Bliss enquanto ajudo Inara a trançar os cabelos antes de ir para a cama.

Bliss grunhe alguma coisa, mas Inara olha para trás, para mim.

— Muita gente diria só *família*.

— A família de vocês está aqui e em Nova York. Posso não conhecê-las muito bem, mas isso é claro.

Inara ri do rubor que ilumina a pele pálida de Bliss.

— Sim — Bliss consegue responder, depois de pigarrear. — Eles estão em Paris. Meu pai é professor lá.

— Eles insistem muito para você ir fazer uma visita?

— Sim.

— Bom, se for... Vamos ter dois quartos de hóspedes, caso queira ficar conosco ou precise de um lugar para onde fugir por uma noite. Ou se as coisas desandarem e você tiver que mandar todo mundo ir se foder. A rede de segurança vai estar lá. E não vai ter que aturar cara feia de seus pais se quiser levar Inara.

— Eles têm me atormentado com isso — ela reconhece. Sem aviso prévio, tira toda a roupa, menos a lingerie, e revira a bolsa à procura do pijama.

— Nosso apartamento é um cômodo enorme — Inara explica. — Mesmo depois do Jardim, recato é uma coisa que não tem muita importância por lá.

— Ei. Eu tinha uma irmã. — Prendo a trança de Inara, entrego a escova e me viro para ela retribuir o favor. Seus movimentos são suaves e firmes, sem nunca puxar muito, mas garantindo que as cerdas toquem meu couro cabeludo com delicadeza.

— Você acha que isso acaba algum dia? — Bliss pergunta, de repente.

— Isso o quê?

— Essa sensação de ser uma vítima.

É um pouco estranho como as duas olham para mim. Ambas são mais velhas que eu, embora não muito, mas meu mundo explodiu cinco anos atrás. De um jeito meio distorcido, acho que a experiente aqui sou eu.

— Fica diferente — respondo depois de um tempo. — Não sei se acaba. Às vezes, sem nenhuma razão específica, fica mais forte. Quanto mais escolhas fazemos, porém, quanto mais vivemos nossa vida... Acho que ajuda.

— Ouvimos Eddison dizer que você matou o filho da mãe. O que estava atrás de você.

— Matei. — Minhas mãos descansavam sobre o colo, livres dos curativos mais pesados, embora ainda houvesse mais Band-Aids do que pele. Inara tem cicatrizes claras nas mãos, sinais deixados por queimaduras e cortes. — Ele me atacou, nós lutamos pela faca que estava na mão dele e eu esfaqueei o cara. Muitas vezes. Adrenalina, sabe?

— Atirei em Avery. O filho mais velho do Jardineiro, o que gostava de mutilar. Nem sei quantos tiros foram.

— Quatro — Inara fala com voz mansa.

— Às vezes atiro nele, e não tem balas no revólver. Às vezes atiro, atiro e atiro, as balas não acabam nunca, mas ele não para. Continua avançando.

— Às vezes acordo e tenho que tirar a roupa para entrar na banheira, porque roupas e lençóis me lembram pétalas de flores — respondo. — No meu pesadelo estou viva, mas sangrando. Não consigo me mexer e ele está me cercando com rosas brancas, como o esquife da Dama de Shalott descendo o rio.

As duas dão risada, mas Bliss solta um gemido.

— Gosta de poesia clássica? — Inara pergunta.

— Algumas.

— Não deixe Inara começar a falar de Poe — pede Bliss. — Ela é capaz de citar a obra inteira. E citar significa recitar. Tudo. Cada maldita palavra.

A trança bate em minhas costas quanto Inara a prende.

— Servia para manter minha cabeça ocupada.

— Acho que esse é o truque. — Deito-me na cama. Inara e Bliss não são como Chavi e Josephine, mas a sensação está ali. Eu me sinto confortável com elas de um jeito que não esperava logo no início. — As coisas não melhoram de forma mágica, mas podemos fazer tudo melhorar.

— Lentamente — acrescenta Inara.

— Muito lentamente — Bliss suspira.

— Tiro fotos do agente especial Ken e mando para Eddison. Quando chegarmos a Paris, vou vestir o boneco com roupas que imitem a dele e tirar fotos em um café. Posso quase garantir que a resposta de Eddison vai ser *isso é horrível*, ou alguma coisa assim. — Elas riem de novo, e Bliss se acomoda atrás de mim com cuidado, evitando tocar minhas costelas castigadas e enfaixadas. Seu cabelo, uma confusão de cachos que não poderia ser trançado sem molhar antes, se espalha em torno dela. Consigo ver as asas, ou parte delas, onde a camiseta regata não as esconde.

São bonitas, e são horríveis, e tenho a sensação de que elas as veem do mesmo jeito. Pelo menos Inara, mas acho que ela tem mais prática que Bliss nessa coisa de reformular perspectivas.

Inara deita-se ao meu lado, as pernas sobre as minhas e o rosto apoiado na parte de trás do ombro de Bliss.

— Quantas facadas foram, Priya? — ela pergunta em voz baixa.

— Dezessete. Uma para cada menina que ele matou e uma por mim.

Seu sorriso lento e satisfeito é, ao mesmo tempo, aterrorizante e maravilhoso.

Não me lembro de ter dormido daquele jeito, mas pela manhã minha mãe me mostra a foto. Enquanto comemos os incríveis pães de canela de Marlene, Eddison debocha de Bliss por ser fofa. Ele se diverte com a provocação, pelo menos até Inara me dar um dragãozinho azul feito de argila e dizer para eu avisar assim que o agente especial Ken acabar com ele.

Ver Eddison tentar não ficar vermelho é sempre bom.

Minha mãe e eu nos despedimos das mulheres da família Hanoverian, e levamos sacos plásticos cheios de guloseimas feitas por Marlene. Ela jura que não vamos ter problemas para embarcar com os pacotes, e atrás dela, em uma posição segura, Vic revira os olhos.

— Victor.

Ele congela, suspira e balança a cabeça.

Minha mãe o observa com uma cara divertida.

— Nunca pensou que isso ia acabar quando você crescesse, pensou?

— E você?

— Comigo nunca funcionou.

Eddison cutuca Vic com o cotovelo.

— Acredito. E você?

— Eu acredito completamente.

Inara e Bliss pegam carona conosco até o aeroporto, as duas no banco de trás, minha mãe e Mercedes no banco do meio. As bagagens enchem o porta-malas. Nossas coisas saíram do Colorado uma semana atrás, com profissionais acomodando tudo no contêiner da empresa para garantir uma distribuição homogênea. Eles foram muito mais competentes que os outros, os que deixaram o contêiner na entrada da casa. De qualquer modo, vai demorar mais duas ou três semanas até as coisas chegarem em nossa nova casa, e até lá vamos ter que viver do que está nas malas.

Uma delas é inteiramente dedicada à cafeteira de minha mãe, que foi acondicionada em uma caixa e envolta em toalhas para ficar bem protegida. Eddison e Vic carregam a maioria das malas, exceto as valises de mão e o enorme cobertor de tricô laranja e amarelo que Hannah me deu quando me despedi dos meus veteranos. Ela me deu seu endereço para eu poder escrever, e acho que vai insistir para os homens escreverem para mim de vez em quando. O cobertor é quentinho e macio, ensolarado, e ela teve que arrancá-lo da mão de Feliz, que chorava e parecia ter a intenção de limpar o nariz nele.

O Oficial Clare estava lá para se desculpar, observado de perto pela parceira. Ele foi suspenso e só vai voltar ao trabalho quando o departamento de psicologia autorizar. Alguns casos afetam os agentes de maneira inesperada, especialmente se um deles foi abandonado pela esposa pouco antes. Não é desculpa, mas a situação é o que é, e não é mais meu problema.

Gunny ficou olhando para mim por muito tempo, depois me abraçou.

— Armistício, srta. Priya? — cochichou.

Mais ou menos isso.

Depois, Corgi deu uns tapinhas de leve em minhas costas e anunciou que meu sorriso não o fazia mais molhar as calças. Então, sabe como é. É isso.

Vou sentir saudade deles. De certa forma, é esquisito que eu encontre conforto nisso, mas por muito tempo não senti falta das pessoas. Sentia falta dos meus agentes, mas estava em contato tão próximo com eles que não era realmente sentir falta, mas querer que ficassem por perto. Sentia saudade de Aimée, mas sentir falta dela era algo que se misturava a tudo que tinha a ver com os assassinatos, emaranhado e complicado, e, de certo modo, era injusto com ela.

Despachamos as malas, e ainda bem que minha mãe usa o cartão da empresa para as taxas de bagagem, porque puta merda. Vamos todos juntos para a fila do embarque. O movimento é insano, o que não é surpreendente para um meio de manhã no Reagan.

— Muito bem, vocês três — diz Eddison, tirando o celular do bolso e apontando o aparelho para mim, Inara e Bliss. — Fiquem juntas, forneçam o material para meus pesadelos durante os próximos anos.

Rindo, Inara e Bliss se aproximam de mim, uma de cada lado, e nos abraçamos sorrindo para a câmera. Eddison chega a estremecer.

— Três dos seres humanos mais perigosos do planeta — ele resmunga.

— E eu sou o quê? — minha mãe pergunta.

— A liderança demoníaca. — Mas ele a beija no rosto.

— A gente escreve — Inara me diz. — E vamos avisar quando os pais desta aqui nos vencerem pelo cansaço.

— As portas vão estar sempre abertas.

— Como as nossas — responde Bliss. — Se quiser vir nas férias, vai ter uma cama para você. Vamos dominar Nova York.

— A cidade jamais vai se recuperar — Mercedes comenta rindo, e me abraça por trás.

Desde Boston não tive despedidas difíceis assim, mas estou grata. Sim, me sinto muito, muito grata por ter pessoas que são tão importantes para mim. Mercedes me solta, e Inara e Bliss me abraçam. Depois é a vez de Vic. Ele me mantém nos braços por muito tempo.

— É uma alegria enorme saber que você está segura — ele murmura — e que vai voltar a ser feliz. Você é uma das minhas meninas, Priya, sabe disso.

— Sei — murmuro de volta, e afago suas costas. — Não vai se livrar de nós.

Eddison me puxa de lado enquanto minha mãe se despede de todo mundo. Inara e Bliss estão meio encantadas com ela, acho, não daquele jeito "você me deixa sem palavras", mas de um jeito "quero ser você quando crescer". Quando nos afastamos um pouco do grupo, ele me abraça.

— Então, esse negócio que tomei o cuidado de não perguntar — ele fala em voz baixa. — Vai viver bem com isso?

Penso nisso há semanas, desde antes do meu aniversário.

— Sim, acho que vou — respondo. — Talvez não seja fácil, mas é melhor assim. E você contou às outras famílias. Ninguém mais tem que viver na dúvida. Eu posso viver com isso. — Apoio a cabeça em seu ombro e sinto o cheiro da colônia que ele usa quando não quer perder tempo com a loção após barba. Ou com se barbear. — Minha mãe e eu conversamos, e decidimos espalhar as cinzas de Chavi. Estamos pensando em um campo de lavanda, com um dos castelos e um rio ao fundo. Chavi ia gostar disso. Essa mudança vai ser boa.

— Certo.

Olho para ele, e seu rosto áspero da barba roça minha testa quando ele beija a região entre meus olhos, logo acima do bindi. Faz só uma semana que voltei a usá-lo, depois que a pele cicatrizou completamente.

— Vou sentir sua falta, sabe?

— Bobagem — ele resmunga. — Vou esperar os relatórios completos do agente especial Ken. E, ah... sabe, continuo acumulando uma quantidade ridícula de folgas remuneradas. Talvez eu tire um tempo um dia desses.

— Vai ter um quarto para você. Sempre.

Ele me beija de novo, depois me solta e, com delicadeza, me empurra em direção ao grupo. Mais uma rodada de abraços e despedidas, e minha mãe e eu entramos na fila do portão de embarque. Aperto o cobertor contra o peito e, depois de resistir por um momento, olho para trás. Inara e Bliss estão apoiadas em Vic, um gesto confortável e casual, e Mercedes cutuca o ombro de Eddison, que está vermelho, enquanto as meninas o atormentam e Vic sorri, fingindo ser adulto.

A fila anda e eu acompanho o movimento. Minha mãe passa um braço em torno dos meus ombros e me puxa para beijar meu rosto.

— Preparada, meu amor?

— Sim. — Olho para a frente e respiro fundo. — Estou pronta.

O nome dele era Jameson Carmichael, e Darla Jean era tudo em sua vida.

Você estava apenas esperando ela crescer, não é? Ter idade suficiente para deixar sua cidadezinha no Texas e nunca mais voltar, ir com você para algum lugar onde ninguém soubesse que eram parentes e onde pudessem começar a vida juntos. Você nunca contou isso a ela, é claro. Nunca pensou que seria necessário.

Darla Jean o amava como irmão, mas isso jamais seria suficiente para você.

Durante anos você puniu a todas nós por isso, pelos pecados que via nela. Muitas vidas foram destruídas, mães e pais, irmãs e irmãos, primos e amigos, a dor se espalhando em espirais para todos aqueles que eram tocados por nós.

Minha mãe gosta de jardinagem, mas você sabe disso, não sabe? Porque nos vigiou em Boston, e de novo em San Diego. Ela planeja seus jardins, desenha canteiros para saber o que e onde quer plantar. É tudo sempre equilibrado. Aqui vão as anuais, cujas mudas são replantadas todos os anos. Aqui as perenes, desabrochando, descansando e desabrochando de novo. Com o devido cuidado, elas continuam vivas, crescendo, enquanto outras morrem em torno delas.

Estive viva durante os últimos cinco anos, descansando ou me escondendo, ou seja qual for o nome que quisermos dar a isso. De luto. Agora, finalmente acho que vou saber o que é desabrochar de novo.

E a única coisa necessária foi seu sangue, quente, denso e pegajoso em minhas mãos.

Gosta disso, Joshua? Gosta de, talvez, de um jeito especial e próprio, ter sido aquilo que me ajuda a sarar de tudo que você fez por tanto tempo?

A faca rasgou e cortou cada vez que a puxei de dentro de você, e acho que entendo por que você sempre cortava, nunca esfaqueava. O barulho é horrível, assim como a sensação da carne enroscando naquelas pontas. Espero que tenha sentido cada uma. As boas meninas, suas favoritas, tiveram o corpo estudado por você para que a morte fosse indolor, na medida do possível. Eu, no entanto, nunca gostei de anatomia. Se gostasse, talvez soubesse como é fácil atacar as costelas, a força que é necessária para tentar empurrar uma faca através do osso. Talvez tivesse aprendido como o músculo é duro, mas como o pulmão cede facilmente a uma lâmina, com um ruído molhado de sucção que anuncia sua fraqueza. Talvez eu devesse ter lido em algum lugar que o sangue é mais escuro perto do coração, ou só parece que é, talvez.

Mas estranhamente – ou não – me pego pensando nas rosas. Você levou muitas, encheu seu carro. Só quando saí eu percebi que havia muito mais do que aquelas que você carregava. Teria construído um pavilhão de rosas para mim, dentro da capela.

Mas as rosas não me cercaram. Eu sangrei, é verdade, mas não o suficiente para cair, para formar uma poça. Esse foi você. Foi sua vida pintando as pétalas brancas, seu jardinzinho particular do País das Maravilhas, e você nunca imaginou que suas regras poderiam ser modificadas, subvertidas.

Havia coisas que eu queria ter perguntado a você, mas não tive coragem, nem mesmo no final. Você poderia ter acordado, afinal, poderia ter dito alguma coisa que tornaria óbvio – mais óbvio – que eu sabia quem você era.

Mas tudo bem, porém, porque eu percebi uma coisa, Joshua, ali no frio, na neve que caía e no sangue quente, molhado e denso em minhas roupas, exatamente como naquela manhã com Chavi, tanto tempo atrás. Sabe o que foi?

Percebi que suas respostas não importavam. Não é importante saber por que fez aquilo, por que as escolheu, nos escolheu, me escolheu. Não importa como justifica tudo isso, porque, de qualquer maneira, as respostas nunca teriam feito sentido para ninguém. Elas eram suas. E eram erradas.

Foram sempre, sempre erradas.

Você era uma das coisas terríveis e doentes do mundo, Joshua, mas não é mais.

Meu nome é Priya Sravasti, e não sou vítima de ninguém.

Agradecimentos

A todas as pessoas que estiveram comigo e me apoiaram enquanto passei boa parte do ano surtando sobre como este livro ainda me mataria de esgotamento nervoso: *obrigada*. Eu não teria feito isso sem minha torcida, todas as pessoas que sempre diziam para eu não desanimar, todos que me ouviam entrar em pânico, reclamar e perder a cabeça.

A JoVon, que acreditou no livro quando ele não era nada além de uma sinopse *muito* diferente; Jessica, que acredita completamente nele; e Caitlin, que merece uma medalha pelo incrível processo de edição. Caitlin, você tem o dom de fazer o impossível parecer viável, e sua confiança e calma me levaram em frente. Agente Sandy, por encontrar um lar para as Borboletas que abriram suas portas para mais uma história.

Isabel, Maire, Kelie, Roni, Pam, Allyson, porque não houve uma única parte do processo sobre a qual não tenham ouvido, e mesmo assim vocês ainda são minhas amigas. Um imenso obrigado à minha família por se animar tanto com cada conquista e sucesso, e pela compreensão quando passei o Dia de Ação de Graças olhando para revisões. Todos na Crossroads, por terem valorizado *O jardim das borboletas* e comemorado comigo sempre que tínhamos que pedir mais livros para a loja – e por nunca terem me mandado calar a boca quando eu não conseguia parar de falar sobre o quanto tudo estava me estressando.

Parece que temos um padrão aqui.

E a todos que leram e amaram *O jardim das borboletas*, todos que fizeram uma resenha ou falaram sobre ele on-line, todos que o escolheram para um clube do livro ou sugeriram aos amigos que o lessem, obrigada. Obrigada pelo entusiasmo, pelo apoio, e por terem vindo comigo até aqui.

Agradecimentos

Sobre a autora

Dot Hutchison é autora de *O jardim das borboletas* e *Rosas de maio*, os primeiros dois livros da Trilogia do Colecionador, e também de *A Wounded Name*, um romance para o público jovem adulto baseado em *Hamlet*, de Shakespeare. Hutchison ama tempestades, mitologia, história e filmes que podem ser vistos muitas vezes. Para mais informações sobre seus projetos atuais, visite www.dothutchison.com ou entre em contato com ela no Tumblr (www.dothuthcison.tumblr.com), no Twitter (@DotHutchison) ou no Facebook (www.facebook.com/DotHutchison).

Leia também, da trilogia O Colecionador:

Perto de uma mansão isolada, existia um maravilhoso jardim. Nele, cresciam flores exuberantes, árvores frondosas... e uma coleção de preciosas "borboletas": jovens mulheres, sequestradas e mantidas em cativeiro por um homem brutal e obsessivo, conhecido apenas como Jardineiro. Cada uma delas, identificada pelo nome de uma espécie de borboleta, tem, então, a pele marcada com um complexo desenho correspondente.

Quando o Jardim é finalmente descoberto, uma das sobreviventes é levada às autoridades, a fim de prestar depoimento. A tarefa de juntar as peças desse complexo quebra-cabeça cabe aos agentes do FBI Victor Hanoverian e Brandon Eddison, nesse que se tornará o mais chocante e perturbador caso de suas vidas. Mas Maya, a enigmática garota responsável por contar essa história, não parece disposta a esclarecer todos os sórdidos detalhes de sua experiência. Em meio a velhos ressentimentos, novos traumas e o terrível relato sobre um homem obcecado pela beleza, os agentes ficam com a sensação de que ela esconde algum grande segredo.

Acreditamos nos livros

Este livro foi composto em Fairfiled LT Std
e impresso pela Gráfica Santa Marta para a
Editora Planeta do Brasil em junho de 2019.